LA VERDAD OCULTA

BISHOPS CORNER - LIBRO 1

L. M. PERONA

NOTA DE LA AUTORA

La novela que tienes entre las manos transcurre en Reino Unido, Inglaterra, donde vivo actualmente. Aquí no hay costumbre de dirigirse a personas desconocidas —o con las que no se tiene la suficiente confianza— por su nombre de pila, sino por *señora*, *señor* o lo que corresponda, seguido del apellido. Lo mismo con la gente de edad, sobre todo en los pueblos pequeños.

Para ser fiel a esto he dejado el tratamiento en mi novela, pero en inglés: Mrs. (*Missis*) en vez de *señora*, Miss en vez de *señorita*, y Mr. (*Mister*) en vez de *señor*. Lo he decidido así porque, además de que el nombre de los personajes está en inglés, contribuye a la ambientación de la historia.

L. M. Perona

ÍNDICE

PRÓLOGO

Las llamas consumían la avioneta, y con ella a todos sus ocupantes.

Menos a uno.

El hombre se tocó la cara y cuando retiró la mano estaba llena de sangre.

Pero estaba vivo. *Vivo*. Todo lo demás no importaba.

Aun así, se palpó el cuerpo por encima de la ropa, para asegurarse de que no tenía nada roto, de que nada más sangraba, aparte del corte en la sien derecha. Había sangre, mucha, empapando su ropa y cayendo sobre la nieve. Gotas rojo brillante esparcidas sobre el fondo blanco. Respiró hondo. *Calma, calma*. No era momento para ponerse histérico. Las heridas de la cabeza sangraban mucho, o eso decían. Tenía pinta de ser una herida superficial. Una simple brecha.

En cuando a los huesos, no podía estar seguro. Le dolía todo el cuerpo, como si le hubiese atropellado un camión.

Probó a mover las extremidades, un poco los brazos, las piernas, tal como estaba, sentado en la nieve. No se desmayó de dolor, así que lo dio por bueno.

El paracaídas había amortiguado un poco el impacto,

pero había caído en una zona rocosa y tenía golpes por todas partes.

No se parecía en nada a las clases que había estado tomando. No era lo mismo aterrizar en una pista lisa o en un prado de hierba, que hacerlo en medio de las montañas.

Quién lo iba a decir.

Tenía suerte de que lo único que hubiese sufrido fuesen cortes y golpes. O eso esperaba.

Joder, tenía que haber metido vendas o algo en la mochila.

Peor les había ido a sus compañeros de viaje, de todas formas.

Tragó saliva y por fin se atrevió a levantar la vista para mirar la avioneta en llamas.

Solo se oía el crepitar del fuego en medio del silencio blanco. Eso y su respiración entrecortada, el corazón que le latía entre las orejas.

Miró la avioneta arder, hipnotizado por las llamas, más tiempo del que era prudente.

El aire helado le estaba acuchillando los pulmones. Tenía que moverse *ya*, o acabaría perdiendo los dedos de los pies, como mínimo.

Pero no podía, todavía no. Todavía no.

El fuego estaba demasiado lejos para sentir el calor, y sin embargo lo sentía. Calor y frío a la vez, y el olor a combustible, chatarra ardiendo y carne quemada.

Estaba seguro de que lo último se lo estaba imaginando, de todas formas. Estaba casi seguro.

Se obligó a mirar la avioneta ardiendo un par de segundos más. Tenía que asegurarse de que no hubiese supervivientes. Era imposible, pero no podía cometer errores. O *más* errores. Se preguntó si alguien iba a molestarse en investigar, si encontrarían algo, o si lo único que iba a quedar para cuando alguien llegase hasta allí sería un montón de cenizas.

No lo tenía demasiado claro.

Tenía que haberlo preparado todo con un poco más de tiempo, pero tiempo era algo que no tenía.

Había tenido que improvisar un poco —bastante—, como la vez anterior. Esperaba que esta fuese la última.

Sacó un botellín de agua de la mochila y se lo bebió casi de un trago. Las manos le temblaban cuando volvió a guardarlo, vacío. No podía dejar rastro.

Dios, daría cualquier cosa por un cigarrillo. O un paquete.

Miró el amasijo de hierros ardiendo, lo que quedaba de la avioneta y de sus pasajeros. Se había incendiado al contacto con el suelo. Era obvio, era lo que esperaba que pasase y era lo que hacía que no hubiese supervivientes.

Porque no había sobrevivido nadie, ¿verdad? No, no. Era imposible. No se oían gritos. ¿Se escucharían, a esa distancia? No se oía nada, solo el crepitar del fuego.

Esperaba de verdad que estuviesen todos muertos.

Joder, ¿por qué no había metido cigarrillos en la mochila?

Estaban todos muertos, nadie podía sobrevivir a eso.

No era culpa suya, tampoco. Y no servía de nada lamentarse a aquellas alturas. Además, podía haber sido peor: al menos había sido rápido e indoloro.

Esperaba.

No se iba a poner a pensar en eso ahora. No había tenido más remedio, era una cuestión de supervivencia: o él o los otros.

Le habían menospreciado, como hacía todo el mundo. Creían que era débil, un inútil y un pelele al que podían manejar como quisieran.

Le gustaría poder ver, en aquel momento, la cara de todos ellos. Los que se habían reído de él a sus espaldas.

Alguno de ellos estaba en la avioneta.

Y ahora qué, *¿eh?* ¿Quién era el inútil ahora?

Sonrió ligeramente, sin darse cuenta de que lo estaba haciendo.

[1]

Olivia Templeton, Livy para amigos y conocidos, para todo el mundo, de hecho, menos los tipos del banco, su contable y su madre, entró en el apartamento y cerró la puerta tras ella con las llaves que aún tenía en la mano.

Lo primero que hizo fue dejar la urna con las cenizas de su marido encima del mueble del recibidor.

Lo segundo, quitarse los zapatos de tacón negros que la estaban matando desde hacía horas. Sintió el frío del suelo blanco en la planta de los pies, el dolor como agujas, y cerró los ojos un instante.

Era curiosa, la muerte: daba igual que fuese súbita o que no, le quitaba a uno las capas, los barnices, las apariencias. Todo.

La muerte nos desnuda, pensó Livy, mientras dejaba que el frío del suelo le aliviara las plantas de los pies. Saca a la luz todos los secretos que hubiésemos preferido que permaneciesen enterrados, que muriesen con nosotros, que nadie supiera nunca.

No hay secreto que aguante el revolver de papeles.

Por ejemplo, y sin ir más lejos: Albert llevaba muerto un par de semanas, o diez días, no estaba segura, y en ese tiempo había descubierto más cosas de la vida de su marido que en los siete años que llevaban casados.

Curioso, sí. Deprimente, también.

Como por ejemplo, la desorbitada deuda que había acumulado.

Era un contrasentido, pero estaba segura de que solo la gente rica podía tener esa clase de deudas. Una persona normal no podría dormir por las noches, la angustia atenazándoles, la espada de Damocles sobre su cabeza.

Pero por lo que sabía, hasta su muerte Albert había dormido como un niño, a pierna suelta. Donde quiera que durmiese.

Era absurdo. Uno podría pensar, viendo aquel apartamento enorme en el centro de Londres, los doscientos trajes a medida en el vestidor y el Jaguar en el garaje, que Albert podía permitirse esa clase de vida. Ella misma lo había creído, hasta un par de días antes, y era su mujer.

Pero resultaba que no. No podía permitírselo.

De ahí la deuda.

Se quedó unos segundos parada en el recibidor, descalza, mirando la urna de las cenizas. Era horrible, con una especie de estampado que imitaba al mármol, de color granate, con bordes dorados.

Si Albert la hubiese visto le habría dado un infarto.

No sabía si había urnas mejores, menos feas. Quizás todas eran iguales, o quizás había diferentes modelos, como los ataúdes, y podían elegirse de un catálogo.

Nadie le había consultado, afortunadamente.

No sabía qué iba a hacer con ella. ¿Qué hacía una con una urna llena de cenizas?

Por otra parte, ¿eran cenizas simbólicas? Le habían dicho que el accidente de avioneta había sido brutal, lo único que habían encontrado era una pila de hierros chamuscados. ¿Eran cenizas aleatorias? ¿Eran las de Albert, las de otro ocupante, o las del ala de la avioneta, quizás?

Se frotó la frente con la mano. *Basta.*

Se adentró en el apartamento con pasos lentos, intentando recuperar la sensibilidad en los pies.

Se le habían dormido algunos dedos del dolor. No pensaba volver a usar esos zapatos en la vida. Se los había comprado específicamente para el funeral —zapatos nuevos en el peor día de su vida, qué gran idea—, y ya habían cumplido su función: distraerla de aquel día con un dolor físico constante. Como la gente que se machaca un dedo del pie para olvidar el dolor de cabeza.

Como siempre que entraba al apartamento, como la primera vez que lo vio siete años atrás —*hogar, dulce hogar*, había dicho Albert, arrastrando las maletas hacia el interior — le pareció estar en un escaparate, o en una sala de un museo de arte moderno.

Toda la pared exterior del edificio era de cristal. Ventanales de suelo a techo. La luz gris de la tarde iluminaba el espacio enorme que compartían el salón, el comedor y la cocina. En el centro, un sofá curvo de piel blanca. Una alfombra de pelo gris, una mesa de centro de cristal. La cocina estaba en la pared contraria a la fachada cubierta de ventanas, separada del resto de la estancia por una isla.

Mesa de comedor también transparente, de metacrilato, de diseño, con ocho sillas a juego.

Gris, blanco y negro. Gris, como la vista espectacular —como el cielo— detrás de las cristaleras.

La cocina era una hilera de armarios lacados en negro, con electrodomésticos de gama alta de color acero, fuegos de gas, y un horno que ni ella ni Albert habían usado demasiado en siete años. Por no decir nada.

Por no decir nunca.

Fue como una autómata, sin pensarlo y casi sin darse cuenta, hasta la cafetera exprés incrustada en uno de los muebles de la cocina. Cuando todo falla y el mundo se derrumba a tu alrededor, café.

Otra persona se habría dado al alcohol. Lo había hecho, después de la visita de la policía, acabando con la única botella de vino que había en la casa. Pero solo había sido esa botella, y solo esa vez. Necesitaba la mente clara y la cabeza despejada para las llamadas de los abogados de los días posteriores.

Si hay otra cosa que la muerte deja, aparte de la revelación de secretos y la falta de intimidad, es una cantidad de papeleo insoportable.

Cogió una taza de uno de los armarios, rellenó la cafetera de agua y café, le dio al botón.

Tenía una semana para vaciar y dejar el apartamento. Albert —el contrato de alquiler estaba a su nombre porque era su piso de soltero— no había pagado el alquiler los últimos seis meses.

La verdad, no culpaba a la compañía que gestionaba el edificio. Lo que no sabía era por qué no la habían echado antes. Supuso que Albert tenía la habilidad de embaucar a cualquiera, no solo a ella. Porque si algo podía hacer su difunto marido era convencer a la gente de prácticamente cualquier cosa. Y se refería a *cualquier cosa*.

Por el amor de dios, la había convencido para casarse con él cuando solo llevaban seis semanas juntos, después de un breve —pero intenso— romance que apenas recordaba.

Casarse con él y mudarse a Londres, desde Boston, donde ella vivía y donde tenía un trabajo que le encantaba en el museo de Bellas Artes. En aquella época él estaba trabajando en Nueva York, en la embajada británica. Se habían conocido un fin de semana que Albert pasó haciendo turismo en Boston.

La cafetera estaba tardando demasiado.

No sabía si estaba todavía en *shock*, pero era como si todo tuviese una calidad esponjosa, irreal. Iba a despertarse, de un momento a otro, pero no sabía dónde. ¿En su antigua vida, en Boston? ¿Qué era más real: ese momento o su vida de los últimos seis, siete años?

No podía ponerse a pensar en eso ahora. Un doble *espresso* era lo que necesitaba para dejar de divagar. Además, tenía todavía un montón de cosas que hacer, un montón de decisiones que tomar.

Evidentemente, ni podía ni quería quedarse en el apartamento. No podía, porque después de que le hubiesen pasado una copia del contrato por si quería subarrendarlo, casi le había dado un infarto al ver la cantidad de dinero que costaba al mes. Y no quería, porque siempre había odiado aquel piso. Con toda su alma.

Vació los bolsillos de la americana negra que había llevado al funeral mientras se hacía el café. Dejó el móvil en la encimera de la cocina, y del otro bolsillo sacó una tarjeta que un compañero de trabajo le había dado. Una asociación de viudas jóvenes, o algo así. *Viudas en duelo*, ponía en letras doradas sobre fondo negro.

Pero ella no estaba de duelo. No sabía de qué estaba.

Acercó la mano a la papelera de acero de la cocina, que se abrió sola, y tiró la tarjeta dentro. También se cerró sola.

La cafetera pitó, cogió la taza y se bebió el café de un trago, sin azúcar, quemándose un poco la lengua. Luego dejó la taza vacía encima del mostrador de la cocina impoluta.

Cogió el móvil y se dirigió al dormitorio.

Tampoco allí había paredes. Estaba separado del resto del apartamento por una especie de estantería negra que contenía una televisión de cincuenta pulgadas por el lado del salón, unas estanterías y algo parecido a un escritorio por el lado del dormitorio.

Se sentó en el borde de la cama, frente a las cristaleras. La cama era enorme, la más grande que había visto en su vida. Dos metros de ancho. Podía dormir en perpendicular, si quería. El colchón era excelente, como dormir en una nube.

Albert escogía siempre lo mejor, tenía siempre lo mejor. Además del apartamento, eso incluía también la cama.

Aunque luego no durmiera en ella.

O quizás la cama, junto con el resto de los muebles, también estuviesen incluidos en el alquiler, como los electrodomésticos de la cocina y la limpieza tres veces a la semana.

Una cosa más de la que tenía que enterarse y ocuparse. Cogió el teléfono para añadir otro apunte a la lista de tareas que había empezado después de la muerte de Albert y que ya era más larga que su brazo, cuando el teléfono sonó en su mano.

Miró en la pantalla el prefijo internacional como si fuese una serpiente venenosa.

Esperó a que dejase de sonar, y antes de que volviese a hacerlo bloqueó el número.

Recibió un mensaje de texto casi inmediatamente:

Llámame ENSEGUIDA.

Por supuesto, ahora mismo, pensó desapasionadamente.

Observó a la gente andando al otro lado del Támesis, pequeños como hormigas; algunos con prisa saliendo del trabajo, la cola de turistas esperando para subirse al *London Eye*.

Su madre no había volado para el funeral —no lo esperaba, tampoco—. Livy había dejado recado a su secretaria, más por obligación social que otra cosa, y se había olvidado del tema.

Pero desde entonces la estaba bombardeando con correos electrónicos que no abría, llamadas que no cogía. Se arrepentía vivamente de haberla avisado de la muerte de Albert y no sabía por qué lo había hecho, la verdad. La había pillado en un momento bajo, supuso, y tenía que contárselo a alguien. Aunque fuese a su secretaria.

Ahora la estaba inundando a llamadas y mensajes, no sabía para qué, ni le importaba. Para que volviese a Boston, quizás.

No pensaba volver ni loca. La sola idea de volver a estar en el mismo continente que su madre le provocaba escalofríos. Esa era toda la familia que le quedaba: una madre narcisista, un marido muerto.

Menos mal que por lo menos no se había presentado allí, porque era lo único que le faltaba.

El funeral había sido triste y caluroso, casi de cortesía, en la sala de un tanatorio gris e impersonal. Un mero trámite con gente deseando salir de allí, ella incluida. No más de dos docenas de personas, la mitad sus propios compañeros del museo, la otra mitad gente de la oficina de Albert, algún jefe, colegas del trabajo a los que no conocía.

Sin familia, porque Albert no tenía familia viva. No tenía hermanos y sus padres habían muerto en un accidente de tráfico unos diez años antes.

Qué poca gente, pensó; qué pocas vidas había tocado Albert. Se preguntó qué pensaría si supiese que todos aquellos amigos a lo que se molestaba tanto en impresionar ni siquiera habían enviado una triste tarjeta.

Empezaba a anochecer, y vio su reflejo en la pared de cristal del dormitorio. Menos mal que el piso era tan alto que nadie podía verles desde fuera. Daba igual, siempre se había sentido expuesta. A veces tenía miedo de despertarse, ver un paracaidista o un limpiacristales por la ventana y morirse del susto.

No sabía quién era la extraña de la media melena con mechas rubias, el vestido negro sin mangas de corte impecable y los ojos secos que le devolvía la mirada desde el cristal.

Estuvo a punto de quitarse el vestido, sacárselo por la cabeza cuanto antes, para despegarse el olor a funeral, a tanatorio y flores, pero las ventanas de suelo a techo se lo impidieron.

Por muy alto que fuese su edificio, nunca había sido capaz de cambiarse de ropa en el dormitorio, con aquellas cristaleras.

Miró a su alrededor.

Odiaba aquel apartamento con toda su alma, aquella pecera inmensa que parecía no calentarse nunca, aquel horror de acero y cristal donde había vivido prácticamente sola los últimos dos años.

Ni loca iba a hacerse cargo del alquiler de Albert. Ni podía ni quería.

Se dio cuenta de que entonces tendría que mudarse en menos de una semana. Buscar un piso de alquiler. En Londres.

En aquel momento se alegró de que las ventanas no pudiesen abrirse desde dentro.

Se levantó de la cama, exhausta. Se quitó los pendientes, el collar, las joyas que había llevado al funeral y los dejó encima del tocador.

Luego entró en el vestidor para quitarse por fin el vestido negro que no iba a volver a ponerse en su vida.

Lo colgó en el armario, y se quedó mirando la ropa en sus perchas, la zona del vestidor que ocupaba Albert, todos sus trajes. Las corbatas en un colgador especial para corbatas. ¿Cuántas podía haber? ¿Cien, más?

Todavía no sabía lo que quería hacer con su vida, con el resto de su vida. En ese momento estaba anestesiada, se movía mecánicamente, siguiendo la lista de cosas que hacer que tenía en su móvil.

No sabía lo que quería pero, si se paraba a pensar un poco, podía saber lo que *no* quería.

No quería volver a Boston, bajo ningún concepto. No quería volver a su trabajo en el museo, tampoco, o por lo menos no todavía, no con la gente tratándola como si fuese de cristal, y teniendo que fingir un duelo que no sentía. Ni quedarse en aquel piso. Ni volver a ver los trajes a medida de Albert colgados en el armario, las corbatas de seda. Ni los vestidos de cóctel que se había visto obligada a comprar para dar la imagen de la perfecta esposa de diplomático en aquellas fiestas a las que Albert solía arrastrarla.

Ni pasar en aquella ciudad gris y hostil ni un minuto más.

Se subió al taburete que usaba para calzarse y descalzarse en el vestidor, y cogió una maleta vacía de la parte alta del armario.

[2]

Cuatro meses después

—No no no no no...

Livy se paró en medio de la salita, con el café a rebosar a punto de derramarse sobre la alfombra. Inclinó la cabeza y sorbió de la taza hasta que el líquido llegó a un nivel aceptable del borde. Se le cayó la manta que tenía sobre los hombros en el proceso. Llegó hasta la mesa de trabajo que había junto a la ventana, apartó cuadernos, libros, notas, *post-its* y bolígrafos de la superficie para apoyar el café.

Volvió sobre sus pasos para coger la manta que se le había caído y se la puso de nuevo sobre los hombros.

La pantalla del portátil, que se había suspendido mientras estaba en la cocina preparándose el café, se iluminó, pidiéndole la contraseña.

La tecleó sin pensar, y en la pantalla apareció un documento de texto con tres frases.

Contando el título.

Se quedó mirando la pantalla, el cursor parpadeando.

El reloj en la esquina superior derecha marcaba las 3:32

de la tarde. Desvió la mirada hacia la ventana, ¿y qué vio al otro lado? Lo que llevaba viendo los últimos cinco días.

Nieve.

Pegó la frente al cristal.

Las tres y media de la tarde y ya estaba anocheciendo. Tampoco iba a notarse mucho la diferencia, la verdad: había sido un día oscuro, precedido de una sucesión de días oscuros, iguales unos a otros. Días de cielos plomizos, sin luz.

El cielo cubierto de nubes azul marino contrastaba con el blanco puro de la campiña nevada. Eso quería decir que iba a volver a nevar de un momento a otro.

Otra vez.

La nieve no le disgustaba, en principio; pero eran *cinco días seguidos*. Cinco días sin poder salir de casa. Bueno, poder podía, si quería hundirse en la nieve hasta el muslo.

Desde la ventana de la salita podía ver su coche, el Jaguar negro que había sido de Albert, enterrado en la nieve. No se veían las ruedas.

Menos mal que había sido previsora y había llenado la nevera antes de la primera nevada.

De todas formas era difícil no serlo, con todos los vecinos del pueblo haciendo lo mismo y no hablando de otra cosa desde días antes de que llegase la anunciada nieve.

No era como si tuviesen otra cosa que hacer, tampoco.

El primer día de nieve había sido bonito, bucólico, incluso, con los copos cayendo y la campiña volviéndose cada vez más blanca.

A partir del segundo día se había producido el caos.

Los vecinos de Bishops Corner no estaban acostumbrados a la nieve, o por lo menos no a tanta cantidad ni a tantos días seguidos. Aquello era el condado de Oxfordshire, no Boston. La gente no sabía qué hacer con sus vidas. Un rato antes había visto a Danny y Todd, los adolescentes de la casa de al lado, con raquetas en los pies, uno, y con esquíes el otro, avanzando por la carretera en dirección al pueblo.

Cualquier cosa para llegar al pub.

Dio un sorbo a su café, sujetando la taza con las dos manos para calentarse, y cerró los ojos.

El paraíso.

Empezó a nevar, otra vez. Copos gruesos, enormes, cayendo en desbandada en todas direcciones, furiosamente, como si estuviesen ansiosos de llegar al suelo.

Se quedó mirando los copos blancos hasta que se le nublaron los ojos, mientras el aburrimiento la envolvía como si fuera algo físico, como la manta que tenía echada sobre los hombros para combatir el frío.

¿No quería paz y tranquilidad? Enhorabuena: conseguido. Pocas cosas había más aburridas que una aldea de dos mil y poco habitantes, un domingo de invierno, a las tres y media de la tarde.

Estaba agobiada, aburrida, subiéndose por las paredes.

Después de cinco días encerrada lo único que quería era salir de casa, sin romperse el cuello, a ser posible.

A lo mejor la idea de las raquetas en los pies no era tan ridícula.

Sintió un escalofrío y tomó otro sorbo de café para calentarse por dentro. Se ajustó un poco más la manta en la que estaba envuelta y le echó un vistazo al fuego de la chimenea. No quedaban más que rescoldos. Tendría que avivarlo, antes de que aquello se convirtiese en una nevera.

Entre el termostato, que estaba estropeado y no subía de diez grados, y las corrientes de aire que atravesaban la casa, empezaba a pensar que no sobreviviría al invierno. Aunque quizás antes que el frío la matase el aburrimiento.

No había sido buena idea poner la mesa de trabajo junto a la ventana. No era como si la vista desde la sala de estar de su *cottage* fuese más interesante que el trabajo que tenía frente a ella, pero tampoco necesitaba mucho para distraerse.

En su momento le había parecido una buena idea empezar a escribir un libro sobre arte. Era su campo, al fin y al cabo, y siempre había pensado que si un día tenía tiempo, lo más inteligente sería usarlo para escribir un libro que la ayudase a avanzar en su carrera. Pero dios, se estaba aburriendo soberanamente… era ponerse delante del ordenador y se le empezaban a cerrar los ojos, fuera la hora que fuera. O se ponía a mirar por la ventana.

La nieve seguía cayendo, en una cortina casi opaca, enterrando cada vez más su coche. Cayendo sobre el contenedor de basura verde, y sobre el árbol de Navidad que había quitado el día anterior.

Sarah le había dicho que podía dejarlo ahí fuera; al parecer la gente que recogía la basura se encargaba también de recoger los árboles y llevarlos a su destino final, fuese cual fuese. Así que allí estaba, tirado en el suelo, despojado de adornos y luces, como un soldado caído en medio de la nieve.

No había mucho más que ver desde la ventana (lo cual no impedía que pasase el noventa por ciento del tiempo con la mirada perdida, en vez de concentrarla en el ordenador que tenía delante): todo blanco, cubierto de nieve, hasta donde alcanzaba la vista. El camino que llegaba hasta la puerta de su casa, la verja, la casa de los Phillips al otro lado de la calle. Y nada más, no solo porque la nieve lo impidiese, sino porque realmente no había nada más: campiña blanca por todas partes.

Si se pegaba al cristal podía ver, a la derecha, la casa de los Remington, a unos doscientos metros de la suya, de donde habían salido los adolescentes exploradores.

A la izquierda el camino se terminaba y daba a un campo y a un grupo de árboles que apenas podía llamarse un bosquecillo. No había más casas por ese lado del pueblo, la suya y la de enfrente eran las últimas.

Suspiró. Tenía que levantarse a avivar el fuego. Avivar el fuego, echar más leña, y tampoco habría sido mala idea quitar la nieve del camino, o desenterrar el coche. Pero primero, no tenía pala, y segundo, no sabía qué sentido tenía, si iba a seguir nevando.

El techo crujió sobre su cabeza. Ya no se sobresaltaba

por ese tipo de ruidos, ni solía pensar, como al principio, que la casa se le iba a caer encima. El *cottage* tenía casi doscientos años y era su forma de quejarse, los ruidos artríticos de la edad. Después de tres meses ya se había acostumbrado, como se había acostumbrado antes a las sirenas de policía y de ambulancia en medio de la noche de Londres.

Fue entonces cuando vio lo que vio. No fue gran cosa, no pareció importante, entonces. O no demasiado. Si hubiese estado trabajando, mirando la pantalla del ordenador en ver de mirar por la ventana, no habría visto nada.

Tampoco sabía si eso habría sido mejor o peor, o si habría supuesto alguna diferencia, al final.

Se llevó la taza a los labios de nuevo, y fue justo entonces cuando vio una luz intermitente, como una linterna moviéndose en la oscuridad, en la ventana del piso de arriba de la casa de enfrente, la casa de los Phillips.

Lo cual en sí no era alarmante.

Si no fuese porque la casa llevaba más de dos años deshabitada.

[3]

LIVY ESQUIVÓ uno de los agujeros de la carretera. Hacía tanto frío que se le estaban congelando los globos oculares. En cualquier momento esperaba que se le cayesen y empezasen a rodar por el suelo.

La noche anterior había parado de nevar, por fin. La nieve no había desaparecido, ni mucho menos, pero al menos los caminos eran medio transitables. No quería ni imaginarse cómo había logrado pasar la máquina quitanieves hasta su casa —y cómo había dado la vuelta al final del camino—, pero lo agradecía infinitamente. Por fin podía salir de casa.

Se había acercado hasta el centro del pueblo a hacer algunas compras, andando, porque no tenía ganas de desenterrar el coche. Prefería esperar a que se derritiese la nieve y luego cruzar los dedos para que arrancase. Además, necesitaba estirar las piernas y pensó que el paseo hasta el pueblo, media hora, más o menos, no le vendría mal.

Error.

No había tenido en cuenta el camino de vuelta: kilómetro y medio desde el supermercado, cargada como una *sherpa* con las bolsas de la compra, intentando no romperse el cuello con el hielo y el barro de los caminos, y con el viento helado cortándole la cara.

Eso sin contar que se había dejado los guantes en casa.

Tenía las manos como dos bloques de hielo, rojas y totalmente insensibilizadas del frío y de sujetar las bolsas.

Echó un vistazo en dirección a su casa. Vio las nubes gris oscuro arremolinarse en el horizonte, el perfil de su propio *cottage* y la casa de los Phillips recortados contra ellas. No sabía si era por lo de la noche anterior, pero de repente la casa de los Phillips le parecía una masa oscura, silenciosa; una presencia siniestra al otro lado de la calle. Con ese aire de casa abandonada, vacía, con la valla blanca en necesidad urgente de una mano de pintura.

Evidentemente estaba influenciada por la luz misteriosa del día anterior: hasta entonces la casa había sido simplemente una casa. Sabía que no estaba descuidada, sabía que Mrs. Remington se pasaba a limpiar y airear todos los jueves —porque la había visto varias veces desde la ventana de su salita, no porque fuera una cotilla, como la propia Mrs. Remington—, pero aun así no podía quitarse de encima cierta sensación opresiva.

No era dada a fantasear, pero una ve luces sospechosas donde no debería, y la imaginación hace el resto.

Se desvió para acercarse a la casa de los Remington. Era del mismo estilo que su *cottage*, de piedra amarilla y tejado gris, pero más o menos el doble de tamaño. Tampoco era muy difícil, su *cottage* era minúsculo. Para ella, suficiente. Mrs. Remington, en cambio, tenía un marido y dos hijos universitarios —los adolescentes de las raquetas y los esquíes en los pies—, que volvían a casa casi todos los fines de semana. No lo entendía, porque si ella fuese una veinteañera no pondría un pie en aquel pueblo y menos los fines de semana, pero suponía que había gente para todo.

Se sacudió la nieve de las botas al pie de los tres escalones que conducían a la puerta de la casa.

Buscó un timbre y no lo encontró. Suspiró, y el aire caliente formó una nube de vaho frente a su cara.

Se cambió las bolsas de mano, cogiéndolas ahora todas con la mano izquierda, cuya muñeca empezó a resentirse desde el instante uno, y llamó a la puerta con los nudillos congelados.

Necesitaba llegar a casa *ya*. Necesitaba un té caliente, soltar las bolsas, que se le despertasen las manos y los pies antes de perderlos por congelación.

Y —pensó, apoyando el peso en un pie, luego en otro— necesitaba que Mrs. Remington abriese la maldita puerta.

Llamó de nuevo, esta vez con más fuerza.

La casa de los Remington era la última a ese lado del camino, antes de llegar a la suya. Más allá no había ninguna casa más —quitando la de enfrente, de los Phillips —, solo un camino de tierra, un prado y un pequeño bosque, perfecto para pasear los días soleados.

Cuando los hubiese, porque en los tres meses que llevaba en Bishops Corner aún no había visto ninguno.

Con la casa frente a la suya deshabitada, Mrs. Remington, su marido y sus hijos eran los únicos seres vivos aparte de ella en medio kilómetro a la redonda.

La puerta se abrió por fin y Mrs. Remington apareció en el umbral, secándose las manos en un trapo de cocina. Livy tuvo que mirar hacia abajo. La mujer era menuda, de unos cincuenta años, pelo castaño mezclado con gris que llevaba corto, y unos ojos que se movían inquietantemente rápido detrás de unas gafas redondas. Se sorprendió al abrir la puerta y encontrarla al otro lado, pero lo disimuló enseguida.

Entendía la sorpresa. En los tres meses que llevaba en el pueblo, no había cruzado con ella más de una docena de palabras.

No es que fuese culpa suya. No era una antisocial —o intentaba no serlo—, pero entre llegar a Bishops Corner, comprar la casa y mudarse, no había tenido tiempo de ir puerta por puerta presentándose.

Los habitantes del pueblo tampoco eran precisamente la gente más cálida del mundo, la verdad. No sabía si porque era una forastera —que para ellos era todo aquel que no llevase al menos tres generaciones en el pueblo— o porque era americana, pero la frialdad y la desconfianza eran evidentes las pocas veces que había hablado con ellos.

—Olivia. Justo estaba haciendo la comida —dijo a modo de saludo. No porque fuera a invitarla, ni mucho menos, sino como una forma sutil de señalar que estaba ocupada y que no la entretuviese en exceso, como si fuese una vendedora de enciclopedias.

Se prometió poner un poco más de su parte en socializar con los vecinos. Empezando en ese momento.

Sonrió, aunque la cara, congelada, le dolió un poco al hacerlo.

—Livy, por favor. —Lo primero era el acortamiento del nombre. Cada vez que alguien la llamaba Olivia le daban ganas de mirar por encima de su hombro para ver si su madre estaba detrás de ella. La sola idea le provocó un escalofrío—. Siento molestarla, Mrs. Remington. ¿Sabe si los Phillips han vuelto ya de viaje?

Los dueños de la casa vacía frente a la suya eran una pareja de sexagenarios jubilados que pasaban parte del año, siendo esa parte la fría y húmeda, en el sur de España. Aunque en la práctica, y según lo que le había contado Sarah, las temporadas en España había empezado a alargarse hasta convertirse en años, concretamente dos, que era el tiempo que llevaban sin pisar Bishops Corner.

Mrs. Remington frunció el ceño y dirigió la mirada en diagonal, por encima de su hombro, hacia la casa mencionada.

—No, siguen en España. —Se volvió a mirarla—. ¿Hay algún problema?

Livy se dio cuenta de que la mujer no le había devuelto la familiaridad de poder llamarla por su nombre de pila. Que por otra parte ni siquiera sabía cuál era.

Poco a poco.

—Vi unas luces dentro de la casa, ayer, sobre las tres y

media de la tarde, más o menos. Pensé que quizás los Phillips habían vuelto.

La verdad era que ella no les había visto nunca, así que en caso de encontrarse con ellos, tampoco les reconocería. En los tres meses que llevaba viviendo en el *cottage* la casa del otro lado de la calle siempre había estado cerrada.

—No, no creo que vuelvan hasta el verano… eso si vuelven —murmuró lo último casi para sí misma. La miró con el ceño fruncido—. ¿Crees que viste una luz, dices? ¿Dentro de la casa?

En realidad, no *creía* haber visto una luz. *Estaba segura* de que la había visto.

—Sí. —Volvió a cambiarse las bolsas de mano. Empezaban a pesarle de estar allí de pie. Eso sin contar el frío. Se había blindado con un plumífero largo, gorro de lana y bufanda, pero se estaba quedando helada igual, parada en la puerta de la casa de Mrs. Remington, que ni siquiera se había molestado en hacerla pasar al vestíbulo. Que tampoco quería, pero aun así—. En el piso de arriba, la ventana del centro. Como una linterna, o algo parecido.

Podía haber sido una linterna de verdad, o alguien con la linterna del móvil. El efecto era el mismo, supuso.

Mrs. Remington volvió a mirar hacia la casa en cuestión por encima de su hombro. Hizo un ruido en el fondo de la garganta, una especie de *umm*. Luego negó con la cabeza.

—Estuve limpiando hace unos días, pero eso fue por la mañana, no me hizo falta encender ninguna luz. —La escrutó con sus ojos de ratón detrás de las gafas—. Ayer nevaba mucho, ¿verdad? Igual lo que viste era alguna luz que se reflejaba en la ventana.

Habría sido una explicación plausible, de no ser porque no había ninguna luz que pudiese reflejarse en la ventana de la casa de los Phillips. El alumbrado público en aquella parte del pueblo consistía en una triste farola enfrente de su casa, a un lado del camino, que llevaba fundida un montón de tiempo, y a pesar de que había avisado al ayuntamiento, no parecían tener prisa por ir a arreglarla.

Total, allí solo vivía ella, y nadie más.

—Puede ser —dijo Livy, sin demasiada convicción, pero con una sonrisa, recordando de repente que se había propuesto ser sociable.

Llevaba un rato sin sentir las extremidades, y necesitaba llegar a casa o empezaría a perder dedos de los pies. No parecía que su vecina fuese a darle importancia al tema, y a ella le daba un poco igual. Si luego resultaba que había vagabundos ocupando la casa, o adolescentes usándola como picadero, no era su problema. Ella ya había avisado: hasta ahí llegaba su responsabilidad vecinal.

Había cumplido su parte.

[4]

Livy soltó las bolsas de la compra un momento en el suelo del recibidor para desempaquetarse: plumífero, gorro, bufanda, botas de goma. Lo colgó todo del perchero sujeto a la pared, menos las botas, que dejó en el banco de madera que usaba para guardar el calzado. Volvió a coger las bolsas y se dirigió a la cocina, donde las soltó encima de la barra de desayunos.

Se le habían quedado las manos congeladas, doloridas y con marcas rojas horizontales en la palma, de las bolsas de plástico.

Movió las manos unos segundos, delante de su cara, para comprobar que todavía le funcionaban.

Estaba congelada, helada, como un cubito de hielo. Se le había metido el frío polar en los huesos y en el cerebro. Necesitaba recuperar la sensibilidad en pies, manos y orejas lo antes posible.

Té: eso era lo que necesitaba. Un té bien caliente, o dos.

Llenó el hervidor de agua y bajó la palanca. Sacó del armario una taza y la caja de té *chai*. Mientras esperaba a que hirviese el agua, abrió la nevera para colocar la compra: la leche, los yogures, lo que necesitaba frío. Se interrumpió un segundo cuando pitó el hervidor para echar el agua sobre el té, y siguió colocando.

Cuando terminó, cerró la puerta del frigorífico con más fuerza de la necesaria.

Estaba irritada, molesta. Mrs. Remington no la había creído, eso estaba claro.

Abrió los armarios de la cocina para colocar el resto de la compra.

Lo peor de todo era que ella misma estaba empezando a dudar de lo que había visto la tarde anterior. La supuesta luz de la supuesta linterna no había durado más de diez, veinte segundos como mucho. Y era verdad que nevaba muchísimo. A lo mejor el aburrimiento le había hecho ver visiones. O tanto tiempo mirando la pantalla del ordenador había acabado afectándola.

Y aunque fuese real, tampoco era su problema. No le hacía gracia que hubiese gente merodeando enfrente de su casa, la verdad, pero quitando eso, no era asunto suyo.

Estaba irritada, de todas formas. Se había molestado en ir hasta la casa de Mrs. Remington —y había llamado a la puerta, ni más ni menos— y la mujer ni siquiera la había escuchado.

Vació la última de las bolsas de la compra y cerró la puerta del armario, esta vez ya sin violencia. Sobre todo porque no creía que los armarios de la cocina pudieran soportarla. No quería arriesgarse a que se desencajase alguna puerta.

La cocina era pequeña, como el resto de la casa, pero estaba bien distribuida: los antiguos dueños habían aprovechado bien el espacio cuando la renovaron por última vez, allá por los años setenta. Además de la barra de desayuno había espacio para una mesa de pino y cuatro sillas, que apenas utilizaba, la verdad. Solía comer casi siempre de pie, encima de la barra. O en la mesa del ordenador, en diez minutos.

Los armarios eran de madera, oscurecidos por los años y el uso, el suelo rústico, de baldosas marrones.

No solo la cocina necesitaba una renovación urgente, ni era el termostato lo único que no funcionaba: la lista de cosas que necesitaban arreglo, actualización, mantenimiento, era casi infinita.

Tenía que haber arreglado el termostato antes de que empezase el invierno. Pero tenía miedo de llamar y que fuese algo más grave y tener que hacer obras en medio del frío, toda la casa llena de polvo.

El *cottage* necesitaba una reforma, eso estaba claro. Una reforma y quitarle ese olor a mustio que no se iba, daba igual cuántas veces limpiase, o con cuánta profundidad.

Con la casa le habían dejado los muebles: sentía cierta ambivalencia, porque si bien le habían servido mientras pensaba cómo decorar, sospechaba que el noventa por ciento del olor a mustio provenía de aquellos muebles.

O eso esperaba.

No veía la hora de deshacerse de ellos.

Lo único que habían dejado perfecto, recién limpiado y funcionando era la chimenea del salón y la del dormitorio principal, y menos mal, o se habría congelado aquel invierno.

Bueno, todavía había tiempo.

Aun así, incluso con la humedad, el frío y el olor a mustio, era infinitamente más acogedor que el piso de cristal en Londres.

Lo que daba una pista de hasta qué punto lo había aborrecido, y lo feliz que era de haberlo perdido de vista.

No; a pesar de los arreglos y todo lo que había por hacer, no se arrepentía de haber comprado la casa. Tenía treinta y cinco años y siempre había vivido de alquiler, nunca había tenido una casa propia, en la que poder clavar cuadros en las paredes sin perder la fianza.

Eso no evitó que se preguntase, como hacía casi todos los días, qué estaba haciendo allí.

En aquel *cottage* que necesitaba varias reparaciones urgentes, y muebles nuevos y —definitivamente— moqueta nueva, en un pueblo perdido en medio de la nada.

Podía echarle la culpa a Albert, pero era absurdo. Él no tenía culpa de haberse estrellado en aquella avioneta.

Había hecho las maletas, aquel día oscuro de agosto después del funeral. No solo había hecho las maletas: metió toda la ropa de Albert en bolsas y las llevó a una tienda benéfica de segunda mano donde estuvieron a punto de llorar al ver todos aquellos trajes de marca, corbatas de seda, zapatos. Setenta y ocho camisas.

Las había contado.

Se había deshecho también de la mayor parte de su ropa: vestidos de cóctel, de fiesta. Todo lo necesario para representar a la mujer de un diplomático en los eventos sociales varios a los que tenía que acudir por compromiso.

El resto de cosas, bolsos y zapatos, complementos, abrigos y chaquetas, las había guardado en un trastero de alquiler.

Solo se había quedado con un par de maletas y una caja de cartón con las cosas más personales. Las había metido en el maletero del Jaguar de Albert, y había salido pitando de allí, dejando las llaves del piso encima de la isla de la cocina.

La empresa encargada del alquiler del apartamento fue lo suficientemente elegante como para no reclamarle la deuda. Al fin y al cabo, el contrato de alquiler estaba solo a nombre de Albert.

Se tomó las tres semanas de vacaciones que tenía acumuladas en el museo y empezó a conducir, sin rumbo fijo.

Necesitaba descansar y necesitaba pensar, aclarar las ideas. El funeral y todo lo que lo había rodeado había sido agotador.

Las vacaciones se habían convertido en un viaje en coche por el país. No tenía un plan establecido, iba saltando de ciudad en ciudad, parando en los sitios que le apetecía ver. Albert le había prometido —al principio de su matrimonio, al llegar a Londres, cuando todavía le prometía cosas y ella todavía se las creía— que iba a enseñarle el país. Quería visitar Escocia, Gales, Oxford, Canterbury… un montón de sitios y ciudades que estaban relativamente cerca y que no había visto. Así que decidió que ya era hora, después de siete años viviendo en Londres, de ver un poco del mundo que la rodeaba.

El viaje se había alargado más de lo previsto. Le quedaban un montón de sitios para ver, no tenía ganas de volver a Londres, y menos de ponerse a buscar piso. La sola idea de volver al trabajo, tener que soportar las caras de pena de sus compañeros, le ponía los pelos de punta. Así que sin pensarlo mucho, llamó al museo y pidió —menos mal que se lo concedieron— un año sabático.

No iban a tener ningún problema en sustituirla: tenía todo perfectamente ordenado en su escritorio y en el ordenador del trabajo, cada cosa en su carpeta y todo etiquetado. La persona que contratasen iba a tardar un día como mucho en ponerse al día.

Así que había seguido viajando, hasta llegar por casualidad a Bishops Corner, 2103 habitantes, y allí era donde había terminado, atrapada por un invierno infinito en una casa que no subía nunca de los diez grados.

[5]

—Sabes que quiero a mi marido, ¿verdad?

Livy levantó la vista del café que estaba removiendo y miró a Sarah, que se secaba las manos en un trapo de cocina, detrás de la barra del pub.

Sarah, pelirroja, pequeña, a la que sacaba casi una cabeza en altura pero que tenía el doble de energía que ella. O, viéndola moverse detrás del mostrador, atender a los clientes, servir comidas y bebidas, diez veces más energía.

Sonrió porque sabía lo que venía a continuación. Habían tenido esa conversación, o una muy parecida, cinco millones de veces antes de aquella.

Y sí, respecto a su pregunta retórica, Livy sabía que Sarah quería a su marido. Lo que no sabía era exactamente por qué, sinceramente.

Sarah y Harold McKinnon llevaban el pub local, que también era el único alojamiento del pueblo, con cinco habitaciones en el piso superior, justo encima del pub. Más que suficientes para un pueblo de ese tamaño. Además tenían baño privado, lo que no era habitual en los alojamientos de aquel tipo, ella lo había sufrido en su viaje por carretera. La familia ocupaba la tercera planta, justo encima de las habitaciones de los huéspedes.

Allí era donde Livy se había alojado al llegar a Bishops Corner, donde se había quedado mientras arreglaba los papeles y firmaba la compra de su casa.

En las dos semanas eternas que se hospedó allí había oído prácticamente todas las discusiones que la familia tenía a la hora de la cena. Y a todas horas. Las dos hijas, de doce y catorce años, eran un suplicio, discutiendo todo el tiempo entre ellas y con su madre —aunque quizás fuese lo normal en crías de su edad, qué sabía ella— mientras el marido se limitaba a esconderse en el almacén, ordenando las mismas cajas de bebidas una y otra vez, y a ponerse de vez en cuando detrás de la barra. Y gruñir en vez de hablar.

Miró a Sarah ahora, detrás de la barra, moviéndose, como siempre, a la velocidad de la luz. Tenía un año más que ella, treinta y seis, y además del pelo color mandarina recogido en una coleta y la cara llena de pecas, unos ojos verdes tan claros que asustaban.

Ahora esos ojos verdes miraban por encima de su hombro, y Livy estaba segura de quién era el objeto de su atención.

No era como si no tuviesen la misma conversación prácticamente todos los días. No había mucho que hacer en Bishops Corner.

—Sí, ya sé que quieres a tu marido —dijo por fin, aunque sabía que su amiga no esperaba respuesta.

Sarah suspiró y volvió a mirarla.

—Una lista. Necesitamos una lista, Harold y yo. Plastificada. Podríamos llamarla La Lista, en mayúsculas, donde cada uno pueda elegir cinco personas con las que poder engañar al otro si surge la oportunidad. Sin reproches. —Sarah frunció el ceño—. Aunque cinco personas igual es mucho. Mejor dos —concluyó, demostrando que le había dado vueltas a la idea.

Livy se echó a reír. Se había acercado hasta el pub después de comer, desafiando al frío, sabiendo que era el turno de Sarah en la barra. No sabía si era por llevar cinco días encerrada por culpa de la nieve, la falta de luz, o las dos cosas a la vez, pero se sentía mustia en casa, como si le estuviese creciendo moho. Una visita al pub, con sus mesas de madera oscura, la chimenea encendida, las guirnaldas de luces que Sarah tenía colgadas en las ventanas y el olor a comida casera, siempre le subía el ánimo.

—Si Harold te engañara, aunque fuese con tu consentimiento, no tendrías más remedio que descuartizarle.

—Tienes razón. —Sarah suspiró—. Rectifico, entonces. Soy yo quien necesita la lista. —Se puso a limpiar la superficie de la barra furiosamente con un trapo que cogió de debajo del mostrador, distinto al que había usado para secarse las manos—. ¿Y sabes quién sería el primero de mi lista?

Livy bebió un sorbo de café.

—Déjame adivinar... ¿El misterioso desconocido, quizás? —respondió, bajando un poco la voz, no fuese a ser que el objeto de su conversación pudiese oírla.

El misterioso desconocido —aunque a aquellas alturas ya no era ni misterioso ni desconocido— estaba sentado en su mesa de siempre al lado de los ventanales, con una Guinness delante, las piernas extendidas frente a él, cruzadas en los tobillos, totalmente concentrado en el periódico que tenía abierto sobre la mesa —a veces era un libro de tapas blandas, ajado, sacado de la biblioteca—, como si el resto del pub y la gente que lo habitaba no existieran.

O al menos no tuviesen el más mínimo interés para él.

Sarah dejó de limpiar un instante y empezó a contar con los dedos:

—Alto, oscuro, misterioso… —Se inclinó sobre la barra y bajó la voz—. Y es irlandés. Creo. —Levantó y bajó las cejas un par de veces.

Livy frunció el ceño.

—¿No eras tú también irlandesa? —preguntó,

escrutando el pelo rojo, los ojos verdes y las pecas de la dueña del pub.

—Escocesa —respondió Sarah.

—Pues no tienes acento.

—Vivo aquí desde que tenía veinte años.

—Ah.

Livy se terminó su café. El hombre había hecho su aparición cuando ella llevaba tres semanas escasas en Bishops Corner, o dos, no estaba segura: solo sabía que acababa de firmar la venta de la casa. Eso había provocado que el título de forastero pasase directamente a él antes de que ella pudiese acostumbrarse a la atención. No era como si la curiosidad por ella hubiese menguado, pero ahora era compartida con el todavía más reciente habitante del pueblo.

Solo esperaba que el tipo no se cansase de la atención y huyese despavorido, dejándola a ella sola bajo el escrutinio pueblerinil.

—Ahora dime… ¿Qué hace un tipo como ese en Bishops Corner, con ese aspecto, solitario, sentándose todos los días a la misma mesa? —preguntó Sarah, secando un vaso.

Eso también lo habían hecho cinco millones de veces, antes. Especular sobre el oscuro y misterioso forastero.

Aunque era una buena pregunta.

¿Quién en su sano juicio —ella no contaba porque no lo estaba— iba a meterse en aquel pueblo perdido de la mano de dios?

Jack Owen, o el misterioso desconocido —en algún momento tendrían que dejar de llamarle así— había alquilado el apartamento enano encima de la oficina de correos. Además de su nombre, sabían que Mr. Milligan (su casero) le había hecho pagar tres meses de alquiler por adelantado, porque no tenía un trabajo “apropiado”, era “una especie de escritor”.

No sabía cómo alguien podía ser una especie de escritor, o se era o no se era, pero bueno.

Todo eso lo sabían gracias al propio Mr. Milligan, que lo había largado todo cuando todavía no estaba seca la tinta en el contrato de alquiler.

—Mr. Milligan dice que es escritor. Igual ha venido... ¿A inspirarse?

Se dio cuenta de la estupidez nada más decirla.

—Escritor... —Sarah hizo un gesto con la mano, echando a un lado la credibilidad de Mr. Milligan—. ¿Le has visto alguna vez escribiendo? ¿Ha venido alguna vez con un portátil, un cuaderno, los dedos manchados de tinta, *algo*?

—Dudo mucho que escriba con pluma, Sarah...

Se inclinó sobre la barra.

—A lo mejor está recuperándose de una ruptura. O es viudo. El amor de su vida ha muerto en un accidente, y se pasa los días recordándola...

Livy intentó que no se le notase lo cerca que había pasado Sarah de adivinar su propia historia. Historia que por supuesto no le había contado a nadie. Nunca había sido muy dada a divulgar información personal. Además, la única forma de que nadie cotillease sobre ella era si nadie sabía nada sobre ella, y eso incluía su estado civil y cómo había perdido a su marido.

—Tienes que dejar de leer novelas románticas —dijo—. Pero inmediatamente.

—Es mi único momento de ocio. Media hora por la noche con los pies en alto, después de cerrar el pub y recoger la cocina, con todo el mundo en la cama. Si dejo de hacer eso, muero.

La verdad, pensó Livy, con la vida que llevaba Sarah de hijas preadolescentes, marido-niño al que tenía que decirle todo el tiempo qué hacer, el pub y el hostal que atender, comidas y cenas que preparar, era normal que necesitase una sobredosis de finales felices.

Se giró ligeramente en su taburete, con disimulo —o eso quería pensar— para escrutar al tipo. Jack Owen. Se había tropezado con él un par de veces fuera del pub, haciendo la compra, echando gasolina: el tipo de encuentros inevitables en un pueblo de ese tamaño. El aspecto siempre era el mismo: cazadora de cuero negro semidestruida, botas negras de motorista igualmente destruidas y vaqueros oscuros desgastados que no sabía por qué, pero se imaginaba que no se los había comprado así, si no que se le habían desgastado naturalmente.

Se preguntó qué porcentaje del atractivo del tipo se basaba en el aura misteriosa que le rodeaba.

Probablemente bastante.

Si a eso se sumaba que en Bishops Corner había un déficit importante de gente menor de sesenta años, combo perfecto.

En lo de misterioso no estaba segura, pero lo que sí era era un poco inquietante. No sabía si por la indumentaria, o por el mentón sin afeitar, o la cicatriz que le atravesaba la ceja izquierda, o la permanente expresión hueca que tenía en la cara, pero si se lo encontrase de noche probablemente se cambiaría de acera.

Quizás también de día.

Justo entonces el hombre levantó la vista del periódico y la miró directamente, como si supiese que llevaba ya un rato observándole. Livy se quedó un segundo paralizada, sin poder apartar la vista de los ojos vacíos de expresión.

Se giró rápidamente hacia la barra y empezó a notar cómo le subía el calor por el cuello, hasta la cara. Esperaba de verdad no estar ruborizándose, a los treinta y cinco años.

—Me ha visto —susurró. A buenas horas.

Sarah sonrió de oreja a oreja.

—Quizás seas tú quien debería leer más novelas románticas. Quién sabe, igual te vienen bien.

Livy bufó y se dio cuenta de que se había terminado el café y ya no tenía nada para ocupar las manos

—Por favor, seriedad.

—¿Qué? Es una señal, te lo digo yo. ¿Dos forasteros llegando al pueblo, casi al mismo tiempo? Llevo aquí más de quince años y eso no lo había visto nunca.

No era la primera vez que escuchaba a alguien comentar la casualidad de que hubiesen llegado dos habitantes nuevos a Bishops Corner casi a la vez, y uno de ellos fuese el "misterioso" desconocido.

Estaba segura de que para los habitantes del pueblo ella también estaba rodeada de misterio. Y nada más lejos de la realidad.

Supuso que tenían que rellenar lo que no sabían de ella —que era mucho, casi todo— con algo, y qué mejor que información inventada e inverosímil. Excitante.

La realidad solía ser algo más plana y sencilla. Gris, incluso. Aunque por un momento se preguntó si eso era verdad también en el caso de Jack Owen.

A no ser que él también necesitase encontrarse a sí mismo. Aunque tampoco tenía pinta de estar perdido, la verdad. Quizás había ido allí buscando refugio, huyendo de problemas. O alguien le perseguía. Podía ser un fugitivo...

Paró cuando se dio cuenta de que estaba a dos segundos de convertirse en una lugareña.

Tenía que dejar de leer novelas de misterio y *thrillers*. Igual Sarah tenía razón, y debería empezar a leer romances. A ella tampoco le vendrían mal unos cuantos finales felices.

JACK OWEN APARTÓ la vista del periódico que no estaba leyendo para mirar hacia la puerta, por donde acababa de salir Olivia Templeton.

La siguió con la mirada a través de las cristaleras del pub, hasta que dobló la esquina y la perdió de vista.

Sacó un teléfono móvil del bolsillo y se lo apoyó en el muslo, bajo la mesa. Era uno de esos antiguos, con tapa, con un número y tres letras en cada botón.

"Sale pub", tecleó, prácticamente sin mirar.

Le dio a enviar, volvió a guardarse el teléfono en el bolsillo, pasó la página del periódico y cogió la cerveza que tenía encima de la mesa. Se la terminó de un trago.

Cuando pasaron diez minutos se levantó y salió del pub, sin mirar hacia la barra, desde donde la mujer pelirroja seguía observándole.

[6]

El aire helado le cortó la cara. Livy se subió la cremallera del plumífero y empezó a andar deprisa, para llegar a casa lo antes posible.

Y también para no morir congelada. Le lloraban los ojos del frío.

Eran solo las siete de la tarde, pero el pueblo estaba absolutamente muerto. Desierto. Normal, por otra parte: lo único abierto era el pub y el frío era absoluto, paralizante. Se aventuró a sacar el móvil del bolsillo —lo cual quería decir que también tenía que sacar la mano del bolsillo, y seguía sin encontrar sus guantes— y mirar en la *app* del tiempo. Tres grados bajo cero, sensación térmica de menos cinco grados.

El único signo de vida eran las casas iluminadas, las televisiones encendidas detrás de las ventanas.

Caminaba deprisa, el hielo crujiendo bajo sus botas de goma. Quedaban todavía restos de nieve embarrada aquí y allá, que intentó sortear como podía.

Tenía que haber llevado el coche, lo hacía siempre que pensaba volver tarde del pub. *Tarde*. Eran solo las siete. Empezaba a pensar ya como una pueblerina.

No se había llevado el coche porque no pensaba

quedarse tanto tiempo, solo había ido a tomar un café después de comer, aprovechando que era el turno de Sarah en la barra, para hacerle un poco de compañía, pero al final se había quedado a cenar. Cualquier cosa con tal de librarse de su mesa de trabajo, los *post-it*, la pantalla en blanco del ordenador. No era como si en casa le esperase nada, ni nadie. Y cocinar no era su fuerte. Era cenar en el pub, con otros seres humanos, o comerse un sándwich frío de pie en la barra de la cocina.

No le gustaba volver andando de noche. No porque se sintiese insegura: en Bishops Corner una podía ir tranquilamente por la calle a las tres de la mañana sin miedo, e incluso había vecinos que no cerraban sus coches, pero la iluminación pública dejaba bastante que desear. Sin contar con que la última farola de su calle seguía estropeada. Eso quería decir que tenía que hacer el último tramo hasta su casa completamente a oscuras, con la linterna del móvil, intentando no pisar un charco ni caerse en una zanja.

Se alejó del centro del pueblo y las casas empezaron a espaciarse cada vez más.

El aire helado le quemó las fosas nasales. Se colocó bien la bufanda para no dejar ni un hueco libre por el que pudiera colarse el frío y se caló aún más el gorro de lana.

Se había cortado el pelo y se había quitado las mechas, poco después de llegar al pueblo. Siempre había querido llevar el pelo corto, muy corto, y por la desaprobación de otros —primero su madre, luego Albert— nunca había acabado de atreverse.

No había sido una decisión inteligente cortarse el pelo sabiendo que se aproximaba el invierno, pero era algo que había hecho sin pensar.

Para no ser una persona impulsiva últimamente estaba haciendo demasiadas cosas sin pensar. Aunque solo era pelo: peor había sido comprarse una casa allí, sabiendo que estaba a más de dos horas en coche de Londres.

Un poco lejos para ir y venir todos los días del trabajo, cuando se le acabase el año sabático.

Todo había sido fruto de la casualidad. No creía en las señales, no creía en nada que no fuera una lógica fría, medible y demostrable.

Nunca habría parado en Bishops Corner, 2103 habitantes, cero interés turístico, si no fuera porque el coche había empezado a hacer un ruido extraño.

Estaba en la semana seis de su viaje hacia ninguna parte en concreto y decidió no arriesgarse a quedarse tirada —o peor, tener un accidente— en medio de la campiña inglesa, así que buscó en su teléfono el taller más cercano.

Había justo uno a la entrada del pueblo. El encargado, de unos sesenta años, barba gris y mono azul oscuro, levantó las cejas cuando la vio llegar con el Jaguar negro de Albert con los bajos cubiertos de barro.

Suyo, era suyo. *Su* Jaguar. No acababa de acostumbrarse. Tenía que haberlo vendido y comprarse un Mini —siempre había querido tener un Mini—, o cualquier otro coche que no llamase tanto la atención.

—Estamos cerrando —dijo el hombre. Livy miró el reloj del salpicadero: las cuatro de la tarde—. Pero no se preocupe, mañana a primera hora le echo un vistazo.

Así que cogió del maletero una bolsa con lo básico para pasar la noche y fue en busca del hostal encima del pub que el tipo del taller le había indicado. El único alojamiento del pueblo. Su día de suerte.

Allí fue donde encontró a Sarah. Tenía en común con el resto de dueñas de los sitios similares por los que había pasado aquellas semanas que era extremadamente sociable, pero con la diferencia de que no era cotilla. Simplemente le explicó su problema con el coche —no era necesario dar explicaciones, pero le salió solo: no sabía qué podía hacer nadie en aquel pueblo si no era porque se habían quedado tirados o se habían perdido—, y pidió una habitación.

Después de dejar su bolsa en la habitación —no demasiado grande, pero limpia, funcional y alegre, con una colcha de flores que no parecía sacada de los años setenta, para variar—, salió a explorar el pueblo.

Lo que le llevó exactamente diez minutos.

Estaba el pub local, con las habitaciones de alquiler encima. El resto de comercios se agolpaban en la misma calle: una cafetería/pastelería, una tienda de regalos/curiosidades/lámparas, una floristería que también vendía plantas y abonos, un pequeño supermercado. La oficina de correos, la biblioteca local.

Necesitaba estirar las piernas, llevaba prácticamente todo el día metida en el coche, así que decidió seguir andando. Poco más podía hacer, salvo encerrarse en su habitación: la cafetería estaba cerrando cuando había pasado por delante. La dueña, o quien fuese que estaba cerrando la puerta, hizo visera para poder echarle un vistazo, y dijo *buenas tardes* cuando pasó por su lado.

Escuchó las campanas de la iglesia dar las cinco. Vio a unos niños pasar en bicicleta pedaleando a toda velocidad, gritando para oírse los unos a los otros.

Dejó atrás el centro del pueblo, y siguió avanzando por la orilla de un camino asfaltado. No había mucho más que ver: la campiña, verde hasta donde le alcanzaba la vista, el cielo azul y límpido de otoño.

Levantó la cara hacia los débiles rayos de sol. El aire olía a hojas caídas, a nuevo curso y a tierra recién removida.

Fue al cabo de un rato, al doblar un recodo del camino, cuando ya estaba pensando en darse la vuelta —no llevaba el calzado adecuado para aquel paseo y los zapatos estaban empezando a rozarle— cuando lo vio.

El *cottage* de sus sueños. Aunque era curioso, porque no sabía que soñaba con un *cottage* hasta ese momento.

Bañado por la luz de otoño: el tejado de pizarra, las paredes de piedra amarilla, la puerta y los marcos de las ventanas pintados del mismo color azul que el cielo.

Un banco de madera pegado a la fachada de piedra, donde se veía leyendo en días como aquel.

Se le aceleró el pulso y apretó un poco el paso, para llegar frente a la casa cuanto antes.

No creía en las señales, pero aquella lo era —literalmente—: un cartel rojo de SE VENDE clavado delante de la casa.

Sacó el móvil del bolso, llamó al número del cartel y concertó una visita con la agencia inmobiliaria para el día siguiente.

Siempre había pensado que no era una persona impulsiva, pero la verdad, entre el viaje, la casa, el corte de pelo y el cambio radical de vida, para no ser una persona impulsiva, se estaba comportando exactamente como si lo fuera.

UN COCHE se acercó de frente, por el camino, con las luces largas puestas. Livy hizo visera con la mano para no quedarse ciega. No pudo ver al conductor. Echó un vistazo al coche, al pasar, pero no pudo distinguir nada aparte de que era rojo. No era una experta en coches, y con la falta de luz tampoco había podido ver la marca.

Cuando hubo pasado por su lado, giró la cabeza para verlo perderse en la distancia. Frunció el ceño. ¿De dónde venía?

Seguramente sería alguien visitando a Mrs. Remington, aunque juraría que venía desde más atrás. ¿De su casa? Quizás fuese alguien que se había perdido. Una mala indicación del GPS. No era la primera vez que tenía que indicar a algún forastero de paso que se había metido en un camino sin salida.

Aunque normalmente era de día, y en fin de semana. No un martes a las ocho de la noche.

[7]

Abrió los ojos en la oscuridad.

No le hizo falta alargar la mano para coger el móvil de la mesita: sin mirarlo, Livy supo que eran las tres de la mañana. Siempre se desvelaba a la misma hora. Un día moriré a esta hora, pensó, y quién se dará cuenta.

Olió el frío en la habitación antes de sentirlo. Era curioso, pero hasta que se mudó a aquella casa no sabía que se podía oler el frío. Olía a madrugada, un poco como a humo o a fogata, o quizás era simplemente un recuerdo que asociaba con el frío, quién sabe.

Parpadeó varias veces, y poco a poco pudo distinguir los contornos de los muebles de su dormitorio, gracias a la débil luz de la luna que se colaba a través de las cortinas. La cómoda, el armario.

Sabía por experiencia que iba a ser imposible volver a dormirse, que podría quedarse en la cama dando vueltas, intentando no pensar en nada, haciendo sumas mentales, y le iba a dar igual. Así que decidió rendirse. Cuanto antes, mejor. Apartó el edredón nórdico y sintió el aire gélido de la habitación a través de la tela del pijama.

Definitivamente tenía que haber arreglado el termostato antes de mudarse.

Se envolvió en su bata de felpa, metió los pies con dos pares de calcetines en las zapatillas de andar por casa.

Era en madrugadas como aquella en las que se preguntaba qué estaba haciendo allí. Qué estaba haciendo con su vida, en general, y en aquella casa fría y húmeda, en particular. ¿Encontrarse a sí misma, como en una mala película? No sabía qué tenía de malo encontrarse a una misma en un piso moderno, en una ciudad llena de gente, con sirenas de policía y de ambulancias interrumpiendo el sueño, ruido de vecinos, gente en la calle, las luces de la ciudad al otro lado del cristal.

No aquel silencio espeso y oscuro.

Se acostumbraría algún día. Al menos eso esperaba.

El silencio era absoluto, extraño. Blanco. Era demasiado pronto y hacía demasiado frío para los pájaros. Esperaba de corazón que no hubiese vuelto a nevar. Fue hasta la ventana a oscuras, sin ni siquiera encender la lámpara de la mesita de noche, y descorrió la cortina.

No estaba nevando, algo era algo. La nieve de los últimos días se negaba a desaparecer del todo, y podían verse parches blancos aquí y allá, al borde de los caminos, en medio de la campiña, reflejando la luz de la luna.

La casa de los Phillips se erguía al otro lado de la calle. Apenas podía distinguirse el contorno, la masa oscura, con la escasa luz que se filtraba entre las nubes.

Se preguntó si el termostato de los Phillips funcionaría.

Apoyó la frente en el cristal helado de la ventana. Un té y un libro. Eso era lo que necesitaba. Encendería el fuego de la salita, y con un poco de suerte se quedaría dormida en el sofá.

Fue entonces cuando, por segunda vez en tres días, tuvo que convencerse de que no estaba teniendo alucinaciones.

Pero esta vez estaba segura. A pesar de la hora, del insomnio, del cansancio.

O precisamente por eso.

Vio una luz encenderse de repente en el piso de arriba de la casa de los Phillips.

Dio un paso atrás. Con la oscuridad de la calle y de su propia casa era imposible que nadie la viese. Aun así, se escondió un poco detrás de la cortina y se conformó con mirar por un resquicio. Era una linterna, de eso ya no había duda. Podía verse perfectamente el movimiento errático del haz de luz, en una habitación del piso superior de la casa, iluminando de vez en cuando paredes, rincones aleatorios.

Escuchó su propio corazón, la sangre bombeando en los oídos.

Calma. Era solo una luz, nada más que una luz, alguien con una linterna.

A las tres de la mañana.

En una casa deshabitada.

De repente el haz de luz cambió de dirección y cruzó la calle, enfocando directamente hacia su ventana.

Soltó la cortina y dio un salto hacia atrás, el pulso latiéndole desbocado en el cuello.

Era imposible que nadie pudiese verla. Era imposible, estaba oculta, la luz apagada.

Se quedó paralizada un par de segundos más, un sudor helado recorriéndole la espalda, mientras la cortina que acababa de soltar oscilaba de un lado a otro.

Sin pensarlo demasiado, se lanzó a una de las mesitas de noche, la que tenía más cerca. Abrió el cajón inferior con fuerza, apartó unos libros y sacó del fondo una pistola.

Era pequeña y manejable, de metal plateado y mate, con empuñadura de nácar. La había encontrado en el piso de Londres, al empaquetar las cosas de Albert.

No le había dado demasiada importancia cuando la encontró. Había vivido siempre en Boston, eso era cierto, pero su abuela era de Texas. Su abuela Fran tenía un rancho donde había pasado los veranos de su infancia, y le había enseñado a disparar cuando tenía doce años. Que la gente tuviese armas en casa no era un concepto demasiado extraño. No se paró mucho a pensar en qué hacía una pistola en el apartamento, entre las cosas de Albert, ni si podía meterse en algún tipo de lío. Simplemente se la apropió —sabía cómo usarla—, y punto.

Se quedó de pie en medio de la habitación, en la mano derecha la pistola, apuntando hacia la puerta cerrada, en la izquierda el teléfono móvil con el número de emergencias en la pantalla, la policía a una pulsación de distancia.

Se sentía como si hubiese corrido diez kilómetros, el pijama pegado a la espalda del sudor, la respiración laboriosa, la boca seca.

Escuchó, alerta, intentando oír algo por encima de los latidos de su corazón, una puerta abriéndose, un crujido de la escalera, cualquier cosa que delatase a alguien entrado en su casa.

No supo cuánto tiempo estuvo esperando. El tiempo suficiente como para que alguien saliese de la casa de enfrente e intentase entrar en la suya, y un poco más, de propina. No más de veinte minutos en total, aunque pareciesen horas.

Hasta que empezó a sentir el frío en los huesos, se le pasó el susto y se impuso la cordura. Fuese quien fuese la persona —o personas— de la linterna, era imposible que la hubiesen visto. La linterna había enfocado hacia su casa por casualidad. Había sido solo un instante, menos de un segundo. Y era absurdo pensar que alguien iba a entrar en su casa.

La hora y su imaginación le estaban jugando una mala pasada.

Relajó el brazo de la pistola y la bajó lentamente. Decidió volver a la cama, pero se acostó mirando hacia la puerta de la habitación, los ojos abiertos en la oscuridad, la pistola todavía en la mano, la mano debajo de la almohada.

[8]

La mancha oscura y líquida se extendió por la encimera de la cocina a toda velocidad, como un pequeño tsunami.

Aquella mancha era —o más bien, iba a ser— su tercer café del día.

Y solo eran las nueve de la mañana.

—Estupendo. Perfecto —dijo en voz alta.

Lo que le faltaba, hablar sola. En ese estado estaba, derramando cafés y hablando sola en su cocina, como una tarada, después de la noche que había pasado.

Juró en voz alta —total, ya qué más daba— mientras localizaba el papel de cocina y arrancaba unas cuantas hojas.

Consiguió parar el río de café antes de que llegase al borde del mostrador y cayese al suelo y sobre las puertas de los armarios.

Había ido a echarse el café de la jarra de la cafetera a la taza, pero calculó mal y ahora las tres cuartas partes del café estaban empapando una bola gigante de papel de cocina.

Estaba aletargada, sin reflejos. Como si tuviese el cerebro relleno de algodón. No había conseguido pegar ojo desde las tres de la mañana, después del episodio de la casa de enfrente y las luces. Había estado dando vueltas en la cama el resto de la noche. Se había dado por vencida, hecha polvo, con todos los músculos doloridos, cuando la luz grisácea del amanecer había empezado a insinuarse detrás de las cortinas.

Sabía que tenía que volver donde Mrs. Remington, pero había estado buscando excusas toda la mañana.

No era algo que hiciese normalmente, procrastinar. No era su *modus operandi*. Le gustaba quitarse las cosas de encima cuanto antes. Pero no había empezado el día con buen pie, y mucho se temía que ya solo podía ir a peor.

Lo que no podía imaginarse entonces era hasta qué punto iba a hacerlo.

No le gustaban las confrontaciones, y no hacía falta ser adivina para saber que le esperaba una con Mrs. Remington cuando fuese a contarle el episodio de la noche anterior. O de la madrugada, más bien. *El episodio de las luces en la madrugada*, como lo había bautizado en su cabeza durante las horas que había estado despierta mirando la puerta de su habitación.

Si la había ignorado la vez anterior, no sabía por qué esta iba a ser distinta.

Así que llevaba toda la mañana evitando el momento. Lo primero que había hecho, después de consumir el primer y segundo café del día, era acercarse a la oficina de correos a recoger un libro que había encargado.

El pub estaba cerrado todavía, así que no podía perder el tiempo con Sarah. Y a pesar del tentador escaparate de la pastelería tampoco entró a por *cupcakes*, ni a comprar el periódico ni una revista.

No tenía ganas de hablar con nadie ni de hacer vida social. Era otra de las cosas que echaba de menos de Londres, y de Boston. De las grandes ciudades en general: el anonimato de los días malos. La libertad de tener un mal día, sin tener que hablar con nadie. Ya había tenido suficiente con Mr. Smith, el encargado de la oficina de correos, un hombre al borde de la jubilación que parecía tener como misión en la vida saber qué contenían todos y cada uno de los paquetes que los habitantes de Bishops Corner recibían.

Es un florero, le dieron ganas de responderle cuando cogió del mostrador el paquete envuelto en papel marrón con forma de libro, antes de irse musitando un *hasta luego*.

Y hasta ahí habían llegado sus buenos propósitos para ser más sociable con sus vecinos.

Cuando salió de la oficina postal vio el cielo gris pizarra que se acercaba por el horizonte. Un horizonte que llegó a su altura más rápido de lo que esperaba.

Su intención era pasar por casa de Mrs. Remington al volver del pueblo, pero la lluvia le dio la excusa perfecta para no hacerlo.

Al fin y al cabo, no podía dejar que se mojase el libro.

A punto de llegar a casa el cielo se abrió sobre su cabeza y empezó a caerle encima el chaparrón del siglo. Cubrió el libro lo mejor que pudo con el abrigo y salió corriendo los últimos metros hasta la puerta.

Colgó el abrigo en la entrada, sacudiéndose el agua de encima. Quince litros en treinta segundos.

Necesitaba un café, y bien cargado. Era día de café. El té estaba bien a media tarde, para pasar el rato, para quitarse el frío de encima, pero cuando de lo que se trataba era de despejarse, necesitaba cafeína. En dosis altas y frecuentes.

Lo cual la había llevado hasta allí, hasta su tercer café derramado sobre el mostrador de la cocina a las —miró el reloj del microondas— 9:34 de la mañana. Esperando a que dejase de llover, o a que lo hiciese con algo menos de fuerza, para llamar, por segunda vez en tres días, a la puerta de Mrs. Remington. Se le habían acabado las excusas y tampoco quería que se hiciese más tarde. Si tenían que ir a echar un vistazo a casa de los Phillips prefería hacerlo de día, la verdad.

Su vecina probablemente pensaría que estaba exagerando.

Incluso ella misma empezaba a pensarlo.

De día, y no siendo las tres de la madrugada, las cosas se veían de otra manera. Prefería no pensar demasiado en la noche anterior, en la patética imagen de sí misma temblando en bata en medio de la habitación, con la pistola en la mano.

Sin embargo, eso no cambiaba el hecho de que había alguien, un intruso, o más de uno, en la casa de los Phillips a las tres de la mañana.

Y no tenía intención de pasar otra noche en vela pegada a la ventana.

Terminó de limpiar el desastre del café y volvió a llenar la taza para llevársela a la salita.

Avanzó apenas dos pasos y se paró en seco en medio de la cocina, con la taza en la mano. Miró a su alrededor. Algo estaba distinto, fuera de lugar, pero no sabía exactamente el qué.

Escrutó la cocina con los ojos entrecerrados. Era el plato hondo de cerámica azul que usaba de frutero. Estaba colocado en la encimera, bajo la ventana. Y ese no era su sitio. Su sitio era el centro de la mesa de la cocina, donde había estado siempre.

Juraría que ella no lo había movido.

Vivía sola y, por muchos años que tuviese el *cottage*, todavía no se había tropezado con ningún fantasma, lo cual quería decir que si ella no lo había movido, no había podido hacerlo nadie.

Se encogió de hombros. Quizás lo había hecho sin darse cuenta. Tampoco era la primera vez que tenía esa sensación. No con el frutero, eso sí. Con otras cosas. Como por ejemplo, sus guantes, que era incapaz de encontrar, a pesar de haberlos buscado por todas partes.

Colocó el frutero de nuevo en el centro de la mesa y se quedó mirando las dos manzanas verdes, tristes y solitarias en su interior.

¿No tenía ella tres manzanas? Juraría que aquella

misma mañana había visto tres manzanas, en el frutero *encima* de la mesa. ¿Se estaba volviendo loca?

También era verdad que las manzanas llevaban tanto tiempo allí que tampoco estaba segura de si había tres o media docena.

Siempre se prometía comprar —y comer— más fruta, pero nunca lo hacía.

Se agachó para mirar bajo los armarios de la cocina, por si acaso la manzana perdida había rodado por el suelo.

Nada.

Calma. Estaba empezando a emparanoiarse. La noche anterior y la falta de sueño estaban empezando a pasarle factura.

Cogió de nuevo la taza de café y se la llevó a la salita, donde había dejado el fuego encendido antes de irse.

Fue hasta la ventana y comprobó que afuera seguía cayendo el diluvio. Tendría que esperar a que parase un poco para ir donde Mrs. Remington. Una lástima.

Empezó a sorber el café intentando no quemarse la lengua, mientras se quedaba absorta viendo la lluvia caer.

Al segundo trago ya había olvidado el frutero fuera de su sitio, la manzana desaparecida y que tenía que comer más fruta.

[9]

JACK SOLTÓ los prismáticos encima de la mesa, al lado de la taza de café casi frío.

Había visto a Olivia Templeton correr los últimos metros hasta su casa, protegiendo bajo el abrigo lo que parecía un paquete o un sobre marrón. Probablemente uno de los tres millones de libros que pedía a la semana.

¿Dónde cojones estaba el ruso?

La lluvia golpeaba los cristales con fuerza, con el sonido de una ametralladora, y ya no podía ver nada, ni con prismáticos ni sin ellos.

Después de que Olivia Templeton entrase en la casa corriendo había perdido contacto visual, pero por los ruidos que llegaban a través del receptor —una especie de transistor del tamaño de un ladrillo; se preguntó de qué almacén de antes de la guerra fría sacaba el ruso sus cacharros— dedujo que estaba en la cocina, en la parte trasera de la casa. La escuchó jurar, con interferencias, y un rato después reapareció en la ventana de la sala de estar, mirando cómo caía la lluvia mientras daba pequeños sorbos a la taza que tenía entre las manos.

Jack se llevó su propia taza a los labios e hizo una mueca de disgusto.

El café estaba casi frío y sabía a agua de fregar. No sabía si Sergei era tan rata que compraba el peor café que podía encontrar, o que no tenía puta idea de prepararlo. O las dos cosas a la vez.

En cualquier caso daba igual, porque estaba frío, y no hizo nada para calentarle los huesos.

En aquella casa húmeda y helada, era imposible que el café se mantuviese caliente más de treinta segundos.

Recordó que tenía que limpiar la cafetera y dejarla exactamente como estaba antes de la siguiente visita de Mrs. Remington. Gracias a la estricta puntualidad inglesa de la mujer, que hacía que pasase a limpiar y airear la casa todos los jueves a la misma hora, las ocho y media exactas de la mañana, ningún otro día ni ninguna otra hora, su trabajo era mucho más fácil. Si no fuera por eso, les habría pillado ya a aquellas alturas. A él no, quizás. Tenía siempre un oído puesto en el crujir de las escaleras que llevaban hasta el segundo piso. El quinto escalón era especialmente ruidoso. Nadie podía subir hasta allí sin anunciar su presencia al menos diez o veinte segundos antes.

O más, si contaba el escándalo que armaba la puerta principal al abrirse.

Sin embargo, con Sergei no lo tenía tan claro. Siempre entraba como un elefante en una cacharrería. Y eso que la puerta de atrás, que era la que usaban ellos, era increíblemente más silenciosa.

Pero daba igual: entraba sin tener ningún cuidado, como si estuviese en su casa y llegara de tomarse unas cervezas con los amigos.

Dios. No veía la hora de terminar el trabajo y perder de vista al ruso de una puta vez.

Sergei se había alojado en otro pueblo algo más grande, a unos quince kilómetros de allí, para no llamar la atención más de lo que ya lo hacía con su sola presencia. Él, sin embargo, tuvo que alquilar un apartamento en Bishops Corner. No había sido un movimiento muy inteligente instalarse allí tan seguido de la mujer, pero no había tenido más remedio.

Alguien tenía que mantenerse cerca, seguirla cuando fuese al pub, saliese de casa. Y ese alguien no podía ser Sergei, por tantas razones que si se ponía a enumerarlas se pondría de peor humor del que ya estaba. Inutilidad y falta de discreción, por citar las primeras que le venían a la cabeza.

Se subió la cremallera de su cazadora de cuero, totalmente inútil para protegerle del frío. Estaba siendo un enero horrible, frío, húmedo, desapacible. Precedido de un diciembre igual de horrible, frío, húmedo y desapacible. La habitación era oscura y húmeda, una especie de sala de estar enana con tapetes de ganchillo sobre toda superficie susceptible de tener uno: respaldo de butacas, mesitas de café, etc. No podían encender la calefacción ni las chimeneas, ni nada que delatase su presencia. Notaba el frío en los huesos y en las plantas de los pies, a pesar de la gruesa suela de sus botas. Tenía que haberse comprado un abrigo, aunque fuese solo para ese trabajo. Se estaba haciendo viejo.

Por lo menos viejo para esa mierda.

Volvió a coger los prismáticos. La mujer apartó unos papeles del escritorio para poder apoyar la taza encima. Luego se sentó y abrió el ordenador portátil. Siguió mirando por la ventana, sin embargo, como si la lluvia que caía en la calle fuese interesantísima.

Jack se preguntó, en su infinito aburrimiento, qué tendría en su taza Olivia, o Livy, como había escuchado llamarla a la pelirroja del pub, o como se había referido a ella Albert Templeton en las escasas veces que la había mencionado. Quizás fuese el té de miel y limón que guardaba en los cajones de la cocina. O café, bebible, no como el suyo, como solía tomarlo, con un poco de leche y una cucharada pequeña de azúcar.

O solo, como también lo tomaba, dependiendo de su humor y de lo que hubiese dormido la noche anterior.

Le favorecía el pelo corto, observó desapasionadamente, con los ojos grandes y la cara angulosa. Le costaba reconocer a la mujer que bebía té —o lo que fuese— frente a la ventana, envuelta en una chaqueta de punto grueso, con la siempre perfecta Mrs. Templeton.

Nunca habría imaginado que fuese a enterrarse en aquel agujero lleno de barro, que cambiase sus impecables trajes de chaqueta por vaqueros, se cortase las mechas rubias y saliese de casa sin maquillar y sin tacones.

Y tampoco parecía ser un capricho de un día. Al fin y al cabo, se había comprado una casa. Con el dinero de la póliza del seguro de su difunto marido, y con el suyo propio. No parecía haber echado mano de ninguna cuenta en ningún paraíso fiscal, no había nada sospechoso en la transacción, nada que pudiese indicar que lo había utilizado para lavar dinero.

Por ejemplo.

Era todo legal, el origen del dinero se podía rastrear perfectamente.

¿Le habría afectado la muerte de Albert hasta el punto de querer enterrarse en vida, cual viuda desconsolada?

Jack curvó los labios en una sonrisa cínica antes de tomar otro sorbo del café maldito. *Sí, claro*.

Y sin embargo lo había dejado todo —trabajo, apartamento de lujo, rutina— para encerrarse en aquel agujero de pueblo, permanentemente cubierto de niebla y barro.

Al principio se le ocurrió que quizás estaba huyendo, escondiéndose hasta que pasase el vendaval, el suficiente tiempo desde la muerte de su marido como para no levantar sospechas. Pero no parecía estar ocultándose. O eso o lo estaba haciendo de pena: había redirigido todo su correo a su dirección actual y había dado de alta todos los suministros a su nombre.

Tampoco le interesaban especialmente los motivos de la mujer. Pero detectar patrones en la gente, en su comportamiento, era parte de su trabajo. O al menos se lo hacía más fácil. Y Olivia Templeton no acababa de encajar en ninguna de las casillas que utilizaba para clasificar a la gente.

Eso la hacía impredecible, y no le gustaba. No estaba cómodo.

Se encogió de hombros. Todo el mundo encajaba en alguna casilla, en algún modelo. Incluso él, en un momento dado.

Solo tenía que encontrar en cuál.

Olivia Templeton levantó la vista un momento y le pareció que miraba en su dirección, hacia su ventana. Se sobresaltó ligeramente, hasta que se dio cuenta de que por el ángulo en el que estaba situado era imposible que pudiese verle.

Volvió a tomar un sorbo de café, volvió a hacer una mueca. Estaba contemplando levantarse él mismo a hacer una nueva cafetera, a ver si tenía más suerte y lograba hacer algo potable y no intoxicarse, cuando escuchó el crujido de la escalera.

[10]

EL RUSO ENTRÓ sacudiéndose el agua del pelo cortado a cepillo. Se quitó la parka y la tiró de cualquier manera encima de una de las butacas.

Ya era puta hora. El micrófono del dormitorio había dejado de funcionar, y había enviado a Sergei a echar un vistazo cuando la mujer había salido de casa.

De eso hacía más de una hora.

La habitación, que ya era pequeña de por sí, se volvió de repente minúscula con la presencia del ruso, el ambiente cargado de humedad, irrespirable.

Sergei gruñó a modo de saludo.

Jack giró la cabeza en su dirección y levantó la barbilla.

Esa era toda la comunicación que mantenían diariamente. Media docena de palabras, como mucho.

Desde el principio de la misión había sentido una antipatía violenta e instantánea por el que iba a ser su compañero de trabajo. Por supuesto, era mutua. El ruso le detestaba, él detestaba al ruso, y ninguno de los dos lo disimulaba. Jack se imaginaba que Sergei tendría las mismas ganas que él de que acabase aquello, fuese lo que fuese, de una vez.

Aunque la verdad, le daba igual lo que pensase el ruso.

No podía más. No podía soportar su olor a humanidad, la petaca con vodka —era un cliché ambulante— que llevaba escondida en el bolsillo interior de la parka, su puta cara, ni un día más.

Aunque todos los días pensaba lo mismo, y allí estaba otra vez. Aguantando.

Al fin y al cabo, era un profesional.

Eso no quería decir que no le gustase pasar el rato imaginando formas de cargarse al tipo.

Sergei había hecho un patético esfuerzo para ir "de incógnito" y mezclarse con la gente normal, y solía vestir con vaqueros y camisas de cuadros de franela, y una parka verde. Teniendo en cuenta que era un gigante ruso que, a ojo, debía medir cerca de dos metros y pesar no menos de ciento treinta kilos, con el pelo rubio, casi blanco, cortado a cepillo, le quedaba todo como a un Cristo dos pistolas.

Aunque peor era el traje negro que llevaba cuando se conocieron; cantaba a mafioso desde kilómetros de distancia.

De verdad, Ivanovich se estaba volviendo cada vez más descuidado. La calidad de sus esbirros estaba declinando de forma alarmante. Debían ser malos tiempos para contratar sicarios de calidad, disciplinados y fiables, que fuesen mínimamente inteligentes además de parecer armarios de tres puertas.

O quizás simplemente Ivanovich pensase que el asunto no merecía a sus mejores hombres. Total, tampoco estaban haciendo gran cosa. Vigilar los movimientos de la mujer, reportar una vez a la semana. Por email.

Al principio era una vez al día, pero viendo la apasionante vida que llevaba la viuda de Templeton, hasta Ivanovich —o quien se ocupase de aquellas mierdas— se habían cansado de leer los emails diarios.

Despertarse. Sorber de una taza de té o café enfrente de la ventana, haciendo como que trabajaba delante del ordenador, tecleando una frase cada hora. Ir al pub, tirarse horas hablando con la dueña. Volver a casa. Leer.

Dormir, repetir.

Había visto cactus con más actividad.

Eso sí, si sucedía algo "anormal" tenían órdenes de reportarlo inmediatamente.

Le gustaría saber qué era lo que esperaban que pasase, sinceramente.

Pero el trabajo era el trabajo, así que allí estaba. Viendo a Olivia Templeton beber de una taza y sentarse en su mesa de trabajo frente al portátil, día tras día, y oliendo al ruso, que parecía pensar que en invierno las duchas no eran del todo necesarias.

Lo que esperaba Ivanovich sacar de todo aquello, ni lo sabía ni lo entendía.

Uno pensaría que después de que Albert Templeton se hiciese fosfatina en aquella avioneta, Ivanovich se olvidaría de él y de su deuda.

Nada más lejos de la realidad.

Templeton se había hecho fosfatina, sí, pero debiéndole una cantidad de dinero ingente, obscena, y eso era algo que no podía dejar pasar.

Uno no se ganaba la fama que tenía Ivanovich dejando que la gente no pagase sus deudas. Aunque estuviesen muertos.

Lo que esperaba vigilando a Olivia Templeton, ni lo sabía ni se lo imaginaba.

Lo lógico —desde el punto de vista de Ivanovich— hubiese sido pedirle el dinero a la viuda, *amablemente*, como era su costumbre. Cobrarlo del seguro, o del suyo propio, quizás. Al fin y al cabo, la mujer no parecía estar pasando dificultades. Se acababa de comprar una casa.

Pero Ivanovich no había establecido contacto, al menos que él supiera.

Igual esperaban encontrar en su casa un saco con el símbolo de la libra dibujado, lleno de billetes.

La verdad era que Templeton había dejado un montón de mierda esparcida, incluso después de muerto.

Un montón de mierda que, si su instinto no le engañaba

—y no solía hacerlo— después del tiempo que llevaba vigilándola, estaba seguro de que la mujer sorbiendo lo que fuese frente a la ventana no sabía ni que existía.

No tenía ni idea de lo que se cocía a su alrededor mientras su marido estaba vivo, ni ahora que estaba muerto. Mientras, ella se dedicaba a divagar, beber té mirando cómo caía la nieve por la ventana, volviendo del pub de noche, a pie, a oscuras.

Sin ser consciente del peligro.

Oyó un *crunch crunch* a su espalda. Sergei masticando con la boca abierta, como siempre, y se dio la vuelta para ver qué estaba comiendo.

Una manzana.

Una manzana verde.

Una manzana verde que *no* tenía antes de salir a comprobar por qué había muerto el micrófono del dormitorio de Olivia Templeton. A no ser que se la hubiese traído de casa, como aperitivo a media mañana. Cosa que dudaba.

—¿Y esa manzana?

El tipo apuntó con la cabeza en dirección a la ventana.

—Cortesía de nuestra amiga —dijo, y pegó otro mordisco.

Jack cerró los ojos un instante. De verdad, no se podía ser más imbécil. Entrar en casa de Olivia Templeton, que podía volver en cualquier momento —y de hecho lo había hecho, era un milagro que no le hubiese pillado dentro de la casa— y salir con una manzana.

Salir con cualquier cosa, punto. Tocar lo que no tenía que tocar.

Claro que el ruso no se caracterizaba por ser un tipo especialmente brillante. Siempre tenía que recordarle cosas básicas, como no llegar hasta allí con el coche, aparcarlo a un lado del camino, mucho antes de llegar a la casa, a medio kilómetro de distancia, en una zona arbolada que les servía para que pasase inadvertido. Y se quejaba constantemente de tener que entrar a la casa de noche, y a pie, cuando nadie en el pueblo pudiese verles.

Y en cuanto se daba la vuelta estaba metiendo la pata, de una manera u otra.

Estaba harto de hacer de niñera. Dos meses, si no más, llevaban con aquella mierda.

Esperaba que Ivanovich no tardase mucho en cansarse de aquello, o en hacer lo que tuviese pensado hacer. Aunque teniendo en cuenta la poca atención que les prestaba, lo mismo hasta se había olvidado de que estaban allí haciendo el imbécil, muertos de frío en una casa semiabandonada.

El ruso habló con una voz que retumbó en toda la casa. Su tono de voz habitual. Si no fuese por la tormenta, seguramente se le podría oír al otro lado de la calle.

—Nunca adivinarías lo que tiene la viudita en el cajón de la ropa interior.

Jack estuvo a punto de responder, "¿ropa interior?", pero suponía que era una pregunta retórica.

Sintió cómo le empezaba a latir la vena de la sien mientras veía como el ruso se sacaba del bolsillo de los vaqueros una prenda de encaje negro.

Así que eso era lo que había estado haciendo más de una hora en la casa de la mujer: robar manzanas y bragas. Esperaba que hubiese arreglado también el micrófono, de paso.

Intentó calmarse. Respiró hondo. Contó hasta diez.

No lo consiguió.

—Creía que había sido claro —dijo Jack, con un tono helado y letal, que en cualquier otra persona surtía efecto pero al que el ruso era inmune—. Entrar y salir. —Señaló la ventana, con el pulgar por encima de su hombro—. Está en casa ya. No te ha pillado de milagro.

Tenía unas ganas terribles de pegarle un tiro al ruso, hacerle un favor y sacarle de la vida de sicario que, de todas formas, no le iba a durar mucho.

A veces no sabía si tenía más ganas de pegarle un tiro al ruso o pegárselo a sí mismo.

Sergei se encogió de hombros y sonrió, lo cual hizo que pasara de tener una cara difícil a directamente dar miedo.

—¿Habría sido tan malo? —Volvió a guardarse la pieza de ropa interior en el bolsillo—. En ese caso, es una pena, habría tenido que interrogarla... Por lo menos sería más divertido que estar aquí perdiendo el tiempo.

Jack se concentró en que no le estallara la cabeza mientras le miraba y le escuchaba hablar.

Interrogarla, claro. Otra muestra de que el ruso era incapaz de seguir las órdenes más básicas. Ivanovich había sido claro: contacto cero, solo vigilancia.

Casi le daban ganas de animarle a hacerlo. Tenía curiosidad por saber qué haría Ivanovich con él cuando se enterase.

Justo entonces le sonó el teléfono móvil al gigante, lo sacó del bolsillo del pantalón trasero de los vaqueros y contestó, en ruso.

Jack volvió la vista hacia la ventana. Definitivamente se estaba haciendo viejo para esa mierda.

Tendría que matarle. Con sus manos desnudas. Cuando acabase todo aquello. No tenía más remedio.

Aunque eso no quería decir que no fuese a disfrutarlo como si fuese Navidad. No iba a dejar a aquel animal suelto, ya no solo por la suerte de Olivia Templeton, sino para hacer un bien a la humanidad. O para hacerse un bien a sí mismo y desfogarse, también. Una especie de recompensa. De alguna manera tenía que cobrarse los dos meses y pico de puto infierno.

El pensamiento le puso de buen humor.

Con toda la mierda de la manzana y el tanga se le había olvidado preguntarle al ruso qué había pasado al final con el micrófono del dormitorio, si lo había cambiado o qué. Se dio la vuelta para preguntar, justo cuando el ruso clavó su mirada, los ojos vacíos, en él:

—¿Pelirrojo, dices?

Lo dijo en ruso. Menos mal que Jack se había preocupado por aprender un poco, hace años, lo justo para desenvolverse. Lo que no sabía era que un día iba a salvarle la vida.

El ruso frunció el ceño y le miró con cara de perplejidad, como si le hubiesen puesto delante una multiplicación de dos cifras.

Fue lo último que dijo, y la última cara de perplejidad que iba a poner en su vida.

Bueno, pensó Jack, resignado.

Hasta aquí hemos llegado.

Sacó la pistola que tenía debajo del cojín de la butaca y le pegó un tiro al ruso.

En la frente.

[11]

MIRÓ AL RUSO, tumbado en el suelo con los ojos abiertos, el móvil todavía en la mano, el agujero de bala en la frente y la mancha de sangre que salía de la cabeza extendiéndose por la moqueta.

—¡Joder!

Dio gracias por la tormenta y los truenos, porque el ruido que había hecho el ruso al caer al suelo era brutal. Como un árbol que acaban de talar. Se había movido hasta la lámpara del techo.

Eso sin contar el ruido del disparo.

Estaba seguro de que con la tormenta era imposible que nadie hubiese oído nada, pero no podía estar seguro cien por cien tampoco, así que tenía que moverse rápido.

No lo hizo, sin embargo. Se levantó de la butaca desde la que había disparado y se quedó de pie, mirando el cadáver del ruso en el suelo, mientras el olor a muerte y a sangre inundaba la salita hasta hacer el aire irrespirable.

Joder, joder, joder. Estaba en problemas.

No podía haber elegido peor día.

Sabía que, tarde o temprano, tenía que pasar. Sabía que en cualquier momento iban a descubrirle.

Pero no podía haber pasado en peor día, en peor momento.

El tipo al que había suplantado, el que iba a ser el compañero del ruso en aquel excitante trabajo, era un pelirrojo pequeño y fibroso al que llamaban *El Irlandés*, en un alarde de originalidad. Jack le había neutralizado cuando iba de camino a encontrarse con el ruso y había ocupado su lugar. Había sido relativamente sencillo, teniendo en cuenta que El Irlandés no formaba parte de los hombres de Ivanovich, era un independiente al que habían llamado específicamente para aquel trabajo.

Por otro lado, todo el mundo conocía la obsesión de Ivanovich por compartimentalizar, para que si la policía pillaba a alguno de sus matones no pudiese irse —demasiado— de la lengua. Sergei y El Irlandés no se conocían, no habían hablado ni se habían visto nunca.

Eso le facilitó el trabajo.

Se había hecho pasar por él, echando mano de su acento irlandés —falso, pero casi perfecto—. Todo había funcionado bien hasta entonces. Las órdenes eran simples: vigilar, escuchar, reportar. Ese era todo el contacto que tenían.

Pero sabía que el engaño tenía los días contados: solo hacía falta alguien que conociese al tipo pelirrojo, que hiciese un comentario casual sobre él, y estaba perdido. Tenía suerte de que la conversación hubiese tenido lugar en su presencia, o ahora el muerto sería él.

Nadie había dicho que fuese un plan perfecto. Ni siquiera era un buen plan.

De hecho, le sorprendía que hubiesen tardado tanto en descubrirle.

También podía haberse teñido de pelirrojo, hacer algún esfuerzo más. En otra época de su vida lo habría hecho, no sería tampoco la primera vez. Otra muestra de que se estaba haciendo viejo para aquella mierda. Cuando prefería correr el peligro de que le descubriesen y matasen antes que teñirse el pelo, algo empezaba a fallar.

Se estaba volviendo descuidado.

Por suerte había reaccionado rápido y al ruso no le había dado tiempo a darle ningún dato ni decir nada más a la persona al otro lado del teléfono.

Se acercó al cuerpo en el suelo. No hacía falta comprobar que estaba muerto: el agujero de la frente era perfecto. Al ruso se le había quedado cara —lo que quedaba de ella— de perplejidad perpetua.

La sangre seguía extendiéndose, empapando la moqueta. Jack maldijo en voz baja. No iba a haber forma de tapar aquello. La siguiente vez que fuese la mujer de la casa de la esquina a limpiar, le iba a dar un infarto. Podía deshacerse del cuerpo, pero con la sangre en la moqueta no podía hacer nada. Era trabajo para un profesional de la limpieza. Cosa que él no era, y tampoco tenía ganas de intentar.

—Joder.

Suspiró, mirando al ruso, los brazos en jarras, la pistola todavía en la mano.

La luz blanca de un relámpago, como el flash de un fotógrafo, iluminó todos los rincones de la salita. Le siguió casi inmediatamente el ruido ensordecedor de un trueno.

Jack se puso en cuclillas al lado del ruso y le quitó el teléfono de la mano. Quien quiera que estuviese al otro lado seguía hablando, repitiendo el nombre del ruso agitadamente. Se quitó el guante de la mano derecha —siempre llevaba guantes dentro de la casa, para no dejar huellas y porque hacía un frío que pelaba— para colgar la llamada. Luego le echó un vistazo breve a la agenda de contactos y los mensajes, lo apagó y se lo metió en el bolsillo de la cazadora.

Miró al ruso y arrugó la nariz. Tampoco iba a ser capaz de quitar el olor. Tendría que conformarse con deshacerse del cuerpo. Volver esa noche y encargarse de él.

La tormenta seguía en pleno apogeo, lo cual era bueno

y malo. Bueno, porque la tierra estaría blanda y menos esfuerzo al cavar. Malo, porque el ruso, que vivo no debía pesar menos de ciento treinta kilos, no quería ni pensar lo que podía pesar muerto y mojado.

Sacó la prenda de ropa interior de la mujer del bolsillo frontal de los vaqueros del ruso. Registró el resto de bolsillos, cogió su pistola y también el cuchillo que llevaba en un soporte en la pantorrilla derecha. Meneó la cabeza a uno y otro lado. Puto ruso loco.

Se levantó y miró a su alrededor. La parka. Sacó de uno de los bolsillos la cartera del ruso con la documentación falsa.

Limpió con un pañuelo de papel el borde de la taza de café y la dejó donde estaba. Miró el receptor que usaban para escuchar los micrófonos en la casa de la mujer. Abultaba como un ladrillo, pero no lo iba a dejar allí. Se lo metió debajo de la cazadora de cuero, se la abrochó y salió de la habitación.

Utilizó la puerta de atrás, como siempre había hecho desde que empezó la vigilancia. Siempre había entrado y salido de la casa de noche (era invierno, era de noche casi todo el día), o cuando Olivia Templeton no estaba en casa, pero no iba a quedarse allí con el cadáver las horas que faltaban hasta que anocheciera. Tendría que volver esa noche para ocuparse de él.

La lluvia y el viento le golpearon con furia cuando salió de la casa. Respiró hondo, para quitarse el olor a muerte reciente que se le había quedado pegado en las fosas nasales.

Evitó el camino del pueblo y dio un rodeo por la campiña.

Aunque era de día, la tormenta le proporcionó cierto anonimato. Con aquel tiempo no esperaba encontrarse con ningún vecino dando un paseo. Aun así no se relajó, mirando en todas direcciones, asegurándose de que no le veía nadie.

Aprovechó que pasaba cerca de un arbusto para dejar

allí el transistor, oculto entre las hojas. La lluvia haría el resto.

Reapareció en la calle de detrás de la iglesia. Nadie por ningún lado, por lo menos tenía suerte en algo. Se agachó junto a una alcantarilla haciendo como que se recogía los pantalones para no meterlos en charcos —como si no estuvieran ya embarrados hasta la rodilla—, y tiró por ella el móvil, la cartera, la pistola y el cuchillo del ruso. Se levantó mirando a su alrededor y dio la vuelta a la iglesia, saliendo directamente a la calle principal del pueblo.

Dos o tres personas corrían despavoridas bajo la lluvia, demasiado ocupadas como para ni siquiera mirar en su dirección.

Solo pedía que escampase un poco aquella noche. Ya le jodía tener que andar moviendo cuerpos, y encima del tamaño del ruso, con aquel tiempo.

Definitivamente, se estaba haciendo viejo.

[12]

Livy metió el pie hasta el tobillo en un charco de barro.

Menos mal que llevaba botas de goma hasta la rodilla. El primer par que poseía en su vida, y casi lo único que se había puesto en los pies desde que llegó a Bishops Corner.

Cruzó el barrizal que separaba su casa de la de Mrs. Remington.

La tormenta había amainado. Seguía lloviendo, pero al menos era una lluvia normal, de la que una podía protegerse con un paraguas, que por cierto no había cogido.

Necesitaba la lluvia y el viento en la cara. Estaba agotada e irritable por la falta de sueño y el exceso de cafés. Había estado a punto de quedarse dormida frente a la chimenea. Después de su quinta taza de café y sin tener la tormenta como excusa, se dio cuenta de que no tenía sentido posponer lo inevitable. Se despegó del sofá y del libro que estaba leyendo para ir a casa de Mrs. Remington y hacer lo que tenía que hacer.

Mientras intentaba evitar meter el pie en otro charco escuchó el eco de la campana de la iglesia, una sola campanada amortiguada por la distancia. Todavía quedaban un par de horas de luz.

Si había algo peor que un día lluvioso y un barrizal era un día lluvioso y un barrizal a oscuras.

Se quitó el gorro del abrigo, subió los tres escalones del porche de Mrs. Remington y llamó a la puerta.

La mujer necesitaba un timbre. No era nada agradable tener que golpear la puerta con los nudillos congelados.

Cabía la posibilidad de que volviese a ignorarla. Le daba igual: o abría la casa de los Phillips con su llave, o llamaba a la policía. No iba a pasar otra noche como la última, despierta desde las tres de la mañana, sin poder dormir, pensando en quién podía estar en la casa de enfrente, y si ese alguien iba a entrar después en su casa a robarle, asesinarla y descuartizarla y meter sus trozos en una maleta, o enterrarlos en su propio jardín trasero.

Cuando ya había levantado la mano para volver a llamar, la puerta se abrió.

—Olivia. —Esta vez Mrs. Remington ya no parecía sorprendida de verla. Más bien un poco desconfiada. O quizás resignada—. ¿Puedo ayudarte en algo?

—Buenas tardes, Mrs. Remington. —Livy tomó aire, ignorando el "Olivia". Decidió ir directa al grano—. Esta madrugada he vuelto a ver luces dentro de la casa de los Phillips. Había alguien dentro, con una linterna. Sobre las tres de la mañana, más o menos.

Había sido a las 3:07 exactas, pero se guardó el dato. No quería parecer más pirada de lo que estaba.

—Lo vi claramente, en el piso de arriba —continuó, ante el silencio de la mujer—. Era alguien, o más de un alguien, con una linterna. Haciendo qué, no lo sé. Pero seguramente nada bueno.

Mrs. Remington se dignó a hablar, por fin.

—¿Qué hacías despierta a las tres de la mañana? —preguntó, mirándola con los ojos entrecerrados.

Porque claro, eso era lo realmente importante.

Livy respiró hondo, y ya era la segunda vez. Supuso que lo siguiente que se diría por el pueblo era que se pasaba las madrugadas vagando por la casa, pegada a las ventanas. Viendo visiones.

—La cuestión es —pasó por encima de la pregunta, como si no la hubiese oído— que había alguien en la casa, de madrugada, y de verdad creo que habría que echar un vistazo. —La mujer abrió la boca para replicar y Livy decidió sacar la artillería—. Al fin y al cabo, los Phillips la han dejado a cargo de la casa. No creo que quiera que se la encuentren desvalijada cuando vuelva. Imagínese si se enteran de que había alguien en su casa y nadie hizo nada…

Dejó la frase colgando. No le gustaban los cotilleos, pero no le importaba activar el plan B: contarle lo que había visto a la cajera la siguiente vez que fuese al supermercado, como quien no quiere la cosa.

Estaba segura de que el rumor les llegaría a los Phillips de inmediato.

No conocía apenas a Mrs. Remington, pero de una cosa estaba segura: lo más importante para ella era qué pensaban los demás. Quién lo iba a imaginar.

Aparecieron dos manchas de color en sus mejillas y apretó los labios en una fina línea.

—Por supuesto que no —resopló—. Si tengo que salir con esta lluvia a investigar luces que dices que has visto, pues lo hago. Todo sea para que te quedes tranquila.

Se metió en la casa murmurando algo sobre los huesos y reúma y con este tiempo, pero a Livy le dio igual. Que barruntase lo que quisiera. Había conseguido que le hiciese caso. Como también le daba igual que la hubiese dejado prácticamente bajo la lluvia —el porche apenas era refugio contra el agua que caía ahora en horizontal— mientras entraba a casa a cambiarse, con la puerta de la calle entornada.

Se apoyó alternativamente en un pie, luego en otro, para entrar en calor.

Hacía ya un par de minutos que no sentía los dedos de los pies cuando Mrs. Remington salió de la casa con un impermeable de flores, el gorro ajustado al óvalo facial, un paraguas de burbuja transparente y unas botas de agua hasta la rodilla.

Toda precaución era poca.

Sin decir palabra —ni invitarla a entrar en su burbuja a salvo de lluvia— echó a andar hacia la casa de los Phillips.

De día, y a pesar del tiempo horrible, la casa imponía menos que a las tres de la madrugada: simplemente tenía ese aire de casa no abandonada, pero sí deshabitada, descuidada por fuera, los dueños de vacaciones. La pequeña valla que daba al porche delantero estaba envejecida, la pintura blanca levantada en partes, como si a nadie le importase lo suficiente como para repintarla. La casa tenía dos plantas y un ático, como la de los Remington. La puerta pintada de verde oscuro. Pero al contrario que la de los Remington, no había nada que indicase vida en su interior.

La mujer sacó la llave y abrió la puerta, quizás con más violencia de la necesaria.

Lo que no se imaginaba era que momentos después ni Mrs. Remington ni ella iban a estar preocupadas por lo que pensasen de ellas sus vecinos. Ni sus vecinos, ni nadie.

[13]

Las luces azules del coche de policía giraban en medio de la tarde gris acero, reflejándose en la fachada de la casa de los Phillips, la suya propia, y en los corrillos de curiosos que había entre ambas.

De los tres coches de policía aparcados frente a la casa dos habían llegado a la vez, el tercero quince minutos después, y los policías que habían salido de él (tres oficiales de uniforme) se habían dejado las luces puestas, sin sonido, simplemente girando.

Al lado de los coches de policía, un poco atravesada en medio del camino, una ambulancia, el conductor fuera, fumando y mirando el móvil apoyado en la puerta trasera, por donde entraban las camillas.

Un coche granate había llegado algo más tarde, con dos personas vestidas de paisano que se habían puesto un mono blanco antes de entrar en la casa de los Phillips, con una especie de caja de herramientas en la mano.

El equipo forense, supuso, o la gente que examinaba la escena del crimen… no sabía si eran los mismos. Todo su conocimiento sobre procedimientos policiales venía de las series de televisión.

A buenas horas, de todas formas, pensó mientras se

ponían el traje blanco. Había pisado la casa un montón de gente, los policías, y ella y Mrs. Remington incluidas. Y con lo que llovía, se imaginó que estaría todo lleno de pisadas de barro.

El Ford azul oscuro había llegado el último. Tuvo que abrirse paso entre la multitud para poder aparcar junto a los otros coches. Un tipo con gabardina salió del coche dando un portazo. No pudo verle la cara. Se acercó a la casa en tres zancadas largas y le dijo algo al oficial de policía que estaba en la puerta. El policía asintió con la cabeza, fue hasta uno de los coches patrulla (no el que tenía la luces encendidas), sacó del maletero un rollo de cinta y empezó a acordonar la zona ordenando a los curiosos, que a aquellas alturas estaban casi dentro del jardín delantero de los Phillips, que se retiraran.

De todo eso hacía ya un rato, no sabía exactamente cuánto. El tiempo se había vuelto elástico y extraño, y lo mismo pasaba increíblemente deprisa que extraordinariamente despacio.

Livy siempre se había beneficiado del hecho de que su casa se encontrase apartada del centro, y de que fuese la última —sin contar la de los Phillips— por ese lado del pueblo: nunca pasaba nadie por su calle, no había tráfico ni ruido que la molestase. También tenía desventajas: el asfaltado terminaba cien metros antes de llegar a su puerta, así que los bajos de su coche y de todo su calzado estaban permanentemente cubiertos de barro. También evitaba volver sola a pie cuando ya había anochecido, sobre todo desde que se estropeó la última farola de la calle, porque tenía miedo de que la comieran los lobos o los osos. Aunque no hubiese ninguna de las dos cosas en la campiña inglesa, pero por si acaso.

Sin embargo, todo eso no había impedido que un montón de curiosos se agolpasen frente a la casa de los Phillips. No se explicaba cómo se había podido correr la voz, si eran ellas las que habían encontrado al hombre muerto, ellas las que habían llamado a la policía y ellas las que habían esperado a que llegasen, al otro lado de la calle, frente a la verja de su casa, Livy sujetando del brazo a una Mrs. Remington blanca y que temblaba como una hoja.

Supuso que la gente simplemente había seguido las sirenas de la policía primero y de la ambulancia después.

Habían llegado en veinte minutos, quizás algo más. No lo sabía. A ella se le había hecho eterno. Primero los coches de policía y justo después la ambulancia, también con la sirena puesta. No entendía la urgencia, la verdad. El hombre estaba más que muerto.

Los vecinos habían empezado a llegar poco después, a veces sueltos, a veces de dos en dos o de tres en tres, y al llegar se juntaban en grupos más grandes. No creía que hubiesen visto tanta animación en los últimos veinte años.

Los primeros curiosos en acercarse a la escena la habían observado con interés, imaginando que ella era la causa de la algarabía, sorprendiéndose, supuso, cuando la encontraron de pie, sana y salva, junto a Mrs. Remington. Al fin y al cabo, los forasteros eran siempre los primeros en ser asesinados en las novelas de misterio.

Su vecina recuperó el color y la energía en cuanto empezó a llegar la gente, y salió disparada de su lado dispuesta a dar su visión de los hechos de primera mano, sin un triste gracias por haberla sujetado todo aquel tiempo. Enseguida la rodearon un montón de personas ávidas de detalles. La perdió de vista entre el tumulto, pero se la imaginaba en el centro del círculo de gente, gesticulando, adornando el espectáculo que se habían encontrado.

Aunque, francamente, tampoco había mucho que adornar. La realidad ya era lo suficientemente colorida.

No creía que el oficial de policía que les había dicho que esperasen hasta que el inspector encargado del caso pudiese tomarles declaración fuese a ponerse muy contento de que Mrs. Remington estuviese divulgando detalles. Se encogió de hombros. Ella había mantenido la boca cerrada.

O al menos era lo que pensaba hacer hasta que vio a Sarah abrigada de pies a cabeza, con un gorro de lana de colores tapándole los rizos rojos y una bufanda de siete vueltas, andando con paso rápido hacia ella.

—Me han mandado para recopilar información —dijo al llegar a su lado, la cara roja de andar deprisa y los brazos cruzados para protegerse del viento—. Tengo que llevarles noticias a las niñas y a Harold. Están deseando saber qué pasa.

Livy dudaba de que su marido tuviese interés en nada más que en los resultados del rugby y en calcular cuántas cervezas podía consumir mientras atendía su propio negocio antes de caer redondo al suelo. Que por cierto eran bastantes.

—¿Qué ha pasado? —preguntó Sarah, mirando hacia la casa, los coches de policía, la ambulancia.

Livy volvió a sentir las mismas náuseas que había sentido una hora antes. Tampoco ayudaba, supuso, no haber dormido en toda la noche.

—¿Recuerdas que el otro día te dije que me había parecido ver una luz en casa de los Phillips?

Sarah asintió.

—Ayer de madrugada la volví a ver, alguien con una linterna en el piso de arriba. Eran las tres de la mañana, así que después de ver la luz no pegué ojo en toda la noche.

Sarah abrió mucho los ojos y se llevó la mano al cuello, como si acabase de contarle que había intentado asesinarla mientras dormía.

—Así que tienes esa mala cara.

Sarah estaba siendo generosa, aparte de sincera. Era algo más que mala cara. Tenía un aspecto horrible. Entre la falta de sueño, el frío y lo que se habían encontrado dentro de la casa, tenía la cara más pálida de lo que habitualmente la tenía, que era bastante, y unas ojeras como fosos.

Parecía que la muerta era ella.

Siguió con su relato.

—Así que esta tarde me acerqué con Mrs. Remington para echar un vistazo por si acaso alguien había entrado a robar, o a gastar alguna broma, o lo que fuese. Abrimos la puerta, subimos al piso de arriba, notamos que olía raro, vimos unos pies y una mancha enorme de sangre y salimos pitando sin pararnos a nada más. Llamamos a la policía, y eso es todo.

No era todo, pero sí era todo lo que estaba dispuesta a relatar. Había cosas que ni podía ni quería contar. Ni siquiera quería acordarse. El olor metálico a sangre y a muerte. El tiro en la frente. La sangre oscureciendo la moqueta, el sonido —un *chof chof* horrible— que habían hecho sus botas al pisar el suelo empapado.

Volvió a respirar hondo. Se alegró, como se había alegrado entonces, de no haber metido nada en su estómago en todo el día, salvo cafés.

No eran solo los pies del muerto lo que había visto. Afortunadamente le había dado tiempo a darse la vuelta y parar a Mrs. Remington, que iba detrás de ella, antes de que entrase en la habitación, y lo único que la mujer había visto —ella sí—, mirando por encima de su hombro, habían sido los pies del cuerpo en la moqueta.

Livy solo había dado un paso dentro de la habitación antes de darse cuenta de la situación y retroceder rápidamente. Pero era suficiente, supuso, para contaminar la escena del crimen. Suficiente también para ver toda la sangre del mundo en el suelo de la habitación (y pisarla, el inspector no iba a estar nada feliz de aquello), una taza de café y unos prismáticos en la mesita, una manzana mordida en el suelo, cerca del cuerpo.

Una manzana verde mordida en el suelo exactamente igual a las dos que poblaban su triste frutero.

Dejó la información en el fondo de su mente, para otro momento en que tuviese el tiempo y las ganas de analizarla.

Nunca había visto una muerte violenta en su vida. Ni violenta ni no violenta. Una cosa era que le gustase leer *thrillers* y novelas de misterio, donde a veces se narraban detalles de crímenes hasta la náusea; pero nada, ni libros, ni series ni películas, preparaban para la realidad.

El olor a muerte iba a ser imposible de olvidar. El olor a muerte no salía en las películas.

A pesar de tener la suerte de no haberlo experimentado hasta entonces, sabía lo suficiente como para saber que era un olor a muerte reciente, no era un cuerpo putrefacto que llevase allí días.

Aunque con aquel frío, a saber.

—No parece que Mrs. Remington esté muy conmocionada —dijo Sarah, señalándola con la cabeza.

Livy desvió la mirada hacia el corrillo de vecinos del cual la mujer seguía siendo el centro.

—He tenido que sujetarla durante un buen rato porque estaba segura de que se iba a desmayar. —La mujer señaló en su dirección y movió la cabeza a uno y otro lado. Los vecinos la miraron con curiosidad. Le gustaría saber qué versión de los hechos les estaba dando Mrs. Remington. O mejor no—. Nos hemos quedado fuera esperando a la policía porque por lo menos el frío la mantenía alerta y despierta. Hasta que ha llegado el público, claro.

Ni siquiera se le había ocurrido entrar en su casa a tomar un té mientras esperaban a la policía. Simplemente se había quedado allí, parada, viendo los coches de policía llegar, como si fuese un mal sueño.

—Poca gente me parece —murmuró Sarah—. Aquí nunca pasa nada. Me sorprende que no esté aquí el pueblo entero.

Livy se imaginó que los que estaban trabajando a aquellas horas tendrían que enterarse de segunda mano, con los aderezos que por el camino se fuesen añadiendo.

Se quedaron en silencio unos instantes, solo roto por el murmullo de la gente.

—¿Qué crees que habrá pasado? —preguntó Sarah, frunciendo el ceño—. ¿Quién estaría dentro de la casa de los Phillips?

Se quedaron las dos observando la casa unos instantes, los brazos cruzados. Iba a responder la verdad, que no tenía ni idea ni tampoco ninguna teoría, cuando de repente

Sarah se giró hasta quedar frente a ella, y empezó a hablar entre dientes.

—Jack Owen —susurró—. Viene hacia aquí. ¡Viene hacia aquí!

Livy se sintió transportada de repente a los tiempos del instituto. Miró por encima del hombro de Sarah y le vio avanzar hacia ellas, la cazadora de cuero hecha polvo con los cuellos subidos para protegerse del viento, las manos en los bolsillos, las piernas largas enfundadas en vaqueros oscuros con los bajos llenos de barro. Alguien tendría que ilustrarle sobre las ventajas de las botas de agua. No iban con su imagen de tipo duro, pero en algún momento tendría que rendirse, si no quería pasarse la vida lavando los bajos de los pantalones. Aunque tampoco se imaginaba al tipo lavando los bajos de los pantalones a mano, la verdad.

Las lenguas del pueblo tenían que estar corriendo más que nunca para que hasta El Ermitaño, que nunca se relacionaba con nadie, se hubiese acercado hasta allí.

Hasta allí, y hasta ellas.

El tipo era alto. Livy tuvo que levantar la cabeza para mirarle cuando llegó a su altura, y eso que ella medía 1.75 m, tampoco era precisamente bajita.

Se dio cuenta de que los ojos no eran negros, como siempre había pensado, sino azul marino, como el color del agua en alta mar. Helados, sin nada debajo. Sintió un escalofrío.

—Buenas tardes.

La voz era grave, ligeramente áspera, con un acento que una sola palabra no hacía fácil descifrar.

A Sarah no le sentaba bien ruborizarse con su complexión de pelirroja. Tenía que haber vivido una adolescencia difícil. Y la vuelta a esa época que estaba sufriendo en aquel momento no le estaba haciendo ningún favor en absoluto.

Livy decidió salvar los muebles y decir algo, lo que fuera, ya que parecía que Sarah había perdido la capacidad de habla. Parecía mentira que le sirviese la comida y las Guinness casi todos los días.

—Buenas tardes —respondió. Una nunca podía equivocarse con eso.

El desconocido extendió la mano.

—Jack Owen.

Tenía que suponer que a partir de aquel momento ya no podía seguir llamándole *el desconocido*.

Lo sé, estuvo a punto de decir. Como estaba segura de que él también sabía lo que ella iba a decir a continuación. Habían vivido un par de meses en el mismo pueblo. Algunas cosas eran inevitables.

—Olivia Templeton. —Le estrechó la mano, y él se quedó con ella atrapada en la suya más tiempo del necesario, así que aprovechó para puntualizar—. Livy.

—Livy —repitió él.

La miró fijamente con los ojos azul marino. Quizás era una de esas personas que necesitan mirar a alguien a la cara durante diez segundos mientras repiten el nombre mentalmente, como mecanismo para memorizarlo. Ella lo había hecho, en otra vida, en aquellas fiestas aburridas a las que Albert se empeñaba en llevarla.

—Tienes la mano helada —dijo él, y terminó el apretón de manos que, por lo menos en su cabeza, había durado demasiado.

Livy recuperó su mano, incómoda. Demasiadas confianzas para haber intercambiado menos de cuatro palabras.

—Hace frío. —Fue todo lo seca que pudo—. Y llevo un rato aquí fuera. —Miró involuntariamente hacia la casa de enfrente, la cinta azul y blanca de la policía, el oficial que por fin había salido a apagar las luces azules del coche y ahora cerraba la puerta con un ruido metálico—. Más del que me gustaría —dijo en un susurro casi inaudible.

—¿Qué ha pasado? —preguntó Jack, las manos de nuevo en los bolsillos, mirando hacia la casa.

—Es horrible —dijo por fin Sarah, saliendo de su estupor.

Repitió lo que le había contado unos minutos antes, y Livy lo agradeció. No tenía ganas de estar relatando lo mismo una y otra vez, teniendo en cuenta que todavía tenían que tomarle declaración.

Cuando Sarah llegó al momento en que Mrs. Remington y ella habían descubierto el cuerpo, Jack apretó la mandíbula, la vista fija en la casa.

El murmullo de la multitud bajó de tono, de repente. Dos paramédicos sacaron de la casa una camilla con una bolsa negra que tenía toda la pinta de contener el cadáver.

Hubo un silencio colectivo, como si todo el mundo hubiese contenido la respiración a la vez. Nadie volvió a hablar hasta que cargaron el cuerpo en la ambulancia y esta arrancó para perderse calle adelante, esta vez ya sin sirena.

La multitud empezó a dispersarse, poco a poco, como si les costase admitir que el espectáculo había terminado. Ya le habían echado un vistazo al muerto, que no era más que una bolsa negra —no sabía qué más esperaban ver, la verdad—, ya podían irse a sus casas.

—Será mejor que vuelva al pub —dijo Sarah—. Seguramente es donde acabará toda esta gente, para comentar la jugada. —Se volvió hacia Livy—. Pásate luego y me cuentas qué te ha dicho la policía.

Le puso una mano en el brazo en señal de apoyo y se fue, no sin antes echar una mirada furtiva a Jack Owen, que seguía con la vista fija en la casa.

Dos personas salieron por la puerta principal, uno de los oficiales de policía que habían llegado primero a la escena, y el tipo con gabardina beige que había llegado en el último coche. El policía señaló en su dirección, intercambiaron unas palabras y el hombre de la gabardina empezó a cruzar la calle hacia su casa.

—Nos vemos —dijo Jack de repente, con su voz grave

recién estrenada, sin mirarla, y también se fue, andando a zancadas largas, mezclándose con la multitud.

El tipo en gabardina le echó un breve vistazo a Jack mientras se alejaba, antes de llegar a su lado.

—¿Olivia Templeton?

Respiró hondo y asintió con la cabeza.

El tipo era larguirucho, con el pelo rubio oscuro y revuelto por el viento y la lluvia, los ojos color whisky.

Se alegró de que Sarah hubiese tenido que volver al pub, o estaría ahora mismo hiperventilando a su lado.

—Inspector de policía Michael Finn. —Le enseñó la identificación, que había sacado del bolsillo interior de la gabardina, y después de guardarla en el mismo sitio le tendió la mano.

El apretón de manos fue corto y enérgico.

—¿Hay algún sitio donde podamos hablar tranquilamente?

Livy señaló su casa con la mano y echó a andar hacia ella, seguida del inspector.

[14]

JACK SE SUBIÓ el cuello de la cazadora, aunque no sirvió de nada. Ya no era solo el viento helado que se le metía entre los huesos, era que estaba empezando a llover. Otra vez.

Caminaba con paso rápido hacia el pueblo, rodeado del resto de curiosos, demasiado ocupados cotilleando entre ellos para prestarle la atención a la que estaba acostumbrado. Llevaba dos meses en aquel pueblo y el interés sobre él no había disminuido ni un ápice. Tampoco ayudaba que Bishops Corner tuviese menos vida social que una calle residencial de Londres a las tres de la mañana.

Vio a la pelirroja del pub andando unos metros delante de él y mantuvo la distancia. No tenía ganas de conversaciones de ascensor. Había agotado su cupo del día al acercarse a Olivia Templeton, y no creía que la amiga tuviese mucha más información, aparte de lo que ya le había contado.

Además, necesitaba pensar.

Estaba en su apartamento, justo acababa de salir de la ducha y estaba pensando dónde conseguir una pala para esa noche, cuando había empezado a oír sirenas. Después de las sirenas vino el murmullo característico de gente agitándose en la calle. Se acercó a la ventana y vio a varias personas andando calle arriba, y aunque todavía tenían un par de kilómetros de caminata, supo que lo hacían en dirección a la casa donde había dejado al ruso.

Estaba jodido.

Al final había acabado bajando él también a la calle y siguiendo a la multitud, a ver de qué se podía enterar. Se había acercado hasta la mujer Templeton y su amiga del pub porque eran la opción más lógica, quienes le podían dar la información más fiable.

También era su puta mala suerte. Ahora meterían las huellas del ruso en el sistema, y a saber qué saldría de ahí. Supuso que tenía dos segundos antes de que el inspector que en ese momento estaba tomando declaración a Olivia Templeton llamase a su puerta. Como recién llegado a un pueblo de dos mil habitantes, esperaba la visita de la policía de un momento a otro.

Y no solo de la policía.

Represalias. Cuándo llegarían y en qué forma, no lo sabía, pero en el instante en que los polis empezasen a mirar en su dirección, iba a tener a Ivanovich pegado al culo.

Tenía contactos en todos los círculos, policía, todo.

Así que sí, estaba jodido.

Su instinto —todos sus sentidos a la vez, de hecho— le decía que tenía que largarse de allí *ya*, inmediatamente. Ivanovich no tardaría mucho en enviar alguien a buscarle. Quizás no esa misma noche, no tan pronto. Tendría que dejar pasar la atención, el ruido que había provocado el cadáver del ruso, el enjambre de polis que iban a acampar enfrente de la casa de Olivia Templeton los siguientes días.

Pero no podía largarse, sin más. Tenía que vigilar a la viuda, era lo que se suponía que tenía que hacer.

Hasta nuevas órdenes.

Iba a tener que comunicarse con Carlson. Las cosas iban a complicarse. Y no poco.

Si Olivia y la vecina no hubiesen metido las narices, podría haberse deshecho del cuerpo esa misma noche.

Pensaba que no iba a tener ningún problema al menos hasta el siguiente jueves, cuando Mrs. Remington fuese a limpiar la casa y descubriese el pastel.

Pero Olivia Templeton había visto una linterna. Dos veces. Qué casualidad, justo en dos turnos de Sergei. No entendía cómo el tipo había sobrevivido hasta entonces haciendo ese tipo de cosas: encendiendo linternas en medio de la noche, llevándose manzanas —y lo que no eran manzanas— de casa de Olivia.

Hablando de. Palpó la prenda de encaje en su bolsillo. Se le había olvidado deshacerse de ella junto con las cosas de Sergei. Lo que no entendía era qué hacía todavía con ella encima. Podía haberla dejado en casa perfectamente, en un cajón. Quemarla. Era el típico descuido absurdo que iba a generar una situación ridícula de un momento a otro.

Sacó la mano del bolsillo, por si acaso.

Todavía no sabía qué era lo siguiente que iba a hacer Ivanovich, cómo iba a reaccionar cuando se enterase de que el ruso estaba muerto. Que se habría enterado cinco minutos después de que la policía entrase en la casa, dada la descripción del cadáver y el lugar donde lo habían encontrado.

Y sobre todo, qué iba a pasar con la mujer.

Los tipos como Templeton no se paraban un segundo a pensar lo que suponía deberle dinero a alguien como Ivanovich. Uno no puede tomar según qué decisiones si tiene gente alrededor. Esposa, hijos, familia en general. Gente que Ivanovich pudiese secuestrar y luego enviar en cachitos.

Aunque, la verdad, Albert había dado muestras de sobra de que su mujer le importaba bien poco.

Nadie podía predecir qué iba a hacer Ivanovich. Tendría que hablar con Carlson. Ver cuál iba a ser el siguiente paso.

Se suponía que tenía que seguir vigilando a la mujer, pero no podía volver a la casa, obviamente, y de los micrófonos podía ir olvidándose. Aunque no se hubiese deshecho del receptor, tampoco servía para nada, solo funcionaba a menos de cien metros de distancia.

Había tomado otro tipo de medidas para no perder de vista a la viuda, por supuesto, sin el conocimiento ni del ruso ni de Ivanovich. No era idiota, ni un principiante.

Necesitaba pensar. Y un whisky. Urgentemente. Reprimió las ganas de meterse al pub, viendo las hordas de vecinos que entraban por la puerta en ese momento. Intentó recordar si quedaba algo de la botella que tenía en casa, o tendría que entrar al minúsculo supermercado del pueblo a por una. Quizás con toda la excitación del cadáver nadie se fijaría —y juzgaría y después pasaría la información— en el forastero entrando al supermercado a comprar solo una botella de alcohol.

Y unos huevos, ahora que lo pensaba.

¿Tenía café?

Juró en voz baja, y una mujer de unos setenta años que pasaba por su lado dio un respingo y le miró con reproche.

El caso era que de momento, y hasta nuevas órdenes, poco más podía hacer que beberse un whisky. O un par.

E intentar mantenerse vivo mientras lo hacía.

[15]

—Siéntese. —Mrs. Templeton señaló la zona del sofá y las butacas en la sala de estar—. ¿Le apetece un té, un café?

El inspector iba a declinar cortésmente, por defecto, cuando se fijó en la ropa mojada de la mujer. También en que estaba tiritando, apretando los dientes para que no le castañeteasen.

Se preguntó cuánto tiempo habría estado bajo la lluvia.

Tenía el pelo corto húmedo, pegado a la cara, los pómulos altos, cierta expresión gatuna. Quizás fueran los ojos, grandes y de color verde oscuro, o la forma de mirar, como si lo analizase todo todo el tiempo.

—Me sentaría bien un té, con este frío. Si no es mucha molestia.

Olivia Templeton asintió con la cabeza y empezó a dirigirse a lo que supuso que era la cocina, hacia la parte de atrás de la casa.

—Quizás también quiera aprovechar para ponerse ropa seca —añadió el inspector.

La mujer volvió a asentir y continuó su camino.

Michael Finn era una persona paciente. No se precipitaba al tomar decisiones, al juzgar a la gente, prefería tomarse su tiempo en vez de hacer las cosas con prisa y llegar a la conclusión equivocada antes de tiempo.

Claro que también ayudaba que ya no estaba en Londres, donde había pasado diez años infernales, que equivalían a treinta en cualquier otro lugar, en términos de experiencia.

Había pedido el traslado un par de años antes porque quería tranquilidad, y porque estaba harto de chavales acuchillados tirados en la acera, la sensación de impotencia, el no poder hacer nada.

Diez años habían sido suficientes. Habían sido, de hecho, demasiados.

Lo de la tranquilidad todavía estaba por ver, sin embargo. Los recortes habían hecho que un montón de pueblos pequeños —como aquel— se quedasen sin comisaría y la zona que tenían que abarcar desde la suya era cada vez más grande.

Pero seguía siendo mejor que Londres. Cualquier cosa era mejor.

Tenía que reconocer que, a pesar de estar hasta el cuello de trabajo, él y todos sus compañeros, no era habitual ver un asesinato en uno de aquellos pueblos perdidos de la mano de dios. Y menos con una pistola.

Un asesinato siempre era malo, por supuesto. Pero también estaba un poco hasta el gorro de investigar robos a casas de apuestas, y por una vez tenía el tiempo y el espacio para investigar como era debido, sin otros cuerpos acumulándose en la cola de trabajo.

Era lo que siempre había echado de menos: tiempo y tranquilidad para poder hacer bien su trabajo.

Miró a su alrededor. Le gustaba hacerse una idea general de la gente, antes de nada. Esa era la otra razón por la que le había dicho a Mrs. Templeton que se cambiara de ropa. Así podía curiosear a su gusto, sin ser observado.

El escritorio cerca de la ventana, el portátil con la tapa cerrada —dorado, con una manzana de espejo en la tapa, parecía nuevo—, los papeles sobre la mesa. Se acercó a leer por encima, sin tocar nada, y casi se quedó dormido al instante, de pie.

Notas de arte, libros de arte. No era que no le interesase: pero una cosa era ver un cuadro, disfrutarlo, y otra leer sobre ello, analizarlo.

No, gracias.

Los muebles eran antiguos, algo pasados de moda, aunque bien conservados. Madera oscura, nada de Ikea o plástico en aquella salita. Un sofá que tampoco era nuevo pero tenía pinta de ser cómodo.

La casa era pequeña, más de lo que parecía desde fuera: habían pasado por el recibidor minúsculo donde la mujer había colgado su gabardina y su propio abrigo, luego estaba la sala de estar, que se recorría en dos zancadas, el vano por el que se veía un trozo de la cocina, supuso que dos habitaciones pequeñas —o una grande— en la planta de arriba. Más que suficiente para una persona sola.

No sabía por qué había llegado a la conclusión de que Olivia Templeton vivía sola. Era más una sensación que una certeza: la escasez de signos de vida, un lector de libros electrónico encima de la mesa de centro, una manta doblada en una esquina del sofá, la ausencia de marcos con fotografías encima de las repisas.

Eran pocos signos de vida para una persona. Casi imposible que fueran dos.

Eso, y que la percha de abrigos del recibidor contenía un solo abrigo, el banco donde dejaba el calzado un solo par de zapatillas de casa.

No hacía falta ser un detective.

Se sentó en uno de los sillones —había dos, además del sofá— a repasar sus notas mientras esperaba a que volviese Mrs. Templeton. Según el oficial que había llegado primero a la escena, al llegar se había encontrado a dos mujeres, una de mediana edad, otra más joven *—la que había llamado a emergencias—*, la de mediana edad visiblemente afectada. No decía nada de la otra mujer. Habían entrado en la casa porque Mrs. Templeton *—la más joven de las dos, pelo corto* *castaño*—, que vivía al otro lado de la calle de la escena del crimen, había visto luces esa madrugada dentro de la casa. La casa era propiedad de los Phillips, que vivían retirados en España, y en ese momento estaba deshabitada. Mrs. Remington —*la mujer de mediana edad en estado de shock*— tenía una llave porque solía ir una vez a la semana a limpiar el polvo y airear la casa.

Y eso era todo. Habían ido a echar un vistazo, habían entrado, visto el muerto, salido de la casa, llamado a emergencias. Fin de la historia.

El inspector Finn se dio golpecitos en la rodilla con la libreta de notas.

Todavía no tenía muchos datos, pero el asunto era que el tipo de la casa —ruso o de Europa del este— no llevaba muerto desde la madrugada. Aún no estaba rígido cuando habían llegado, y el forense lo había confirmado *in situ*. Una hora máximo, dos a lo sumo. Sabrían más después de la autopsia.

Mrs. Templeton había visto luces esa madrugada, pero el asesinato se había cometido solo un rato antes, como quien dice.

Alguien había movido una mesa contra la ventana, la butaca en un ángulo ideal para ver y no ser visto, aparte de la taza de café vacía y también reciente. Y unos prismáticos. Como si alguien —el ruso, quien fuese— hubiese estado vigilando *algo* desde allí.

Y la única cosa que había que vigilar en trescientos metros a la redonda era la casa de enfrente, la casa de Olivia Templeton.

Livy dejó al inspector en medio de su minúscula sala de estar. No tenía tiempo de pensar o preocuparse si estaba recogida o no, si tenía alguna taza (o un par de tazas, o tres... ¿cuatro?) vacías encima del escritorio.

Le daba igual.

En realidad no, y por eso pensó en ello mientras subía la escalera.

Entró en el cuarto de baño y se quitó la ropa empapada, dejándola caer al suelo. Le daban ganas de quemarla. Estaba helada, un frío húmedo calándole los huesos y a la piel, y sentía como si el olor a muerte se le hubiese pegado en la ropa, en el pelo. En las fosas nasales.

Daría cualquier cosa por una ducha larga y caliente, pero ni le daba tiempo ni era el momento. El inspector la esperaba en el piso de abajo. Se miró en el espejo, el pelo mojado, la cara blanca, cercos oscuros bajo los ojos.

Se cambió de ropa, se secó un poco el pelo con una toalla y bajó las escaleras, resignada a enfrentarse al resto del que se estaba convirtiendo en el peor —y más largo— día de su vida.

Y eso incluía el día que un par de policías se presentaron en su trabajo en el museo para comunicarle que Albert había muerto en un accidente de avioneta.

Bajó a la cocina, preparó un par de tazas de té y las acompañó de unas pastas que intuía que el inspector no iba a tocar. No parecía un hombre que perdiese el tiempo, o no se lo había parecido en el minuto y medio que había pasado en su compañía. Se le veía preciso, con economía de movimientos. Le sorprendía un poco que hubiese accedido al té, de hecho. Aunque intuía que solo lo había hecho para darle tiempo a cambiarse de ropa y que no pillase una pulmonía.

Entró en la salita con la bandeja y la colocó sobre la mesa de centro que había entre el sofá y las dos butacas. El inspector se había sentado en una de ellas.

—¿Le importa que encienda el fuego primero? —preguntó.

A pesar de la ropa seca, no podía dejar de tiritar.

—Por favor —respondió el inspector, casi con alivio, y Livy le sonrió sin darse cuenta.

—El termostato está estropeado, no pasa de diez grados

—explicó, mientras colocaba la leña, usaba el chisme de encender para que prendiese.

—Tiene que ser… incómodo, con este tiempo.

Incómodo. Era una manera de decirlo.

—Ya estaba así cuando compré la casa, tenía que haberlo arreglado antes. Es un incordio.

—¿Cuándo compró la casa? —preguntó el inspector, y Livy se dio cuenta de que era eso, un inspector de policía, y había estado hablando casi libremente, sin darse cuenta.

Tenía que tener más cuidado con lo que decía. Compuso una sonrisa neutra antes de darse la vuelta.

—Hace tres meses, más o menos.

Se sentó en el sofá, frente al inspector. Se inclinó para servir el té, y los primeros momentos estuvieron dedicados al mini ritual, que aunque le sirvió para componerse un poco no le dijo nada más sobre el inspector, aparte de cómo tomaba el té. Un poco de leche, sin azúcar.

Inspector de policía Michael Finn. ¿Le llamarían Mike, o Finn? Se inclinó para coger su taza, y Livy hizo lo propio con la suya.

El inspector debió notar el cambio en su actitud, la repentina frialdad, o más bien cautela, porque cortó la charla inconsecuente, de relleno, y fue directo al grano.

—Fue usted quien encontró el cuerpo —dijo el inspector, la taza en la mano.

Livy se sintió como si tuviese doscientos años.

—Sí —respondió, aunque no era una pregunta.

—No Mrs. Remington.

—No, ella estaba detrás de mí. Yo llegué primero a la escena. —El inspector levantó las cejas, por lo de *la escena*, supuso. La cara era tan cómica que Livy no pudo evitar sonreír de nuevo. Le dio un sorbo a su taza de té para disimularlo.

—Demasiadas series de detectives —se disculpó—. Me refería a la habitación donde se encontraba el cuerpo. Conseguí impedir que Mrs. Remington entrase, pero mucho me temo que yo sí entré en la habitación, antes de darme cuenta de lo que estaba viendo. Lo siento.

—Es comprensible. El *shock*.

La sangre debajo de sus suelas. La cabeza del ruso.

Se le revolvió un poco el estómago y soltó la taza de té encima de la mesa.

—Supongo.

—¿Puede contarme cómo llegaron a encontrar el cuerpo?

Livy, que se había quedado absorta mirando su taza en la mesa, levantó la vista. El inspector tenía cara amable, ojos de buena persona. Aunque la experiencia le había enseñado que no era la mejor juez de carácter, pero bueno.

Era un policía. Y la policía estaba allí para ayudar.

—Todo empezó hace dos días. Tres —se corrigió.

Y a continuación le contó al inspector, con todos los detalles que pudo recordar, los acontecimientos de los últimos días: cómo había visto la luz de madrugada, cómo había ido a avisar a Mrs. Remington, cómo habían abierto la puerta, entrado, subido al piso de arriba, visto el percal y salido pitando de la casa para llamar a la policía.

También el detalle de que había visto la luz dos días antes.

El inspector había sacado una libretita negra de un bolsillo interior de la gabardina donde empezó a tomar notas.

Levantó la vista de la libreta y la miró.

—¿No se les ocurrió que podía ser peligroso entrar en la casa si había alguien dentro? ¿Por qué no llamaron a la policía?

Era muy fácil ver los fallos *a posteriori*. Pero tampoco esperaban encontrarse un muerto.

Livy se encogió de hombros, y eso fue lo que dijo.

—No esperábamos encontrarnos un muerto, la verdad. Mrs. Remington creía que me lo estaba imaginando todo, y yo misma pensaba que era alguien robando de noche. No me paré a pensar que pudiese haber alguien dentro de la casa —tomó un sorbo de té—. Como mucho, esperaba encontrarme la casa desvalijada.

—Sin embargo, la primera vez que vio la luz era de día.

Eso era verdad.

—Ya le he dicho que no lo pensé demasiado.

Y además, aunque eso no lo dijo, bastante había tenido con aguantar la cara larga de Mrs. Remington, solo por pedirle acercarse a echar un vistazo. No quería ni pensar si hubiese sugerido llamar directamente a la policía.

—¿Faltaba algo? ¿Vieron algo fuera de lugar?

Meditó la respuesta un instante. Pensó en la manzana verde mordida, y en su frutero movido de sitio al que le faltaba una manzana verde. Sin morder.

—No en la planta baja, o eso dijo Mrs. Remington, que estaba echando un vistazo por encima para comprobar que todo estuviese en orden. Al menos no a simple vista. Aunque fuimos directas al piso de arriba porque era donde había visto la luz. Las dos veces.

—¿Tocaron algo en la habitación?

Volvió a escuchar el ruido de sus botas al pisar la moqueta empapada de sangre, un sonido horrible que iba a estar escuchando en sueños durante mucho, mucho tiempo.

Tendría que deshacerse de las botas.

—Mrs. Remington no llegó a entrar en la habitación. Yo me temo que di uno o dos pasos dentro, como le he dicho antes. Pisé la moqueta con la sangre. No toqué nada más. El marco de la puerta, quizás; no estoy segura.

—¿Movieron o tocaron el cuerpo de alguna manera?

Livy le miró durante tres segundos sin decir nada, primero porque la anterior respuesta servía también para esa pregunta, y segundo, imaginándose una razón por la cual ella o Mrs. Remington hubiesen sentido el deseo irrefrenable de tocar un muerto fresco.

—No.

Le hizo varias preguntas más, algunas de ellas personales. Quién era. Qué hacía. Cuánto tiempo llevaba en Bishops Corner.

Le hizo también repasar lo que había hecho ese día, dónde había estado, con quién había hablado.

Volvieron sobre su día una y otra vez, con el inspector intentando que recordase todos los detalles posibles, horas y minutos, cuándo había salido de la casa, cuándo había entrado con el paquete de la oficina postal, cuándo había vuelto a salir, si había visto algo o a alguien sospechoso…

Livy se frotó la sien derecha. Tenía un dolor de cabeza punzante, que había empezado con el sonido de las sirenas de la policía y ambulancia. La noche sin dormir tampoco ayudaba, ni el inspector, con sus doscientas preguntas, algunas repetidas, se dio cuenta, solo que formuladas de forma diferente.

Volvieron sobre su declaración una vez más, para aclarar algún punto, repasar cosas que el inspector quería anotar con exactitud. Tiempos, sobre todo.

—¿Vive aquí sola? —El inspector levantó la vista de la libreta, por fin—. ¿Hay un Mr. Templeton? Si no le importa que pregunte.

Le importaba, pero suponía que era su trabajo. Se masajeó la frente con la mano derecha. El té hacía rato que se había enfriado.

Ya no se acordaba de que antes había pensado que el inspector tenía cara de buena gente. Ahora solo quería que se fuese de una vez para poder estar un rato en paz.

—Sí, y no. Había un Mr. Templeton. Soy viuda.

El hombre se quedó unos segundos en silencio, que era lo que hacía todo el mundo cuando decía que estaba viuda en voz alta.

—Lo siento. ¿Desde hace mucho? ¿Qué pasó?

Se revolvió un poco en su asiento, incómoda.

—Unos meses… cinco, cinco meses. Fue un accidente de avioneta. En los Alpes Suizos —dijo, anticipando la pregunta.

El inspector la miró con sus ojos color whisky.

—Lo siento —repitió.

Livy levantó un hombro y volvió a bajarlo. No le hacía

demasiada gracia la lástima repentina de desconocidos, por eso no solía divulgar su estado civil, a no ser que fuera imprescindible.

—Gracias —dijo, por decir algo. Nunca sabía qué decir en esos casos.

Después de echar un último vistazo a su libreta el inspector se levantó, dando por terminado el té, que apenas había probado, y el interrogatorio.

Por fin.

Le acompañó hasta el recibidor, donde el inspector rescató su gabardina para volver a ponérsela.

—¿Se sabe quién es? —preguntó Livy mientras abría la puerta—. El hombre en la casa.

El inspector se dio la vuelta para mirarla en el quicio de la puerta. Afuera había anochecido por completo, apenas había luz, y los ojos color whisky parecían ahora marrones, vulgares, sin nada de la luz dorada que tenían antes.

—No llevaba ninguna identificación encima —respondió—. Supongo que cuando procesemos las huellas sabremos algo más.

Y aunque lo supiese tampoco se lo habría dicho, decía su expresión. Pero bueno, tenía que preguntar. Después de la batería de preguntas a la que la había sometido, sentía como si tuviese la obligación de hacer ella alguna. Como en las entrevistas de trabajo.

—Déjeme que encienda la luz del porche, si no va a ser incapaz de ir hasta la casa de Mrs. Remington—. Se imaginó que era su siguiente destino.

Le dio al interruptor, que estaba al lado de la puerta.

—¿Qué le pasa a la farola? —preguntó el inspector, mirando hacia el otro lado de la calle, a la farola solitaria y oscura.

Livy se encogió de hombros.

—Lleva tiempo fundida.

El inspector le dio su tarjeta para que le llamase si recordaba algún detalle más, aunque sinceramente, no sabía qué podía ser, algo que se le hubiese escapado en la media hora que había estado preguntándole lo mismo una y otra vez.

También le dijo que un oficial pasaría más tarde —todavía había varios en la casa— a recoger las botas de goma que llevaba cuando entró a la casa, para coger las huellas de las pisadas y descartarlas. Y analizar lo que quiera que hubiese pisado. Por ella podían quedárselas para siempre.

Livy le vio dirigirse a la casa de Mrs. Remington a paso ligero, intentando —sin éxito— esquivar los charcos, la gabardina beige ondeando al viento. Se preguntó si la gabardina era para reforzar la imagen de detective, a lo Sam Spade, o simplemente para protegerse de la lluvia, ya que no del frío.

Se quedó en el umbral de la puerta, observándole, hasta que le vio entrar en casa de su vecina. Ni siquiera llegó a llamar, la puerta se abrió directamente mientras subía los escalones del porche, lo cual quería decir que Mrs. Remington había estado ojo avizor para ver cuándo salía de su casa para dirigirse a la suya. Supuso que ella le daría una versión mucho más colorida de los hechos. Y de ella misma.

Preguntase el inspector o no.

[16]

El timbre del teléfono la despertó, atravesando el silencio de la casa. Al principio, dormida como estaba, no sabía si era el teléfono, una alarma de incendios o un terremoto.

Levantó la cabeza del cojín, el corazón palpitante, con los reflejos justos para coger el lector de libros antes de que cayera al suelo.

Se incorporó hasta quedar sentada en el sofá y se pasó las manos por la cara, desorientada. Sacudió la cabeza para intentar despejarse. ¿Qué hora era? Miró su reloj de pulsera: las cinco y media.

¿Cuánto tiempo llevaba durmiendo? ¿Una hora, más?

¿Qué hora era cuando se había ido el inspector?

No era capaz de acordarse. Solo se acordaba de que había subido las escaleras como una autómata para darse por fin una ducha caliente y larga.

El teléfono dejó de sonar antes de que le diese tiempo a moverse del sofá. No se le ocurría quién podía ser. Con las pocas personas que se comunicaba lo hacía a través del móvil. La línea de teléfono fija, que había tenido que contratar para poder tener internet en el *cottage*, nunca sonaba. Para nada.

Ni siquiera para *telemarketing*, supuso que su número era

tan nuevo que todavía no les había dado tiempo a descubrirlo.

Después de la ducha se había sentado junto al fuego a leer, intentando distraerse, pero después de intentar leer la misma página tres veces se había dado por vencida.

Era absurdo intentar concentrarse en ficciones ajenas con el día que llevaba, todo lo que había pasado dando vueltas en su mente.

No era capaz de quitarse de la cabeza el olor a muerte, el charco de sangre extendiéndose por el suelo de la casa de los Phillips.

Se preguntó si habían matado al tipo aquella noche. Si la luz que había visto enfrente era del asesino. O del muerto.

Se preguntó si, de haber encendido la luz para prepararse un té, el asesino habría ido hasta su casa para matarla también a ella.

Al final, la noche sin dormir y el día repleto de acontecimientos le habían pasado factura y se había quedado dormida, tumbada en el sofá junto al fuego.

No sabía exactamente cuánto tiempo llevaba durmiendo, pero se sentía como si la hubiese atropellado un camión.

Se levantó a por agua, y cuando estaba a medio camino de la cocina el teléfono volvió a sonar y la sobresaltó de nuevo. Se puso la mano en el pecho. A ese paso no iba a acabar el día sin que le diese un infarto.

Por un momento pensó en dejarlo sonar. Fuese quien fuese, no tenía ganas de hablar con nadie. Aunque podía ser la policía, con algún dato nuevo, algo nuevo que decirle. Había puesto el número de su teléfono móvil al rellenar sus datos, pero quién sabe.

Antes de entrar en la ducha un oficial de policía había llamado a su puerta para llevarse las botas malditas, metiéndolas primero en una bolsa de plástico transparente con una etiqueta.

Se aclaró la garganta y descolgó.

—¿Sí?

Silencio al otro lado. No exactamente silencio: se oía una respiración ligera, suficiente para saber que había alguien al otro lado del teléfono.

—¿Quién es? —preguntó.

Esperó un poco más, para ver si la persona que respiraba al otro lado de la línea se decidía a hablar. Si se habían confundido de número, ese era el momento de decirlo.

—¿Hay alguien ahí? —dijo, elevando un poco la voz.

Iba a colgar, pero quien quiera que la hubiese llamado lo hizo primero.

Se quedó mirando el auricular, el pitido continuo saliendo del altavoz.

Lo que le faltaba. Seguro que ya se había corrido la voz del muerto enfrente de su casa, y de que lo había encontrado ella, y ahora llegaban las bromas telefónicas, seguramente de adolescentes aburridos.

Suspiró. Solo esperaba que fuese la novedad, y que se cansasen pronto.

Colgó el teléfono, y justo entonces sonó su móvil, el pitido corto que indicaba que le había llegado un mensaje.

Dio un respingo.

Cogió el móvil de la mesa de centro, al lado de la bandeja con las tazas de té que todavía no había recogido.

Cena de hoy: Estofado de carne y TARTA DE MANZANA. Trozo NO asegurado si no te das prisa.

El mensaje era de Sarah, obviamente. Estuvo a punto de desmayarse al leerlo, y fue entonces cuando se dio cuenta de que no había comido prácticamente nada en todo el día, desde el desayuno.

El muerto le había quitado el hambre, pero parecía ser que el efecto se le había pasado, o que la tarta de manzana casera de Sarah era más poderosa.

Cogió una de las pastas de la bandeja del té que ni el inspector ni ella habían tocado. Estaba ligeramente reblandecida de haberse quedado al aire.

Aparte de la comida casera de Sarah, también le vendría bien no quedarse sola en casa, dándole vueltas a las cosas, mientras escuchaba la lluvia golpeando en los cristales. Necesitaba despejarse.

Así que contestó al mensaje de Sarah aceptando la invitación.

Salió de casa y cerró la puerta tras ella.

Las luces seguían encendidas en casa de los Phillips, incluida la luz del porche. Todavía quedaban un par de coches de policía aparcados fuera. La cinta azul y blanca se había roto, seguramente por el viento, y uno de los extremos ondeaba bajo la lluvia.

Supuso que estarían recopilando pruebas, huellas o lo que quiera que hiciesen en esos casos. Alguien tendría que avisar a los dueños. Probablemente Mrs. Remington. No le envidiaba la tarea.

Se metió en el coche aparcado frente a su casa y arrancó. Era ridículo pasearse con ese coche por el pueblo, el Jaguar negro de Albert. Nunca le había gustado. Demasiado grande, demasiado negro. Demasiado. Pero ella no tenía coche —nunca le había hecho falta, viviendo en Londres— y el de Albert la llevaba de un sitio a otro.

Además, estaba pagado. Era de las pocas cosas que su marido no había dejado sin pagar.

Era el coche menos práctico del mundo para aquel pueblo, con sus caminos de tierra, y para aquel tiempo. Si Albert lo viese ahora, con los bajos cubiertos de barro y lleno de marcas de lluvia, le daría un infarto.

Esperaba que el pub se hubiese vaciado ya de curiosos a aquellas horas. Eran las seis, hora de cenar, y quitando la gente que lo hacía en el pub, todo el pueblo estaba ya recogido en casa.

O eso esperaba.

Pero Sarah no la habría invitado a cenar si supiese que iba a ser acosada por vecinos sedientos de información.

Aparcó junto a la acera al otro lado de la calle, frente al pub. Llovía ahora furiosamente, el agua golpeando los cristales del coche con fuerza, y se quedó unos segundos dentro esperando a que escampara.

Las ventanas iluminadas del pub eran la única señal de vida en medio de la noche oscura y fría, como la luz de un faro cuando uno está a punto de estrellarse con un barco en medio de la tormenta.

La señal de madera, ajada, encima de la puerta, se movía con el viento: *Lion's King*, y la silueta de un león debajo. El nombre era lo de menos. Era simplemente "el pub". No había más, no había pérdida. Cuando alguien decía "el pub", no había confusión posible: todo el mundo sabía a qué pub se referían.

Debajo de la señal otra más pequeña, más nueva, o menos ajada por el tiempo, sujeta a las patas del león con unos alambres: "Hostal / habitaciones"

Por mucho que el segundo cartel de madera fuera más nuevo, ambos llevaban allí más tiempo que los actuales dueños.

Se cansó de esperar a que dejase de llover, o por lo menos a que lo hiciese con menos intensidad. Las ventanas amarillas del pub la llamaban, el estofado y la tarta de manzana, las mesas y las sillas de madera oscura, reluciente, las velas, el fuego en la chimenea.

Se había dejado el paraguas en casa a propósito: de su puerta al coche y del coche al pub, bien podía correr.

Eso hizo, cruzando rápidamente hasta el pub bajo la lluvia. Cogió el pomo de la puerta, de bronce pesado, y la abrió, y de repente se trasladó a otro mundo, donde no hacía frío, no llovía y nada malo podía pasar.

Cuatro mesas ocupadas, no era mucho. Las conversaciones se cortaron en seco en cuanto entró por la puerta. Vio a Jack en la mesa de la esquina, su mesa de siempre, con un libro de tapas blandas entre las manos. Desde allí no podía leer el título, solo John le Carré en letras gigantes. Tenía un plato vacío encima de la mesa, una pinta de Guinness llena.

Dejó de leer un instante para mirarla y levantó la barbilla a modo de saludo.

Livy le devolvió el gesto y fue hasta la barra, detrás de la cual Sarah contemplaba con avidez el intercambio de gestos.

Se desplomó en un taburete.

—Comida —dijo, y empezó a quitarse abrigo, bufanda, gorro, y a dejarlo todo en el taburete libre que tenía al lado.

—Déjame que te cuelgue eso. —Sarah estiró la mano y le traspasó los bultos de ropa por encima de la barra. Desapareció para dejarlo todo en la parte de atrás y volvió a aparecer al cabo de dos segundos—. Te he guardado tarta de manzana porque me ha durado solo diez minutos. Sé que te mueres por ella. —Sarah levantó una ceja—. ¿Demasiado pronto?

Livy sonrió a su pesar.

—Nunca es demasiado pronto.

Estaba hecha polvo. Lo único que había hecho la improvisada siesta era abotargarla. Pero se alegraba de haber bajado hasta el pub: solo con el calor y el olor a comida ya estaba reviviendo.

Las conversaciones, que justo acababan de reanudarse, volvieron a cortarse en seco.

Y ahora qué, pensó Livy, demasiado cansada incluso como para girarse y mirar por encima de su hombro, fuese cual fuese la novedad.

—Mrs. Templeton —dijo una voz a su espalda que le hubiese gustado no tener que oír en mucho, mucho tiempo.

Sobre todo teniendo en cuenta que había cerrado la puerta de su casa tras el propietario de la voz solo unas horas antes.

Quizás salir de casa no había sido tan buena idea, al fin y al cabo.

Cerró los ojos un segundo antes de volver a abrirlos y darse la vuelta en el taburete.

—Inspector Finn.

Esperaba que no tuviese más preguntas. No se le ocurría nada que no le hubiese contado antes. Igual quería saber a qué hora o cuántas veces se había lavado los dientes aquel día. Era lo único que le quedaba por preguntar.

Tenía el pelo rubio oscuro todavía más revuelto que antes, si eso era posible, y gotas de lluvia marcadas en la gabardina beige. Livy se pasó la mano por su propio pelo, recordando que no se había peinado antes de salir de casa, consciente de que su aspecto no podía ser mucho mejor.

Le sorprendió que el inspector todavía siguiese por allí.

Sarah, que había entrado a la cocina a por la cena, salió con dos platos y los puso en la barra, frente a Livy.

Luego levantó la cabeza, parpadeó unas cuantas veces y se quedó paralizada.

Era una suerte que hubiese soltado ya los platos.

—Hola —dijo, ladeando la cabeza, con una de sus sonrisas luminosas.

—Mrs. McKinnon, ¿verdad? —preguntó el inspector.

—Sí —contestó, resignada, como si la sola mención de su apellido le hubiese recordado de repente su estado civil —. Sí, soy yo. Sarah McKinnon.

—Inspector de policía Michael Finn.

El inspector tendió la mano por encima de la barra y Sarah se la estrechó. Frunció ligeramente el ceño.

—¿Cómo sabe mi nombre?

El inspector sonrió un poco y una miríada de líneas aparecieron desde el borde de sus ojos hasta casi las sienes.

—He estado charlando con los vecinos.

Eso quería decir que ya lo sabía todo de todos.

—Estupendo —musitó Sarah.

El inspector se quedó mirando los platos de estofado sobre la barra con ojos vidriosos.

—¿Quiere cenar algo, inspector? —preguntó Sarah.

Finn negó con la cabeza, sin demasiado entusiasmo.

—No, gracias. Todavía estoy trabajando.

Desplazó la vista hacia la esquina donde estaba sentado Jack.

—Jack Owen, supongo —dijo, más que preguntar.

—Supone bien —respondió Sarah.

—Si me disculpan…. —Inclinó ligeramente la cabeza y después se dirigió hacia la mesa de Jack.

Sarah suspiró.

—¿*Ese* es el inspector de policía? Me imaginaba un tipo bajito con bigote, no sé por qué —dijo, mientras atacaba su plato de cena.

Livy hizo lo propio con el suyo. El estofado de Sarah podía ganar premios. En realidad, toda su comida, y sus postres. No le extrañaba que Jack Owen se pasase allí el día.

—¿Qué dice la gente del asesinato? ¿Algún rumor interesante? —preguntó Livy, entre cucharada y cucharada.

Sarah se encogió de hombros.

—Teorías, muchas: interesantes, ninguna. La mayoría de la gente se inclina por el robo.

Le vino a la cabeza lo poco que había podido ver de la casa de los Phillips: muebles de los años ochenta y tapetes de ganchillo. Cuadros de caza. No parecía un botín muy apetecible, la verdad. A no ser que tuviesen una caja fuerte llena de lingotes de oro, o algo así.

Sarah, acostumbrada a comer deprisa para no dejar a los clientes desatendidos, retiró su plato vacío.

Miró hacia la mesa donde estaban sentados Jack y el inspector.

—Vuelvo enseguida —dijo en un susurro.

Livy la vio dirigirse a la mesa donde conversaban Jack, que no había cambiado de postura —se había limitado a dejar el libro abierto boca abajo encima de la mesa, para no perder la página— y el inspector.

Sarah recogió el plato vacío de Jack, le preguntó al inspector si quería algo —o eso imaginó Livy, porque le vio negar con la cabeza— y volvió hacia la barra haciendo pucheros.

—Se han callado antes de que llegase a la mesa. No he podido enterarme de nada.

Le retiró su propio plato vacío y se dio cuenta de que estaba tan hambrienta que se había terminado la cena sin darse cuenta.

Volvió a salir de la cocina con un plato con su tarta de manzana.

—Te la he calentado un poco.

Livy cogió una cucharada y se la metió en la boca. El paraíso.

—No tengo palabras. Gracias, Sarah.

La miró desde detrás de la barra, ladeando la cabeza.

—Parece que tienes mejor aspecto. Por lo menos se te ha quitado la cara de muerta.

—Gracias… supongo.

—¿Estás bien? ¿Quieres dormir aquí esta noche?

Livy negó con la cabeza.

—No hace falta, pero gracias de todas formas.

Necesitaba descansar, y allí no estaba segura de que fuese a poder hacerlo, con la familia de Sarah armando follón.

Además, era absurdo: el asesino no iba a volver al lugar del crimen.

O eso esperaba.

[17]

Jack vio cómo la pelirroja les escrutaba desde detrás de la barra, después del frustrado intento de espiar su conversación mientras le retiraba el plato y le insistía al inspector para que cenase o tomase algo.

—Es escritor, entonces.

El inspector le había preguntado a qué se dedicaba, y esa había sido su respuesta.

No volvió a repetirla, simplemente asintió con la cabeza.

—Sí —respondió, sin saber muy bien por qué necesitaba confirmación.

—¿Y qué escribe?

—Artículos, informes, manuales. Libros, a veces.

Cogió su cartera del bolsillo interior de la cazadora que tenía colgada del respaldo de la silla. Sacó una tarjeta y se la tendió al inspector.

Tenía otras identidades mejores, más sólidas, para otro tipo de trabajos. Pero esa era la tapadera ideal del "hombre ocioso". Le permitía vivir en cualquier lugar, le daba libertad de movimientos y no despertaba sospechas.

De alguna manera la gente asumía que un escritor no tenía nada que hacer, que podía ir de un lado a otro durante todo el día, pasarse horas en el pub y, de alguna manera, vivir de ello.

El inspector observó su tarjeta.

—Nunca he oído su nombre.

Jack se imaginó que si fuese un escritor de verdad en aquel momento habría herido sus sentimientos.

—Escribo por encargo. Artículos, manuales para corporaciones. A veces libros. Nunca uso mi nombre.

—Una especie de escritor fantasma —concluyó el inspector por él. Asintió con la cabeza—. ¿Y le va bien?

Jack se encogió de hombros.

—Me gano la vida.

El inspector se guardó su tarjeta falsa en la cartera.

—¿Puedo preguntarle por qué decidió instalarse en Bishops Corner?

Puede, pensó Jack. Otra cosa es que le responda. O lo que vaya a responder.

Se lo pensó tres segundos. Si una cosa había aprendido con los años era que lo más sencillo, rápido y eficaz era parecer colaborador con las fuerzas del orden. Cuanto antes le dijese lo que quería oír, antes se lo quitaría de encima.

—Voy retrasado con mi último encargo. Buscaba un sitio pequeño y tranquilo, sin distracciones.

El inspector le miró unos segundos, como si esperase que continuara hablando.

Jack maldijo en silencio la ley que prohibía fumar en pubs. Y no tener tabaco encima.

Y haber dejado de fumar siete meses antes.

—¿Y qué tal ha resultado? —preguntó al fin el tipo.

Jack levantó un momento el libro que tenía sobre la mesa, y volvió a dejarlo caer.

—Cuando se trata de buscar excusas para no trabajar uno acaba encontrándolas igual, en Londres o en un pueblo como este.

El inspector posó brevemente la vista sobre la portada del libro. *La chica del tambor*, de John Le Carré.

—¿Era allí donde vivía, en Londres, antes de instalarse aquí?

Gotas de información. Para que pareciese que estaba colaborando.

—Los últimos dos años.

El inspector apuntaba todo en una libreta minúscula con tapas negras que había sacado del bolsillo interior de la gabardina. Como los detectives de antes. Casi hasta le cayó bien por no haberse rendido a los cacharros electrónicos.

—¿Puede decirme dónde estaba hoy entre las ocho de la mañana y la una de la tarde?

Supuso que esa era la horquilla de tiempo para la muerte del ruso que le había dado el forense tras haberle echado un vistazo rápido al cuerpo.

Si fuese una persona normal empezaría a quejarse sobre sus derechos, su privacidad, y si el inspector tenía derecho a hacerle aquella pregunta.

O a sudar, que era otra de las cosas que solía hacer la gente, por muy inocentes que fueran. Cuanto más inocentes, más sudaban.

Las respuestas cortas y concisas funcionaban mejor. Dar explicaciones y respuestas largas era una de las peores cosas que podía hacer uno cuando hablaba con la policía.

Aun así, se esforzó en parecer algo irritado, y tardó unos segundos de más en responder.

—En casa, trabajando. O intentándolo.

No estaba seguro de si alguien le habría visto salir de detrás de la iglesia y volver a su casa, a pesar de la lluvia y las precauciones.

—También salí a estirar un rato las piernas —añadió, por si acaso.

—¿Con la tormenta?

Jack se encogió de hombros.

—No creo que fueran más de diez minutos. Lo suficiente para despejarme y volver.

El inspector siguió escribiendo en su libretita.

—¿Recuerda haber visto a alguien por la calle, alguien desconocido, que no haya visto nunca antes?

—No conozco a todos los habitantes del pueblo —hizo como que hacía memoria—, pero la verdad es que no vi a nadie. Hacía un tiempo horrible y estuve muy poco tiempo fuera, como le he dicho.

—¿Y a las tres de la madrugada?

Jack levantó las cejas. Esta vez no tuvo que fingir la sorpresa.

—¿Perdón?

El inspector levantó la vista de la libreta.

—¿Dónde estaba, a las tres de la mañana?

Jack se giró ligeramente en la silla, para poder mirarle directamente a los ojos.

—Durmiendo, evidentemente.

El inspector le mantuvo la mirada unos segundos.

—Por supuesto.

Una cosa no parecía Michael Finn, al menos a simple vista, y era imbécil. Jack no pensó ni por un momento que se fiase de él. Probablemente empezase a escarbar en su pasado en cuanto tuviese una oportunidad. Pero poco más podía hacer en ese momento, así que al final no tuvo más remedio que guardar su libreta y despedirse.

Le observó mientras volvía a la barra, donde las dos mujeres seguían hablando. Pegó un trago a la cerveza e hizo una mueca de disgusto. Caliente.

Sarah dejó de hablar a media frase e hizo un gesto señalando con la cabeza a su derecha.

Sutil, como siempre.

Livy se giró en su taburete justo cuando el inspector llegó a su lado.

—Una última cosa, Mrs. Templeton. La farola de su calle, la que está frente a su casa… ¿Sabe desde cuándo está estropeada?

Livy pensó un momento. Llevaba tanto tiempo fundida que ya ni se acordaba.

—Solo estuvo funcionando un tiempo después de mudarme... tres semanas, creo. Llevará unos dos meses estropeada, si no más. De todas formas avisé al ayuntamiento, allí lo sabrán seguro.

—Gracias por su ayuda.

—De nada.

Se volvió hacia Sarah.

—Mrs. McKinnon. Buenas noches.

Observaron al inspector mientras salía del pub y cruzaba la calle, la gabardina al viento.

—¿A qué viene la gabardina? —dijo Sarah, leyéndole el pensamiento—. Hace cero grados en la calle. ¿Quién cree que es, Poirot?

—Más bien Harrison Ford en Blade Runner —dijo Livy después de pensar un instante.

Sarah ladeó la cabeza sin dejar de mirarle.

—Mmm, igual tienes razón.

Livy sintió un pinchazo en la base del cráneo y giró la cabeza a su izquierda. Jack la miraba fijamente, inexpresivo, los brazos cruzados sobre el pecho. El libro todavía boca abajo, abandonado sobre la mesa.

El inspector Michael Finn salió del pub. Parecía que había parado de llover, por fin, aunque seguramente no duraría mucho. No había ni un alma por la calle. El pueblo era pequeño, acogedor. Tranquilo a aquella hora de la tarde. Se preguntó cuánto costaría allí una casa de alquiler. Estaba pagando una pasta por un piso de una habitación en Oxford, y no estaba tan lejos, una hora en coche, un poco más. Lo malo eran las carreteras.

Movió el cuello a uno y otro lado. Estaba cansado, y el olor —y la visión— de la comida del pub le habían despertado un hambre feroz. Tenía que haberle preguntado a la dueña si ponían comida para llevar.

Miró el reloj. No merecía la pena volver a la escena del crimen. El cuerpo estaba ya en la morgue esperando ser examinado, en la casa ya solo quedaba el equipo procesando la escena.

Podía leer el informe perfectamente por la mañana.

Estaba seguro, no sabía si era intuición o años de experiencia, de que no iban a encontrar ninguna huella. Las del tipo muerto, como mucho. Las que hubiesen dejado Mrs. Templeton y Mrs. Remington en la barandilla, en el vano de la puerta, si era verdad que no habían tocado nada más.

Chasqueó la lengua. Un tiro en la frente, limpio, perfecto. Un trabajo profesional.

No era que por aquellos lares tuviesen muchos casos como aquel, más bien ninguno, pero cuando trabajaba en Londres había visto de todo.

Sabía reconocer un trabajo profesional cuando lo veía.

Además, el tipo muerto cantaba a sicario a un kilómetro de distancia. A pesar de la camisa de cuadros.

¿Qué hacía un tipo como aquel, en una casa deshabitada, en un pueblo de dos mil habitantes en medio de ninguna parte?

¿Tenía que ver con la mujer de la casa de enfrente, la recién llegada Olivia Templeton? Estaba extremadamente calmada con todo el asunto. Como si estuviese acostumbrada a encontrar cadáveres todos los días.

Un poco pálida, sí. Pero aparte de eso, contenida. Compuesta. Fría.

Y, como decía un antiguo compañero, la mitad de las veces el asesino es quien encuentra el cuerpo.

Pero en ese caso no tenía sentido. Para empezar, era absurdo que Mrs. Templeton hubiese arrastrado a su vecina a la casa a investigar la luz que había visto si era ella quien había asesinado al hombre. Podía perfectamente haberle dejado allí hasta que lo descubriese la mujer la siguiente vez que le tocase ir a limpiar.

Por otra parte, Mr. Smith había confirmado que había

estado esa mañana en la oficina postal para recoger un paquete. *Un libro, le diría, por la forma, porque son muchos años en esto. Pero no me respondió cuando le pregunté. Sospechoso, si me lo pregunta.*

Pueblos pequeños. Las casas serían baratas, pero la falta de intimidad no compensaba.

Mrs. Remington también había confirmado el resto de tiempos, la hora a la que esa tarde había acudido en su busca Mrs. Templeton, la anterior vez que la había avisado. *Yo le dije que quizás debíamos preocuparnos, pero me aseguró que no era nada, así que lo dejé correr.*

La habría creído si no fuera porque primero, había hablado antes con Mrs. Templeton, y segundo, no habría ido a contarle lo de la luz la primera vez para luego decirle que "no era nada". Además, Mrs. Remington tenía una llave de la casa. Si realmente hubiese estado preocupada, podría haber ido ella a mirar en cualquier momento.

Y luego estaba Jack Owen. No sabía ni por dónde empezar. Un tipo con su pinta, un escritor por encargo, en un pueblo de dos mil habitantes, nada menos. La actitud de falso relax, permanentemente alerta bajo la superficie. Habría dado cualquier cosa por poder tomarle las huellas, seguro que aparecía relacionado con todo tipo de cosas.

No le gustaba confiar demasiado en sus instintos, prefería datos concretos a pesar de que muchas veces los hechos confirmaban dichos instintos, pero mientras hablaba con Owen sus instintos estaba bailando la polka.

Así como el tipo muerto en la casa gritaba sicario a kilómetros, el tal Jack Owen gritaba mercenario, exmilitar, MI5, MI6, o cualquier mierda de esas. Era la falsa postura de relax, la absurda tapadera, pero sobre todo el hecho de que no encajaba en aquel pueblo en absoluto.

Aunque, por otra parte, Olivia Templeton tampoco encajaba.

Tendría que esperar a comprobar todo lo que le habían contado. Datos concretos. Todo lo demás no dejaba de ser especulación, a esas alturas.

Y no le gustaba especular.

Antes de entrar en el coche se giró para echarle un vistazo al pub a través de los ventanales.

Olivia Templeton tenía una taza entre las manos mientras la dueña del pub hablaba y gesticulaba a la vez. Owen seguía en la misma posición y en el mismo sitio en que le había dejado, solo que ahora tenía el libro entre las manos.

Allí había algo más de lo que parecía. Y era su trabajo averiguarlo.

[18]

Livy se frotó los ojos delante de la estantería de pan de molde, en el supermercado.

Más que un supermercado, aquello era una tienda de todo un poco. Se podían encontrar desde coliflores hasta cuadernos, bolígrafos, menaje para la cocina, revistas y tabloides, crema para la cara y dispensadores de caramelos Pez.

Todo con música de ascensor de fondo.

Volvió a frotarse los ojos. Estaba cogiendo algo, estaba segura. Un catarro, o lo que fuera. Un virus. Lo notaba apoderarse de su cuerpo poco a poco.

Había empezado aquella misma mañana. Se había despertado con el cuerpo dolorido, como si se hubiese caído por una escalera o le hubiesen dado una paliza, y la sensación de tener los globos oculares demasiado grandes para las cuencas.

La noche sin dormir tampoco había ayudado mucho. Sin defensas, frío, *bam*. Combo perfecto.

Lo que le faltaba.

No había dormido nada, tenía que haberle hecho caso a Sarah y quedarse en el hostal. Se había despertado cuarenta veces durante la noche. Aparte de que encontrar un cadáver no ayudaba a conciliar el sueño, algún gracioso o graciosos se estaban dedicando a llamar por teléfono y colgar, y aquella noche habían sido tres veces. El teléfono fijo estaba en el piso de abajo, evidentemente no se había levantado a cogerlo, pero se había despertado igualmente.

Estaba exhausta. Y probablemente incubando algo.

Encima no había pan integral ecológico con semillas de lino. Otra de las desventajas de no vivir en Londres: tres variedades de pan de molde en el supermercado, y dos eran blancos.

Se tiró diez segundos más mirando fijamente la escasa selección, por si se materializaba algún pan más de la nada. Al final cogió uno normal y corriente con semillas y se dispuso a seguir su camino.

Se dio la vuelta y se topó de bruces con una muralla humana. Estuvo a punto de soltar la cesta de la compra.

—¿Estás bien? —preguntó una voz grave.

Miró hacia arriba y se dio cuenta de que se había estampado contra el ya no tan desconocido, aunque de momento igual de misterioso, Jack Owen.

Allí estaba, parado en el pasillo del pan, con una cesta de plástico naranja igual a la suya que contenía un pack de seis latas de cerveza y una caja de cereales azucarados.

—Buenos días —dijo Livy, para componerse. Y también porque era así como se iniciaba una conversación, no asustando a la gente en el pasillo del pan.

Jack la miró con el ceño fruncido y repitió su pregunta de antes.

—¿Estás bien?

La primera pregunta podía haber sido en plan resorte, por defecto, pero estaba segura de que la segunda se debía a su lamentable aspecto: ojeras, cara macilenta, nariz roja, pelo en picos que se había negado a colaborar con ella aquella mañana. Tenía que haberse puesto un gorro.

—Sí —respondió, sin embargo, desmintiendo su estado físico y mental.

—No sé, como llevabas diez minutos mirando el pan...

¿Y él cómo lo sabía? ¿Acaso había estado observándola mientras ella observaba el pan?

Siniestro, como mínimo.

—Me cuesta decidirme —dijo por fin.

Jack miró por encima de su hombro, a la estantería a su espalda.

—No hay tantas opciones.

Eso era lo que pasaba cuando una era sociable y se paraba a hablar con gente: conversaciones inanes, cuando lo único que quería era volver a casa, tomarse un vaso de leche con miel, meterse debajo de quinientas mantas y no salir hasta que llegase la primavera.

Se encogió de hombros. Esperó un par de segundos a que Jack siguiese su camino después de una despedida breve, que era lo que esperaba que hiciese. No lo hizo.

—Mrs. Remington estaba esta mañana en la oficina de correos —dijo Jack.

No hacía falta decir nada más.

La oficina de correos era el mejor lugar para divulgar información en Bishops Corner. Era el origen de cualquier historia o rumor. No hacía falta ni siquiera disimular haciendo como que uno iba a echar una carta o algo parecido: se apoyaba uno en el mostrador y le soltaba toda la historia (o partes de ella, daba lo mismo) a Mr. Smith. Después él se ocupaba de esparcirla y adornarla. No era que las historias se originasen en la oficina de correos exactamente, pero era donde les crecían las patas.

Lo que le sorprendía era que Jack participase en ello.

También era verdad que era la tercera persona que la paraba aquella mañana para hablar. Descubrir un cuerpo la había hecho terriblemente popular.

—Tiene que ser duro, haber encontrado el cuerpo —siguió diciendo Jack, y a Livy le pareció que intentaba poner cara de empatía, o de comprensión, pero que no le estaba saliendo.

Se cambió la cesta de mano.

—No es para tanto —dijo, y era cierto: peor era *ser* el cuerpo.

—¿Se sabe algo del muerto, quién era?

Negó con la cabeza.

Ninguno de los dos dijo nada más.

Por divertido que fuese estar de pie sin hacer nada en medio de un silencio incómodo, Livy estaba deseando llegar a casa, tomarse la medicina contra el catarro que había comprado y rezar para que funcionase, ponerse en posición horizontal y olvidarse del mundo y de la vida.

Así que levantó ligeramente la cesta del supermercado.

—Tengo que meter esto en la nevera. —Lo único que tenía en la cesta que necesitase frío eran unos tristes yogures, pero bueno—. Nos vemos.

Se fue, dejando a Jack parado en medio del pasillo del pan.

Fue hasta la caja y colocó sus cosas en la cinta. La cajera, una chica de alrededor de veinte años, pelo rosa en coleta y tres piercings en cada oreja, despegó los dedos de su teléfono el tiempo justo para pasar los productos por el escáner y decirle el total.

Salió del supermercado, se montó en el coche, dejó las compras en el asiento del copiloto, condujo los cinco minutos hasta su casa intentando no estornudar, aparcó y, cuando ya estaba guardando la compra en la cocina, se dio cuenta de que, por culpa de Jack (y su prisa por huir de él) se había olvidado la leche.

JACK DEJÓ la compra encima del mostrador de la cocina. Aunque llamarlo "cocina" era ser muy generoso: no era más que una hilera de armarios altos y bajos, de un color beige horrible, puestos contra la pared y separados del resto del apartamento por una barra de desayuno.

Eso era todo: electrodomésticos blancos (una nevera básica y lavadora, nada de lavavajillas), dos fuegos eléctricos y un horno que estaba seguro de que no funcionaba. Le daba igual, porque no usaba ninguna de las dos cosas.

El apartamento era enano, casi un estudio, una sola estancia de paredes pintadas de amarillo donde estaban desperdigados los cuatro muebles de mala calidad que ya estaban allí cuando él llegó: una cama de matrimonio con bultos en el colchón, un sofá de dos plazas de piel falsa, una mesa pequeña con dos sillas, unas baldas de pino que parecía que iban a doblarse en cualquier momento si se ponía demasiado peso encima. El piso tenía además otra habitación, del tamaño de un armario grande, con una cama individual, y un baño del tamaño de una cabina de teléfono.

Lo único decente eran los ventanales, que ocupaban casi una pared entera y hacían que hasta en los días más oscuros entrase luz a raudales. Además, le permitían tener una vista privilegiada de casi todo el pueblo, o al menos la parte más importante: la calle principal, la puerta del pub y un poco del interior. Era una de las razones por las que había elegido aquel apartamento.

Aunque tampoco es que hubiese mucho donde elegir cuando se mudó al pueblo.

Metió el pack de seis cervezas en la nevera, menos una, que abrió y bebió directamente de la lata. Estaba caliente, pero ni se dio cuenta.

No le habían ido bien las cosas con Olivia Templeton.

Cuando se la encontró en el supermercado, mirando fijamente la estantería del pan, había visto una oportunidad para ser amigable e intentar sonsacarle información.

Quería saber exactamente lo que había visto al entrar en la casa, lo que le había contado al inspector, los detalles que le había dado.

No le servía lo poco que le habían contado el día anterior. Necesitaba detalles, precisión.

En principio no tenía nada de que preocuparse: no había dejado huellas en la casa y estaba casi seguro de que nadie le había visto entrar y salir. Siempre lo había hecho de noche. Aun así, no estaba de más tener un ojo puesto en la investigación y en el inspector.

Y en Olivia Templeton.

Le había dado pie, a ver si se animaba a contarle algo. Qué sabía la policía. Si había visto al ruso entrar o salir de la casa.

Pero no parecía por la labor.

Le había sido bastante más fácil acercarse a su difunto marido y hacerse amigo suyo, o al menos ganarse su confianza. Lo único que había tenido que hacer era hacerse pasar por un empresario dispuesto a invertir, y pagar las suficientes copas y juergas para que el pobre imbécil quedase contento.

Había algo que le intrigaba sobre Olivia: todavía no sabía el grado de implicación que tenía en los asuntos de su marido. Cierto era que Templeton apenas la mencionó una o dos veces, pero eso no quería decir nada.

Le pegó otro trago a la cerveza mientras metía el resto de comida —leche y una ensalada, no mucho más, prefería comer en el pub— en la nevera.

Tenía que haber alguna forma de averiguar si sabía en qué estaba metido su marido. Alguna forma de ganarse su confianza. Mientras tanto, no podía quedarse quieto, esperando, ¿a qué? ¿A que apareciesen los hombres de Ivanovich?

Por primera vez en mucho tiempo, no sabía qué iba a hacer a continuación. No sabía cuáles iban a ser las siguientes instrucciones, después de lo del ruso.

Y no le gustaba.

Se terminó la cerveza, estrujó la lata y la lanzó a la papelera que había en una esquina de la cocina.

[19]

—*¿Quieres acabar como tu vecino de enfrente?*

La voz era metálica, artificial, como pasada por un distorsionador de voz.

Livy dejó de respirar, el auricular del teléfono en la mano. Sintió frío de repente, colársele en las venas, en la espina dorsal, a pesar de que el fuego llevaba todo el día encendido.

Había contestado al teléfono con un "¿sí?" distraído, el cansancio en la voz, sabiendo que nadie iba a responder a su pregunta.

Como las otras veces.

Pero también sabía que si no cogía el teléfono era peor, seguían llamando hasta la extenuación.

Sin embargo, si contestaba y esperaba a que la persona del otro lado colgase, no volvían a llamar en un buen rato, a veces incluso horas.

Así que eso era lo que hacía, contestar.

Aquello empezaba a ser ridículo. Iba a tener que quejarse, a la policía o a quien fuese.

O cambiar de número.

Podría haber desconectado el teléfono, pero quería que las llamadas quedasen registradas, en caso de que los bromistas no se cansasen —o fuese a peor— y decidiese hacer algo. Como broma, estaba resultando un poco larga. Y sin gracia.

Se le estaba acabando la paciencia.

Al principio no le había dado importancia. La primera llamada, que la despertó de la siesta el día que encontró al ruso muerto, la había olvidado nada más colgar.

Nadie al otro lado, respiración, colgó, y todo se quedó ahí.

El resto, de madrugada, habían sido más molestas que otra cosa.

Al día siguiente llamaron media docena de veces. Tampoco contestaron, se quedaban unos segundos al teléfono sin colgar, el sonido de una respiración al otro lado.

Habían pasado solo un par de días desde que encontró el cuerpo, y se imaginó que con todo el follón se había ganado la atención de los bromistas —sola en una casa aislada, el escenario del crimen al otro lado de la calle, llamadas de madrugada: había gente que no sabía cómo matar el tiempo—, y siguió sin darle importancia.

Pero esta vez fue diferente. Esta vez había alguien al otro lado, aquella voz metálica y extraña.

—¿Quieres acabar como tu vecino de enfrente? —repitió la voz.

Livy contempló la posibilidad de ilustrar a su interlocutor sobre el hecho de que el tipo asesinado en la casa de enfrente no era exactamente su vecino, sino un intruso. Pero se abstuvo.

Sin embargo, no pudo evitar decir otra estupidez. Por culpa de los nervios, quería pensar.

—¿No? —respondió, como si aquello fuese un concurso y no estuviese segura de la respuesta correcta.

Cerró los ojos y apretó con fuerza el auricular.

Quien quiera que estuviese detrás de aquella voz metálica decidió ignorar su absurda respuesta.

—Si no nos das lo que tienes, estás muerta —dijo la voz.

Livy frunció el ceño.

—¿Lo que tengo? —preguntó, con la voz ligeramente nasal por el catarro incipiente.

—Lo que tenía tu marido.

No estaba segura, pero juraría que la voz empezó a impacientarse.

—¿Albert? —preguntó, como si hubiese tenido más de uno y no supiese a cuál se referían.

Pero ya habían colgado.

Se quedó mirando el auricular, el molesto pitido llenando el silencio de la salita.

Aquello era ya más que ridículo. Y ya había tenido suficiente.

Como broma empezaba a resultar pesada.

Y si no era una broma… prefería no pensarlo.

Colgó el teléfono, fue hasta su bolso y buscó la tarjeta que le había dado el inspector el día que le tomó declaración.

[20]

Livy miró al inspector Michael Finn, sentado al otro lado de la mesa blanca, en una silla de metal gris tan fría y dura como la suya. La sala tenía las paredes desnudas, pintadas de verde hospital. No sabía si era mal gusto en la decoración, falta de presupuesto, o para aumentar la sensación de opresión, pero si era lo último estaba funcionando.

Se sintió decepcionada al ver que no era una sala con falso espejo. Siempre había querido estar en una sala de interrogatorios con falso espejo.

Tenía un vaso de plástico blanco frente a ella con un café, que no había tocado. El inspector tampoco había tocado el suyo.

—¿Primero la buena noticia, o la mala?

Livy se reclinó en la silla de hierro, intentando ponerse cómoda, sin conseguirlo, y se preguntó si cabía la posibilidad de que hubiese una buena noticia en medio de todo aquello.

Porque sinceramente, aquel día ya no podía empeorar más. O eso esperaba.

. . .

El inspector había llegado a su casa una hora después de llamarle. Justo cuando estaba abriéndole la puerta, el teléfono había empezado a sonar otra vez.

El inspector la miró sin decir palabra, entró en la casa, fue directamente hasta su teléfono y descolgó.

Después de unos segundos en silencio, se identificó.

Inspector Michael Finn, había dicho al teléfono. *¿Quién llama?*

Quien quiera que estuviese al otro lado, cortó la llamada inmediatamente.

El inspector se quedó mirando el auricular unos segundos. Luego le pidió un destornillador de estrella, y Livy lo buscó y se lo dio, demasiado sorprendida como para preguntar para qué lo quería.

Un par de minutos después, ella tenía un teléfono con el auricular abierto sobre la mesa, y el inspector una cosa metálica y minúscula, similar a una pila de botón, en la palma de la mano.

—¿Sabe qué es esto? —le había preguntado, mostrándole la palma de la mano.

Negó con la cabeza. Estaba segura de que, por mucho que pareciese una pila, no lo era, o la pregunta habría resultado superflua.

—Es un micrófono —dijo el inspector.

Le miró, perpleja, y luego volvió a mirar el objeto en la palma de su mano.

El inspector llamó entonces a la caballería, que se componía de dos oficiales de policía de uniforme que llegaron una media hora después.

En esa media hora Livy había hecho té, y se había quedado mirando el micrófono que reposaba en la mesa de centro de la salita como si fuera un detonador nuclear.

Finn la había interrogado sutilmente mientras esperaban a los oficiales. Si creía que alguien había podido entrar en su casa. Si había notado algo raro, fuera de lugar.

Iba a responder que no cuando, del lugar de la mente

donde lo había escondido, surgió la visión de una manzana verde mordida a los pies del muerto, sobre la moqueta.

Se lo contó al inspector: la sensación de que alguien había movido sus cosas, la manzana que le faltaba.

Había pensado que era una tontería, y de hecho seguía pensándolo, pero el inspector parecía no compartir su opinión, porque endureció la mandíbula y volvió a sacar su libreta.

Luego se retiró un poco a hacer una llamada desde su móvil, en voz baja, que Livy no pudo oír.

Fue justo entonces cuando llegaron los policías, dos oficiales con un detector de micrófonos que se puso a pitar como loco cuando lo encendieron.

Aparte del que había en su teléfono, encontraron más micrófonos.

Bastantes más, de hecho. Por toda la casa.

No sabía qué decir ni qué pensar. Veía cómo se desarrollaban los acontecimientos como si le estuviesen sucediendo a otra persona.

Hasta que uno de los policías encontró por casualidad una cámara diminuta. Por lo que le dijeron, el cacharro que llevaban era demasiado poco sofisticado para detectar ese tipo de cámaras.

Así que llamaron a más gente, y al cabo de un rato se presentó un equipo de otra comisaría, con lo último en detección de equipos de vigilancia.

Al final, Livy se había pasado la mayor parte del día haciendo café, té y sandwiches para almorzar, llevando bandejas de un lado a otro, para alimentar al ejército de gente que estaba revolviendo su casa, quitando interruptores, desencajando lámparas y levantando cuadros

Llegó un momento en que aquello parecía una reunión social más que otra cosa, policías con cámaras en una mano y un sándwich en la otra.

—No se preocupe —dijo una oficial que desenroscaba una bombilla subida en una escalera, dando un mordisco a una de las pastas que Livy acababa de ofrecerle—. Intentaremos dejarlo todo como estaba.

Estupendo.

Alguien chilló en una de las habitaciones del piso superior. Un oficial de policía jovencito se había tropezado con una de las arañas negras y grandes como su mano que parecían abundar en Bishops Corner, y que no acababan de entender que el *cottage* estaba ahora habitado y que no era suyo para poder campar a sus anchas.

Intentaba no pensar en ello, porque si lo hacía, le prendía fuego a la casa y salía corriendo.

Fue a coger el cacharro que había comprado por internet para capturarlas vivas —para matar *eso* necesitaba un lanzallamas— y echarlas por la puerta trasera, y se lo pasó al oficial de policía, que estaba rojo como un tomate.

—Ha sido el susto. Pero en realidad no me dan miedo las arañas, ni nada —dijo, mientras intentaba capturarla desde diez metros de distancia.

Livy volvió a bajar a la planta baja.

—¡Tengo la última! ¡O creo que es la última! —gritó triunfal la misma oficial de antes que le había asegurado que su casa no quedaría como una zona de guerra cuando se fuesen.

Y esa había sido su mañana.

JACK LE DIO un sorbo a su whisky mientras miraba la pantalla de su portátil. Estaba en su apartamento, sentado en el incómodo sofá de dos plazas, los pies en la mesa de centro, el portátil sobre el regazo.

La pantalla estaba dividida en cuadrados pequeños, doce en total, uno por cámara. Había visto a los policías de uniforme alcanzar cada cámara y cómo los cuadrados se llenaban de nieve, uno por uno, como si fuese un juego.

Al final solo quedó un recuadro, en la esquina superior izquierda, y vio a la oficial de policía sonreír triunfante y mover los labios —imposible saber lo que decía, no tenía sonido— antes de alargar la mano.

Y ya solo quedaron un montón de cuadraditos llenos de nieve.

—Joder.

Cerró la tapa del portátil con fuerza, lo dejó encima de la mesa y se levantó a rellenar su vaso de whisky.

[21]

Después de que la policía terminase su trabajo, la habían acercado hasta la comisaría en un coche patrulla, para "hablar de lo que habían encontrado en su casa", palabras del inspector.

Así que así era como había terminado allí, en una sala de interrogatorios sin espejo, con un café delante, y el inspector Finn preguntándole si quería primero una mala noticia o una buena.

No es que la estuviesen interrogando ni mucho menos, se había apresurado a aclarar el inspector, pero en la comisaría había un montón de ruido de teléfonos y conversaciones y no se podía hablar.

Eso le había dicho.

Tenía que creérselo, claro.

Se aventuró a beber un sorbo del café que tenía frente a ella. Horrible, como sospechaba.

El inspector, que tenía más experiencia que ella —era su comisaría, al fin y al cabo— todavía no había tocado el suyo.

—¿Primero la mala noticia? —preguntó, como si hubiera un orden ideal y tuviese miedo a equivocarse.

El inspector volcó encima de la mesa dos cajitas de

cartón que ya estaban allí cuando ella había entrado. Se mezclaron sobre la mesa cacharritos de plástico, algunos como la especie de pila que le había visto sacar de dentro de su teléfono. Otros eran aún más pequeños. Algunos del tamaño de una cabeza de alfiler.

Cada uno metido dentro de una bolsa de pruebas de plástico transparente, con una etiqueta con datos escritos a rotulador negro.

—Siete micrófonos, incluido el del teléfono, y doce cámaras, repartidas por el salón, recibidor, pasillo, dormitorio principal, dormitorio de invitados y cocina.

El inspector no dijo nada más. Livy levantó la vista del montón de cachivaches de la mesa para mirarle.

Se dio cuenta de que no había dicho "en el baño", pero daba igual. No era en el baño donde se cambiaba de ropa.

—¿Y la buena noticia?

—Que los hemos encontrado todos. El equipo ha hecho un repaso de todos los rincones después de encontrar la última cámara y no han encontrado nada más.

Yupi.

La había engañado: la buena noticia era una mierda.

Doce cámaras. Doce.

El caso era que estaba escuchándole, y entendía las palabras que salían de su boca. Incluso tenía la muestra palpable delante de ella de las cámaras y micrófonos que habían sacado de los recovecos de su casa.

Pero seguía sin entenderlo. Era incapaz de conectar su vida aburrida, gris, mecánica, quien era ella, con lo que le estaba diciendo el inspector y lo que tenía delante.

Levantó la vista de todo lo que había en el centro de la mesa para mirarle.

—No lo entiendo.

La voz le salió grave y áspera, como si no fuera su voz.

Carraspeó.

—No lo entiendo —repitió—. Tiene que haber un error.

El inspector cruzó los brazos sobre el pecho y se inclinó un poco sobre la mesa.

—¿Un error?

Livy asintió con la cabeza, varias veces, como los perrillos de adorno que alguna gente todavía llevaba en el coche.

—Un error. Es obvio. Esto —señaló lo que había encima de la mesa con un gesto de la mano— no tiene sentido. No tiene ningún sentido.

El inspector siguió sin hablar, con los brazos cruzados.

—No tiene sentido —repitió Livy, en voz baja, con la vista fija en los micrófonos y las cámaras encima de la mesa.

¿Quién querría vigilarla? ¿A *ella*? ¿Quién?

—No soy nadie. —Notó como si de repente la habitación se hubiera quedado sin oxígeno, y una mano le estuviera apretando la garganta—. Nadie para nadie.

No tenía mucho sitio en la cabeza para pensar, pero el que tenía estaba completamente vacío. Nada tenía sentido.

El inspector la miró ladeando la cabeza. Valorando, supuso, si decía la verdad. O hasta qué punto decía la verdad.

Como si fuese ella quien hubiese puesto cámaras en su propia casa.

Se fijó un poco mejor en el inspector: en los ojos rojos, en las ojeras. El pelo revuelto de haberse pasado los dedos por él. La camisa arrugada, sin corbata, el primer botón abierto. La chaqueta colocada de cualquier manera.

Tenía bastante peor pinta que el último día que le había visto, en el pub. Peor pinta que aquella mañana, cuando había acudido a su llamada.

—Lo que me gustaría saber, Mrs. Templeton —la miró desde el otro lado de la mesa, la calidez y empatía que había mostrado el primer día, cuando encontró el cadáver, totalmente desaparecidas— es por qué estaban esas cámaras en su casa. Quién querría vigilarla.

Ya se lo había dicho. Era un error. ¿Por qué no la creía?

Se quedó mirando cómo subía el humo del café caliente en el aire, abstraída. Luego volvió a mirar al inspector.

—No lo sé. —No le gustaba su tono, como si estuviera interrogándola, aunque no la estaba interrogando, a pesar de estar en una sala de interrogatorios—. ¿Se supone que debería saberlo? Porque no lo sé.

El inspector cogió una carpeta marrón del montón de papeles que había traído consigo. La abrió y le echó un vistazo, antes de deslizarla sobre la mesa, apartando los micrófonos y microcámaras en sus bolsas de plástico, y darle la vuelta para que Livy pudiese verla.

—¿Reconoce a este hombre?

Miró la foto de un tipo con el pelo rubio, casi blanco, cortado a cepillo, cara ancha, mandíbula cuadrada, nariz ligeramente torcida y una especie de sonrisa que no llegaba a serlo.

Casi era mejor que no hubiese sonreído.

La foto era de una ficha policial, con un número debajo.

La observó durante unos segundos y negó con la cabeza.

—¿Seguro? ¿No le suena de algo, de haberle visto en alguna parte, por el pueblo, alguna vez? —El inspector dio un golpecito en la foto con el dedo índice—. Fíjese bien.

Livy volvió a mirar la fotografía, más por cortesía que otra cosa.

—No. —No era un tipo que pudiese pasar inadvertido, tampoco. Tenía una pinta de mafioso que tiraba para atrás—. No le he visto nunca.

El inspector levantó la fotografía y le mostró la siguiente, que estaba debajo.

El tipo era el mismo, de eso no había duda. Era fácil verlo con las dos fotos una al lado de la otra, sobre todo por el pelo y la forma de la mandíbula. Tampoco mucho más, porque en la segunda foto al tipo le faltaba casi media cara, que estaba esparcida por los alrededores, en medio de la sangre y a saber qué más. Tenía, eso sí, los ojos abiertos, sorprendido, como pensando por qué a mí, como si el tiro le hubiese pillado por sorpresa, leyendo a Faulkner.

Era una cosa que no sabía, que el cuerpo humano tuviese tal cantidad de sangre en su interior. Se lo había imaginado al pisarla en la moqueta, pero no había mucha luz dentro de la casa, y quien le había sacado la foto al cadáver lo había hecho con *flash*, con todo lujo de detalles.

Tragó saliva. Levantó la vista de la foto, aunque dudaba de que sirviese ya de algo a aquellas alturas. Tenía la imagen grabada en el fondo de la retina para el resto de su vida. Respiró hondo, una vez, dos, y preguntó con calma:

—¿Puede indicarme, por favor, dónde está el baño?

Se miró en el espejo de encima del lavabo, el agua fría chorreando por la cara. Se secó con el papel de manos que había en un dispensador. Luego se enjuagó la boca y sacó un caramelo del bolso.

Todavía tenía pegado en las fosas nasales el olor a muerte del día que habían encontrado el cadáver. Ahora, gracias al inspector, tenía una imagen a todo color para acompañar el olor.

La imagen era desagradable, pero tenía un estómago de hierro. No debería haber perdido el almuerzo por ella.

Lo cual reforzaba su teoría de que estaba pillando algo, un virus, lo que fuese.

Tampoco entendía por qué el inspector le había enseñado la foto, así, sin anestesia. Supuso que para provocar una reacción.

Si era así, tenía que felicitarle. Había provocado una reacción, sí, aunque seguramente no la que buscaba.

Notó la ira subir por su cuello y sus mejillas y eso le devolvió algo de color.

Había colaborado con la policía. En cuanto las llamadas de teléfono se habían vuelto siniestras, en el momento en que pensó que podían no ser una broma, había llamado al inspector.

Pero era *a ella* a quien estaban llamando y amenazando. Era a ella a quien estaban vigilando, era su casa la que estaba plagada de cámaras y micrófonos.

La víctima era ella. Y todavía no sabía por qué.

La estaban interrogando como si supiera lo que estaba pasando.

Volvió a la sala de interrogatorios, sus pasos firmes y rápidos resonando en el pasillo.

Abrió la puerta con tanta fuerza que la manilla golpeó en la pared.

El inspector, que había estado bebiendo de su vaso de café, se sobresaltó y tiró un poco encima de la mesa.

Livy volvió a sentarse mientras el inspector intentaba limpiar el desaguisado con unas servilletas de papel.

—Siento que se haya indispuesto.

Livy respiró hondo antes de responder.

—¿Qué creía que iba a pasar?

La fotografía del cadáver ya no estaba a la vista, la carpeta marrón cerrada sobre la mesa.

—Mrs. Templeton, de nuevo, de verdad que lo siento.

—¿Es esto un interrogatorio? ¿Debería llamar a un abogado?

El inspector separó las manos, las palmas hacia arriba.

—En absoluto. Es libre de irse cuando quiera. —Señaló las cajas de cartón, el contenido sobre la mesa—. Solo queremos saber si puede arrojar algo de luz sobre algunas cosas, eso es todo.

Arrojar algo de luz. Miró las cámaras y los micrófonos sobre la mesa.

—Me enseña la foto de un muerto como si fuera algo que todo el mundo ve todos los días, sin avisar. Como si fuera lo más normal del mundo. Mi casa está llena de cámaras y micrófonos. Recibo llamadas extrañas que no tienen sentido. Soy yo quien no sabe nada, a quien le gustaría *algo de luz*. La policía sabe más que yo, y hay cosas que no me están diciendo.

El inspector la observó, como debatiendo qué compartir con ella y qué no.

—Creo, creemos, que alguien la estaba vigilando —dijo por fin.

Livy levantó las cejas.

—No me diga.

—¿Le dice algo el nombre Sergei Kostadovic?

—No. ¿Quién es?

—El tipo de la foto. Creemos que la estaba vigilando desde la casa de enfrente. Sergei Kostadovic, buscado por Europol, trabajaba para la mafia rusa, en varios países. —Volvió a abrir la carpeta marrón para sacar la foto de la ficha policial del tipo—. Ahora lo importante es saber por qué la mafia rusa la estaba vigilando. Si tenemos en cuenta la llamada de teléfono de esta mañana, parece ser que está relacionado con su marido. Aunque es solo una suposición. —La miró directamente, los dedos tamborileando en la mesa—. Quizás pueda decirnos algo al respecto.

Livy miró la foto en blanco y negro del busto del tipo ruso.

—No sé nada de mi marido. Del trabajo de mi marido, quiero decir —se apresuró a matizar, no era cuestión de desnudar su alma delante del inspector—. No me hablaba de él. No tengo ni idea de lo que hacía. Trabajaba para el ministerio de exteriores. Comercio, creo. Solían destinarle a diferentes sitios, embajadas o consulados, durante periodos de varios meses. Cuando le conocí estaba destinado en la de Nueva York. Cuando murió, en Suiza.

El inspector levantó las cejas y Livy le miró a los ojos, desafiándole a que hiciese algún comentario.

—Lo que no entiendo —siguió diciendo Livy—, es qué hacía el tipo ruso en la casa de enfrente, si había cámaras por todas partes. ¿Qué necesidad tenía de vigilarme de cerca? Con estar en cualquier parte observando las cámaras y escuchando por los micrófonos le servía, ¿no?

El inspector la miró, intentando dilucidar qué sabía, cuánto sabía, y si había algo que no le estaba contando.

Podía haberle explicado que los micrófonos eran de corto alcance, tecnología tremendamente anticuada, y que las cámaras eran más avanzadas. Que unos estaban puestos chapuceramente, y las otras no.

Pero no dijo nada. No le pareció prudente meterse en ese nivel de detalle.

Volvió a abrir la carpeta marrón, esta vez para consultar unos papeles.

—Las cuentas bancarias de su marido estaban completamente vacías cuando murió, y tenía deudas en varias tarjetas de crédito. También tenía gastos por encima de su sueldo, como por ejemplo el piso en el que vivían, cenas, viajes, coches, el segundo apartamento…

Por un momento pensó que iba a tener que salir corriendo de nuevo al baño, a vomitar otra vez.

—¿Un segundo apartamento? —preguntó, y la voz le salió hueca, sin vida.

El inspector levantó la vista de los papeles. Esperaba de todo corazón que lo que estaba viendo en sus ojos no fuese pena, o tendría que arrancárselos.

—Sí, un apartamento de una habitación, en Westminster, cerca de su oficina.

Perfecto. Ella viviendo en aquel horror de piso de cristal, mientras Albert se había separado de ella *de facto*, y tenía su propio piso de soltero.

—¿No sabía que Mr. Templeton tenía otro apartamento en Londres?

—No.

Le miró fijamente, desafiándole a contradecirla.

—¿Y dónde pensaba que estaba? ¿Dónde pensaba que pasaba los días?

Respiró hondo.

—Como le he dicho, viajaba mucho por trabajo. Incluso meses, a veces.

El inspector se frotó la frente y volvió a mirar los papeles.

Un segundo apartamento. Albert tenía otro apartamento alquilado en Londres.

Quería irse a casa. Quería irse a casa *ya*. Estaba cansada, tanto como no lo había estado en toda su vida.

Era peor que cuando le habían dicho que Albert había muerto.

Peor que cuando la abuela Fran había muerto.

Peor que cualquier cosa.

Se acabó el café frío y asqueroso que tenía delante porque no podía quedarse quieta.

—¿Y el seguro de vida? —preguntó el inspector.

—¿Perdón?

—El seguro de vida de un millón de libras que Mr. Templeton contrató cuatro meses antes de su accidente. ¿Sabe por qué lo hizo?

Negó con la cabeza.

—No. No sabía que tenía un seguro de vida. Fue la compañía de seguros quien me llamó, una semana después del accidente.

—¿Por qué cree que su marido contrató el seguro?

Livy cogió aire.

—Inspector —dijo por fin, mirándole a los ojos. El agotamiento se había apoderado de ella totalmente, y empezaba a costarle incluso el esfuerzo de permanecer sentada—. Creo que ha quedado claro que la comunicación entre Albert y yo era nula. Ha quedado claro que no sé apenas nada de quién era mi marido, qué hacía, en qué se gastaba el dinero. Creo que, a estas alturas, es obvio que yo no soy la persona más indicada para responder esa pregunta. Ni a esa pregunta, ni prácticamente a ninguna.

[22]

Jack se recostó en la barandilla del río Támesis, justo enfrente de las Casas del Parlamento. Había salido a la superficie en la estación de metro de Westminster y después de vadear doscientos millones de turistas y sus palos de selfi, había logrado cruzar el puente y llegar al otro lado del río.

Odiaba Londres. Con toda su alma.

No sabía si siempre lo había odiado, o cuando vivía allí simplemente se había acabado acostumbrando a la suciedad de las calles, al aire irrespirable, a la gente por todas partes, invadiendo su espacio personal. Se inclinaba por lo segundo. Quizás era que se había acostumbrado a vivir en un pueblo de dos mil habitantes. O que se estaba haciendo mayor y la gente y las multitudes gritonas empezaban a volverle loco.

Se abrió un hueco en el cielo encapotado gris acero y el sol se reflejó en la superficie marrón del Támesis. Fue a sacar un paquete de tabaco del bolsillo de la cazadora, cuando recordó que no fumaba desde hacía siete meses.

—Joder —dijo, en voz alta.

—Muy bonito —dijo el hombre que acababa de llegar y se había apoyado en la barandilla a su izquierda, a una distancia prudencial.

Un grupo de turistas italianos llegó hablando a voz en grito. Se colocaron en la barandilla, tres metros a la derecha de Jack, se sacaron una foto en grupo con un palo de selfi, y al grito de *¡andiamo!* se fueron con su griterío y sus móviles a otra parte.

—¿No tendrás un cigarro, por casualidad? —preguntó Jack al hombre, sin apartar la vista del río.

—Creía que habías dejado de fumar.

—Yo también.

No dijeron nada más mientras el tipo le alargaba un paquete de tabaco y un mechero y Jack cumplía el ritual de sacar un cigarrillo, encenderlo, aspirar y cerrar los ojos.

—¿Te han seguido? —preguntó el hombre.

Viniendo de cualquier otra persona, la pregunta le habría ofendido. Cabreado, más bien. Pero era Carlson, a quien conocía desde hacía quince años. Desde la época en que la pregunta todavía podía ser pertinente.

Jack giró la cabeza imperceptiblemente hacia él: cincuenta y pico años, quizás sesenta ya; nunca le había preguntado la edad. Pelo castaño claro mezclado con gris escaseando en la coronilla, nariz aguileña y gafas redondas de montura dorada. Pasaban los años, pero el tipo nunca cambiaba. Aunque no se veía, adivinó el traje arrugado debajo del abrigo marrón.

Lo cual le recordó que tenía que comprarse un abrigo, o algo parecido. Con la cazadora iba a congelarse el resto del invierno.

—No veo cómo nadie podría seguir a nadie en este circo —respondió por fin—. Solo en el vagón de metro había cinco millones de personas.

Le dio una chupada al cigarro, lo apagó en la baranda y tiró la colilla al río. Total, un poco más de basura no se iba a notar.

—¿Qué tienes para mí? —preguntó Carlson, dando por terminados los circunloquios.

Carlson siempre tenía prisa. Cosas que hacer, sitios en los que estar. Siempre hasta arriba de trabajo. Se preguntó qué excusa habría usado esta vez para salir de la oficina.

El lugar era el de siempre. Carlson y él solo se comunicaban en persona, a pesar de los avances tecnológicos de los últimos años. O precisamente por ellos.

Le contó todo, desde el asesinato del ruso, hasta el interrogatorio de Finn, la policía encontrando las cámaras, etc.

Se quedaron un par de minutos en silencio.

—¿Eso es todo?

Jack se giró un poco para mirarle.

—¿Te parece poco?

Otro grupo de turistas llegó para sacarse una foto en el mismo sitio que los anteriores. Estuvieron un rato repitiendo fotos hasta que dieron con la ideal para subir a las redes sociales. Cuando Jack estaba a punto de tirarlos al río, a ellos y a sus teléfonos, se fueron.

—No. Lo que me parece es que esto es un follón de la leche —dijo Carlson, siguiendo la conversación como si nadie les hubiera interrumpido—. Se está complicando demasiado. —Esta vez fue Carlson quien sacó un cigarro y lo encendió—. ¿Finn dices que se llama, el inspector?

Jack asintió con la cabeza.

—Michael Finn. Quítamelo de encima, cuanto antes mejor. Me va a joder la tapadera de un momento a otro. Bastante malo es ya que hayan encontrado las cámaras.

Si el inspector no se hubiera metido en medio, ahora por lo menos tendría visual de la casa de Olivia por dentro.

Todo aquello le daba mala espina. Se sentía incómodo, desasosegado. No tenía una buena sensación. Si a Ivanovich le daba por volverse loco y hacer una idiotez de las suyas, no se iba a enterar. Sin micrófonos ni cámaras en casa de Olivia. Y sin poder vigilar desde la casa de enfrente, demasiado arriesgado, todavía precintada con la cinta azul y blanca de la policía en la puerta.

Se sentía incómodo incluso habiendo ido a Londres ese día.

No era muy dado a creer en sensaciones ni presentimientos, pero llevaba demasiado en aquel negocio para ignorarlos.

Tenía la sensación de que algo iba a pasar. Y de que no iba a ser algo bueno.

—De poco me sirve una tapadera siendo uno de los dos únicos forasteros en un pueblo de dos mil habitantes —le dijo a Carlson.

—Dos mil cien.

—Los que sean. Después de hablar con la viuda Templeton y la otra mujer que encontró el cuerpo, la vecina, vino directo a por mí. Y no me extraña.

Carlson también tiró su cigarro al río.

—No te preocupes por el inspector —dijo, y dio el asunto por zanjado—. Sabes que es cuestión de tiempo que alguien de Ivanovich se pase por el pueblo, ¿verdad?

Ninguno de los dos dijo nada durante unos momentos. Jack levantó la cara para aprovechar los rayos de sol. Llevaba tanto tiempo lloviendo o nevando, que ya ni recordaba cómo era.

—Tienes que averiguar qué sabe la mujer, si tiene algo, antes de que Ivanovich llegue hasta ella.

Joder. Últimamente no le salía nada bien.

—No sabe nada, no tiene nada. —Jack se arrepintió de haber tirado el cigarro tan pronto—. Aparte de la vida más aburrida que he visto en mi vida. Si tiene los documentos, en la casa no están.

Antes de que el ruso se pasease robando manzanas, había entrado unas cuantas veces en la casa. Y lo que le había dicho a Carlson era verdad: no había nada. Muebles viejos que ya venían con la casa, un par de maletas de ropa, una caja de cartón con fotos y tonterías.

—Es la única familia viva que tenía Templeton —dijo Carlson—. La única persona a la que podía acudir. Si hay algo, tiene que tenerlo ella. Es el único cabo suelto.

Si hay algo, pensó Jack despectivamente. Ni siquiera

estaban seguros de que no lo llevase el infeliz encima cuando se estampó con la avioneta.

Dios.

Jack se giró y le miró a los ojos, por primera vez desde que habían llegado.

—¿Y si no tiene nada?

Carlson se encogió de hombros debajo del abrigo. Jack supo lo que estaba pensando, aunque no lo dijese: *daños colaterales*.

—Tenemos que asegurarnos. —Sacó el paquete de tabaco con el encendedor y se lo tendió a Jack. Lo iba a necesitar—. Suerte.

Un segundo después desapareció, y fue como si nunca hubiera estado allí.

El sol volvió a esconderse tras las nubes, y Jack supo que pasaría mucho tiempo antes de que volviese a salir de nuevo.

[23]

Livy abrió un ojo, despacio, luego el otro. Intentó levantar la cabeza de la almohada durante un segundo.

La dejó caer enseguida, pero era lo más lejos que había llegado en dos días. Si es que habían pasado dos días. No sabría decirlo con exactitud.

Se levantó con cuidado y se dirigió al cuarto de baño sujetándose en las paredes. Encendió la luz y parpadeó, medio ciega.

Casi prefería no haber abierto los ojos. El espejo le devolvió una imagen que casi le hizo salir corriendo en dirección contraria.

El pelo levantando en picos en una parte, aplastado por la otra. Los ojos rojos e hinchados, la marca de la almohada en la cara, la piel color ceniza.

A pesar del frío metió la cara debajo del grifo de agua helada, a ver si así se despejaba un poco y empezaba a recuperar su condición humana.

El último recuerdo coherente que tenía era volver de la comisaría. Uno de los policías la había llevado a casa. Teniendo en cuenta que habían sido ellos quienes la habían trasladado a la comisaría en primer lugar, había sido todo un detalle no dejarla tirada.

Después del interrogatorio fallido, se sentía peor que nunca. Lo único que quería era meterse en la cama después de tomarse cuarenta y siete ibuprofenos.

Le había costado un esfuerzo sobrehumano no vomitar en el coche patrulla, pero en cuanto el oficial se detuvo frente a su puerta, solo le dio tiempo a musitar un *gracias* y salir corriendo en dirección a su casa y al cuarto de baño.

A partir de ahí, todo estaba borroso en su mente. Recordaba que le había llegado un mensaje al móvil, de Sarah. Lo siguiente de lo que se acordaba era de la misma Sarah haciéndole tragar sopa, poniéndole un termómetro y un paño en la frente. Luego, oscuridad. Después más sopa, una medicina en una taza que sabía a limón pero en caliente, más termómetro, y de nuevo la oscuridad.

También tenía ciertos recuerdos de intentar levantar la cabeza de la almohada y no poder. Intentar abrir los ojos y no poder. Todo mezclado con sueños extraños sobre el inspector, el ruso, la foto del ruso, el olor a muerto del ruso, alguien observándola a través de miles de cámaras.

Y el ruso.

Comiéndose su manzana con un agujero en la cabeza.

No había sido agradable, la verdad.

Sacó la cara de debajo del grifo y se desvistió, dejando la ropa en un montón en el suelo del baño. Se metió en la ducha y estuvo media hora bajo el chorro de agua caliente, enjabonándose el pelo.

El paraíso.

Era el termostato de la calefacción el que no funcionaba, con el del agua caliente no había problemas, menos mal.

Cuando salió de la ducha se envolvió en una de sus toallas de rizo gigantes, sintiéndose un poco más humana.

Cogió el móvil de la mesita para mirar la fecha.

Efectivamente, dos días perdidos.

Tenía algunos mensajes, todos de Sarah, que decidió leer luego porque la luz de la pantalla le hacía daño a los ojos.

Se puso el pantalón de felpa que utilizaba para estar en casa, una chaqueta de lana gruesa y bajó las escaleras agarrándose a la barandilla, por si acaso —todavía le faltaba estabilidad—, soñando con café.

Escuchó el sonido de una llave en la cerradura y se quedó paralizada al pie de las escaleras, mirando cómo la puerta de la calle se abría a cámara lenta. Tenía el cuerpo y el cerebro demasiado abotargados como para pensar en huir, o en hacer cualquier otra cosa que no fuese quedarse quieta mirando cómo la puerta se abría lentamente.

Hasta que vio una cabeza pelirroja asomar y exhaló el aire que había estado conteniendo.

—Estás viva —dijo Sarah, cerrando la puerta tras ella.

Le había dado una copia de la llave de su casa un par de meses atrás, para emergencias. Evidentemente, nadie iba a entrar en su casa a asesinarla abriendo con la llave.

Ese era el estado en el que estaba su cerebro.

—Apenas —respondió Livy.

Sarah se quitó el abrigo y lo colgó en el recibidor.

—Has estado casi dos días K.O. Menos mal que Christine te vio en la parte de atrás de un coche patrulla y entró al pub a contarme que te habían detenido—. Sara puso los ojos en blanco.

—¿Quién es Christine?

—La sobrina de Pete, el dueño de la tienda de semillas. Suele hacer turnos por la tarde. Vino a contármelo cuando cerró la tienda. ¿Rubia, pelo corto?

Livy la miró con cara de nada.

—Es igual. El caso es que te envié un mensaje y cuando pasaron un par de horas sin respuesta, me preocupé. Llamé al inspector Finn, no fuese a ser que te hubiesen detenido y no tuvieses acceso al móvil. Me dijo que habías estado en la comisaría, pero cuando te fuiste de allí no te encontrabas bien, y pensé en pasarme a ver qué tal estabas. Llamé a la puerta, no me abrías, tampoco contestabas al móvil, así que entré con la llave y te encontré tirada encima de la cama, con fiebre. Te he estado trayendo sopa y echando un vistazo de vez en cuando.

Una ventaja añadida de haberse hecho amiga de Sarah: si moría sola no iban a encontrarla un mes después, por el olor.

Sarah la escrutó frunciendo el ceño.

—¿Cómo te sientes?

—Como si me hubiese atropellado un camión. Dos veces.

Se dirigió a la cocina y Sarah la siguió.

—Necesito café. ¿Quieres uno? —o, en el caso de Sarah, la pregunta que realmente importaba—: ¿Tienes tiempo?

Sarah miró su reloj.

—Diez minutos. Tengo que abrir el pub.

Sarah se sentó en un taburete, detrás de la barra de desayuno, mientras ella se ponía a cacharrear con la cafetera.

¿Le había dado las gracias? No le había dado las gracias.

Se dio la vuelta para mirarla.

—Por cierto, gracias. Me has salvado la vida.

Sarah hizo un gesto con la mano, quitándole importancia.

—¿A qué no sabes quién me ha preguntado por ti?

Livy dio gracias por tener café molido. No estaba en condiciones de aguantar el ruido del molinillo.

Echó unas cuantas cucharadas en la cafetera de filtro.

—¿Quién? —preguntó, cuando ya era obvio que no era una pregunta retórica y Sarah no iba a seguir hablando.

—Jack Owen.

Se dio la vuelta para mirarla otra vez. Sarah sonreía de oreja a oreja, como una lunática.

—Vino ayer por la noche, a cenar. Me dijo, "hace mucho que no veo a tu amiga" y yo le respondí que tenías algo de gripe. No di detalles escatológicos.

¿Hace mucho que no la veía? Y el día del supermercado, ¿qué?

—¿Qué pasó en la comisaría, qué hacías allí? ¿Qué te ha dicho el inspector? Mr. Smith dice que no dejaban de subir coches de policía y había mucho movimiento. Entre eso y el relato de Christine, todo el mundo pensó que te habían detenido.

Estupendo. Lo último que necesitaba para su reputación.

Se quedó pensando qué podía y qué no podía contar.

Pensó en las cámaras, los micrófonos. La foto del ruso ensangrentado. Las insinuaciones del inspector de que su marido podía estar relacionado, de alguna manera.

Nunca había hablado de Albert con Sarah. Sabía que estaba viuda, pero había sido suficientemente discreta y respetado su privacidad como para no preguntar nunca los detalles.

Pero Sarah era el único ser humano en el mundo con el que tenía contacto, y quería repasar los acontecimientos con alguien que no fuese ella misma.

O quizás simplemente necesitaba soltar lastre.

—¿Cuánto tiempo dices que tienes?

Sarah se quedó sentada, sin decir nada, la taza de café vacía entre las manos.

Se había quedado en silencio, después de que Livy terminase el relato de los últimos días —y los últimos años.

—¿A qué se dedicaba tu marido?

—Trabajaba para el gobierno, o la embajada, no estoy muy segura. En diferentes lugares, diferentes países. Comercio exterior… pero no sé haciendo qué, exactamente. ¿Importación, exportación? Nunca hablaba de su trabajo, solo para quejarse de algún compañero o jefe de vez en cuando.

Sarah asintió con la cabeza.

—No pediste el divorcio.

No era una pregunta. Era más bien curiosidad.

—Supongo que para eso tendríamos que haber mantenido una conversación de más de diez minutos.

O simplemente hablar. Y Albert no había estado en casa los últimos dos años el tiempo suficiente para sacar ningún tema, menos ese.

Claro que tampoco le hacía falta ir a casa para nada, teniendo un segundo apartamento.

Livy dejó su café frío encima del mostrador de la cocina y se frotó la sien. El catarro estaba desapareciendo, pero el dolor de cabeza era cada vez peor.

—¿Crees que estás segura aquí? —preguntó Sarah, mirando a su alrededor con aprensión.

Livy se encogió de hombros.

—El inspector parece pensar que sí. Me han pinchado el teléfono, de todas formas, para recoger las futuras llamadas amenazantes.

Sarah suspiró.

—Espero que no tarden mucho en coger a quien lo hizo. La gente está agitada. Inquieta. La mayoría sigue pensando que el tipo era un ladrón que entró a desvalijar la casa de los Phillips.

—¿Y quién le disparó, entonces?

—Su compañero de fechorías.

—No creo que hubiese mucho que robar, la verdad.

Sarah se encogió de hombros.

—La gente no piensa eso. Algunos incluso han empezado a cerrar sus casas. —Sarah la miró y vio necesario puntualizar—. Con llave.

—Adónde vamos a parar.

Los vecinos no eran los únicos que estaban inquietos, pensó Livy más tarde, mientras veía alejarse a Sarah que, por un día y sin que sirviese de precedente, iba a abrir el pub más tarde de lo normal. Miró involuntariamente hacia la casa de los Phillips. Cinta azul y blanca en el marco de la puerta.

El escenario de un crimen.

El viento le metió el pelo del flequillo en los ojos.

Se dio la vuelta y entró en casa.

[24]

Cerró la puerta detrás de Sarah, cogió su plumífero del vestíbulo, volvió a la cocina, tiró el café frío por el fregadero y se sirvió uno nuevo.

Con la taza humeante en la mano abrió la puerta de la cocina que daba al porche trasero, y el viento y el agua —*ahora parece que llueve menos*, había dicho Sarah antes de irse— le dieron en la cara.

Necesitaba despejarse de alguna manera, y el frío en la cara era una buena opción.

Se sentó en una de las sillas de plástico verde que ya estaban allí cuando compró la casa.

El porche trasero no era más que una tarima de madera que recorría toda la fachada trasera. Tenía techo, eso sí, que le quitó lo peor de la lluvia.

Cerró los ojos y aspiró el olor a tierra mojada.

Necesitaba una valla, una valla que pudiese pintar de blanco y que delimitase su trozo de jardín. Aunque llamarlo jardín era ser muy generoso. En aquel momento no era más que un trozo de tierra lleno de malas hierbas, por culpa de años de descuido y a que era enero.

Miró hacia el jardín trasero de Mrs. Remington con

envidia: un balancín, una mesa con sillas, césped bien cuidado, macetas de flores en el porche…

Bebió un poco de café antes de que se le enfriase de nuevo.

Si al menos dejase de llover, aunque fuese solo un rato.

Llovía también en Boston, un tiempo no muy distinto de aquel, el día que conoció a Albert.

Volvió a verle como aquel día, parado en el vestíbulo del museo de Bellas Artes, donde trabajaba ella entonces. Con el paraguas goteando sobre el suelo de mármol, la vista fija en el charco que se estaba formando a sus pies, como si pudiese pararlo con la mirada.

Siempre que llovía el vestíbulo del museo se llenaba de pisadas de agua sucia. Era raro que nadie se hubiese partido el cuello todavía. Cuestión de suerte, supuso.

Livy volvía de la cafetería con una bandeja de cartón con cinco vasos de café incrustados, para ella y sus compañeros de departamento. Era su turno con los cafés.

Se fijó en el hombre del paraguas goteante y, aunque no era su función, se desvió de su ruta con la bandeja en la mano para indicarle amablemente que podía —más bien *debía*— meter el paraguas en una de las máquinas para plastificarlos que mantenimiento ponía a la entrada del museo cuando empezaba a llover.

Era fácil de usar, e incluso divertido, si uno tenía menos de diez años.

Eso último no lo dijo en voz alta, por supuesto.

El hombre había levantado la vista del charco a sus pies, en la cara una expresión de momentáneo aturdimiento, como si estuviese perdido, como si le hubiese sacado de su ensoñación y no supiese de qué le hablaba. La miró y curvó los labios en una sonrisa.

Dios, la sonrisa. Era demoledora, y él lo sabía. Y ella se imaginaba que él lo sabía.

—Gracias —dijo—. Lo haré.

La voz era agradable, con un acento inglés tan marcado que hacía que las palabras se espesasen en el aire y se quedasen suspendidas una fracción de segundo antes de que su cerebro pudiese descifrar el significado.

No pudo evitar sonreír de vuelta.

Tampoco pudo evitar fijarse en el tipo, traje gris oscuro probablemente hecho a medida —le quedaba como si hubiera nacido con él—, con camisa de un gris un tono más claro y corbata del mismo gris del traje, ojos azul claro, y el pelo rubio, un poco más largo en la coronilla y corto en la nuca, perfectamente peinado a pesar de la lluvia y el viento.

Más tarde, cuando terminó su jornada y atravesaba las salas del museo casi vacías deseando llegar a casa —faltaba una hora para cerrar, pero las oficinas cerraban una hora antes que el museo— al pasar por delante de la sala 247, le vio parado frente a uno de los Renoir, *Baile en Bougival*, las manos cruzadas detrás de la espalda sujetando el paraguas ya envasado al vacío.

Cuando pasó a su lado, el hombre se giró a mirarla con sus inquietantes ojos grises. Eran grises, no azules, ahora podía verlos mejor, había mejor luz en esa sala que en el vestíbulo.

—¿Has visto el resto? —le preguntó el hombre.

Se refería a *Baile en la ciudad* y *Baile en el campo*, que pertenecían a la misma serie. Estaban en el museo D'Orsay de París. Le consideró ilustrado durante unos segundos, hasta que se dio cuenta de que esa información venía en la chapa explicativa de metal fijada en la pared al lado del cuadro.

Livy le dijo que sí. Justo había estado en Europa el año anterior, de vacaciones.

No recordaba muy bien de qué más habían hablado, solo que estaban a punto de cerrar y uno de los vigilantes de sala carraspeó cerca de ellos.

De allí fueron a tomar una copa a un sitio cerca del museo. Siguieron hablando. Recordó haberse reído, bastante. Albert era divertido, encantador, lleno de anécdotas de sus viajes, historias de sus choques culturales, relatos de un inglés en Nueva York.

Aquella noche aprendió que el desconocido del paraguas y los ojos grises se llamaba Albert Templeton, que había nacido y crecido en Londres, que tenía cinco años más que sus veintiocho, que trabajaba en Nueva York, en la embajada inglesa, a trescientos y pico kilómetros de su museo, y que estaba pasando un fin de semana en Boston.

Después de siete años de matrimonio no sabía mucho más de Albert que lo que aprendió de él aquella noche, tomando una copa en un bar pijo de Boston cerca del museo, y cenando al día siguiente. Al menos nada de lo importante. Lo único que llegaría a conocer sería el barniz, la pátina de hombre de mundo, encantador, alegre y aventurero, despreocupado. Con el tiempo empezaría a sospechar que Albert no era más que eso, la pátina que lo recubría.

Y que no había nada debajo.

Después de aquel fin de semana había empezado a llamarla regularmente, y a volar más fines de semana para verla, hasta que fue ella quien voló un fin de semana a Nueva York y de repente, sin saber muy bien cómo había pasado, se encontró en una relación a distancia. No mucha, eso era verdad, pero distancia, al fin y al cabo.

Con Albert todo era una revolución, un torbellino, una aventura, un *por qué no. Ven a cenar conmigo, ¿por qué no? Ven este fin de semana a Nueva York, ¿por qué no?*

Y finalmente, cuando le dieron fecha para su vuelta a las oficinas de Londres, *vamos a casarnos y te mudas a Londres, ¿por qué no?*

Fue cuando supo que estaba perdida, que iba a aceptar, y lo hizo inmediatamente. Vio el cielo abierto en lo que entonces parecía una aventura, una oportunidad de hacer algo diferente, de cambiar de aires. La única aventura que se le había presentado hasta entonces, vivir en un país que no era el suyo. De alejarse del agobio de Boston, su madre, el museo, siempre las mismas caras, la misma rutina.

Albert era un soplo de aire fresco, y fue imposible resistirse a él.

Tampoco lo intentó mucho.

Se casaron en una ceremonia íntima en la misma embajada. Volaron a Londres, y se fueron a vivir al piso de soltero de Albert, que había seguido pagando durante sus meses en Estados Unidos. Gracias a sus contactos, Livy tenía un puesto de trabajo esperando en uno de los muchos museos que poblaban la ciudad.

Sorbió de su taza de café.

Con el tiempo se dio cuenta de que la actitud alocada y aventurera de Albert era simple inconsciencia, infantilismo, cuando no algo más siniestro: la continua búsqueda de algo que no existía. Continuamente insatisfecho.

Vivieron en el piso con paredes de cristal durante cinco años felices, o al menos no infelices: tranquilos, normales, sin sobresaltos, fuera de las decepciones cotidianas que suponía darse cuenta de que no conocía a la persona con la que se había casado.

Luego Albert empezó a cambiar. Inexplicablemente, poco a poco. Eso había durado unos dos años más, durante los cuales apenas le había visto.

Entonces, un día la policía fue a visitarla al museo, y resultó que ya no habría más años. Ni felices ni infelices, ni grises ni de ningún tipo.

Al menos no con Albert.

[25]

Livy extendió las manos hacia el fuego que danzaba en la chimenea. El viento ululaba afuera, se metía silbando entre las rendijas de las ventanas, y el aire olía a las especias del té *chai* que tenía al lado.

Se sentía mucho mejor que aquella mañana, gracias en parte al descanso y a las medicinas, y en parte a la sopa casera y la tarta de manzana que Sarah le había llevado. También le había llenado la nevera con leche y cosas básicas, para que no tuviese que salir de casa con aquella lluvia y el frío.

Era la mejor.

Estaba sentada en el suelo, en la alfombra, frente a la chimenea; una caja de cartón vacía a su lado, el contenido esparcido a su alrededor.

Aquella caja de cartón, del tamaño de las que se utilizaban para guardar documentos, era lo único que se había traído de su antiguo apartamento. Había viajado en el maletero, junto con las dos maletas y la urna de las cenizas.

Miró a su alrededor, al contenido de la caja esparcido por la alfombra.

Una caja de cerillas del restaurante donde Albert le

pidió que se casase con ella. La abrió y movió las cerillas en su interior, de un lado a otro. ¿Se podía fumar entonces en los restaurantes? No estaba segura. Algunas fotos sueltas: vacaciones, viajes, de cuando vivía en Boston, cuando sacarse fotos juntos era la prioridad número uno. El álbum de fotos de su boda, grande y rígido.

También estaban allí su anillo de compromiso y la alianza de matrimonio, en la caja pequeña de la joyería. Las chucherías que Albert solía traerle de sus viajes, al principio. Figuritas, tonterías con "recuerdo de" donde fuese escrito. A ella le hacían gracia, y a él le hacía gracia que le hiciesen gracia. Se había olvidado de eso.

Al sonido del viento se había unido ahora el de la lluvia, que golpeaba con fuerza en los cristales. Livy alargó la mano para coger la taza y beber un sorbo del té de especias.

No había sacado aquella caja para recordar, para llorar sobre los restos del naufragio, aunque pudiese parecerlo después del día que llevaba: primero la charla con Sarah, luego recordando el día que conoció a Albert mientras se congelaba en el porche trasero.

Nada más lejos de la realidad.

Simplemente tenía que hacer algo, lo que fuese. Pasar a la acción de alguna manera.

Se sentía impotente ante las cosas que estaban sucediendo en su vida, sobre las que no tenía ningún control.

No había vuelto a recibir llamadas desde que la policía le había intervenido el teléfono.

El inspector le había dicho lo que tenía que hacer si volvían a llamar: descolgar y dejar que la persona del otro lado hablase, con la esperanza de que lo hiciera el tiempo suficiente para poder localizar el origen de la llamada.

Pero no había recibido ninguna llamada más. Eso no quería decir que se sintiese a salvo: todo lo contrario. No le gustaba aquella expectación, no saber qué iba a ser lo siguiente.

No le gustaba estar asustada en su propia casa. Y no podía quitarse la última llamada de la cabeza.

Si no nos das lo que tienes…

¿Darle a quién *qué*?

Lo que tenía tu marido

Pero ella no tenía nada. Nada de Albert. Nada de nada.

No tenía sentido. Aunque tampoco lo tenía que alguien estuviese vigilándola, ni lo del ruso muerto. Al fin y al cabo, ¿qué sabía ella del trabajo de Albert? ¿De lo que hacía o dejaba de hacer en sus viajes interminables? ¿De su vida en general? Ni siquiera sabía que tenía un segundo apartamento en Londres.

No sabía nada. Se había casado con un desconocido, y ya iba siendo hora de asumirlo.

Pero tampoco podía quedarse de brazos cruzados, así que se había puesto a pensar, preguntándose qué podía tener ella de Albert. Qué tenía ella de Albert lo suficientemente importante como para que alguien la llamase para amenazarla, pusiese cámaras y micrófonos en su casa, la vigilase constantemente.

Y la respuesta seguía siendo la misma: nada.

O al menos nada por lo que nadie pudiese matar.

Todo estaba en el trastero que había alquilado cuando vació el apartamento de Londres. Lo que no había donado directamente, claro, como todos los trajes de Albert, sus cuatrocientos millones de corbatas de seda y zapatos de piel.

Excepto la caja de cartón con recuerdos y tonterías que se había llevado con ella. No sabía explicar tampoco por qué la metió en el maletero, por qué no la dejó en el trastero con el resto de cosas.

Tampoco era el momento de psicoanalizarse.

Cuando volcó la caja con los recuerdos en la alfombra, se preguntó fugazmente si el ruso también la habría registrado.

Sabía que había entrado en su casa. Aparte de llevarse

la manzana y mover su frutero, habría tenido que colocar los micrófonos y las cámaras en algún momento.

Intentó no pensar en ello. O no mucho.

Cogió un taco de papeles sujetos con una goma, tiques de teatros y sitios a los que había ido con Albert, al principio. No sabía por qué había guardado esas cosas, no era especialmente sentimental. Pero allí estaban igualmente, la tinta casi borrada, un montón de papeles que no servían para nada.

Los revisó uno a uno mientras los hacía trozos y los dejaba en un montoncito sobre la alfombra para tirarlos más tarde.

Sacó de la caja un trío de muñequitas pequeñas, no más grandes que su dedo índice, de trapo, que Albert le había traído de uno de sus viajes a Sudamérica. No recordaba el país. Perú, quizás.

Después abrió el álbum de su boda. Se sorprendió de lo joven que parecía ella entonces, en aquellas fotos con el vestido beige corto y la sonrisa. De lo guapo que era Albert, de lo mucho que solía sonreír.

Revisó las hojas del álbum, una a una, asegurándose de que no había ningún papel entre las páginas.

Luego lo agitó en el aire un poco, para estar segura.

Nada.

Allí no había nada. Aquello era una pérdida de tiempo.

Un relámpago alumbró todos los rincones de la salita, como si fuese el *flash* de un fotógrafo. Menos de un segundo después llegó el estruendo de un trueno.

Empezó a meter todo lo esparcido por la alfombra otra vez en la caja.

Echó el montón de papeles rotos al fuego.

Cogió una de las muñequitas de trapo que había sacado antes, con dos trenzas negras de lana, vestida con un traje típico. No era más alta que su dedo índice. Sonrió.

Decidió dejarlas fuera de la caja, colocarlas en la repisa de la chimenea. No iba a poner una foto de su boda allí encima, ni las cenizas de Albert, pero había habido tiempos felices. No había nada de malo en recordarlos.

Al coger una de las muñecas —la que tenía dos trenzas de lana negra— notó que el cuerpo era rígido. Frunció el ceño y cogió otra similar, que venía del mismo viaje, esta con las trenzas amarillas. Estaba blanda por dentro. Rellena de trapo.

Volvió a palpar la primera muñeca. Levantó el vestido por curiosidad, y vio que el cuerpo estaba cosido con una costura chapucera. Soltó un par de hilos. Había algo metálico dentro, cuadrado. Fue a por una tijera pequeña a la cocina y volvió a trabajar en las costuras. Soltó el resto del hilo y sacó lo que había dentro.

Era una memoria USB pequeña, del tamaño de la uña de su pulgar, sin apenas cuerpo, solo la parte metálica del enchufe con una parte de plástico negra con un agujerito para meter en un llavero. Alguien había sacado el relleno del cuerpo de la muñeca para meter la memoria dentro. Había algo más. Un rollito de papel minúsculo. Lo desenrolló. Ponía *Livy*.

Y era la letra de Albert.

[26]

JACK CERRÓ la puerta del apartamento de un portazo. Tiró las llaves encima de la mesa de centro, se deslizaron por la superficie y acabaron cayendo al suelo. Se quitó la cazadora y la dejó de cualquier manera encima del sofá.

Fue hasta la cocina, abrió uno de los armarios y sacó una botella de Jack Daniels, y el vaso que guardaba justo al lado.

Había que ser previsor.

Se sirvió tres dedos de whisky y lo vació de un trago.

Tienes que averiguar qué sabe la mujer, si tiene algo, antes de que Ivanovich llegue hasta ella, le había dicho Carlson.

Fácil para él decirlo.

Llenó de nuevo el vaso y se lo llevó a los labios.

Pensó en Olivia Templeton, el pelo corto, envuelta en una chaqueta de punto demasiado grande, la cara sin maquillaje, mirando por la ventana con un té de jazmín en la mano. En el día que encontró al ruso muerto, la mano que le tendió, helada.

El difunto Templeton estaba de mierda hasta el cuello. Andaba metido en tantas cosas que había tenido hasta suerte estrellándose en aquella avioneta, porque su esperanza de vida estaba en negativo.

Pero sus acciones tenían consecuencias, y si él no estaba para sufrirlas, seguramente su viuda lo haría por él.

Vació el vaso de golpe y volvió a servirse otros tres dedos.

Podría terminarse esa botella, y dos más, y le daría igual.

La mujer estaba enferma, o eso le había dicho la pelirroja del pub. No había vuelto a verla desde el día del supermercado, y sin micrófonos ni cámaras no tuvo más remedio que preguntar. No le extrañaría que se hubiese largado, mucha gente lo haría después de encontrar un cadáver frente a su casa. O peor, que Ivanovich hubiese llegado hasta ella.

Se acercó a los ventanales con el vaso en la mano y la sensación horrible en el estómago que tenía desde esa mañana.

Miró a su alrededor, a la bolsa negra de viaje donde guardaba sus cosas. Donde llevaba guardando sus cosas desde hacía dos meses. Nunca se molestaba en deshacer el equipaje.

Aparte de eso, el cepillo de dientes en el baño, la maquinilla de afeitar. Y nada más. Ese era todo el rastro que había dejado.

Podría recogerlo todo en dos minutos y sería como si nunca hubiese estado allí. Sabía que no iba a hacerlo, pero se permitió unos momentos para acariciar la idea: un país caluroso, donde no pudiese seguirle su pasado, donde nadie pudiese reconocerle nunca…

Se estaba haciendo viejo para ese trabajo, y lo sabía. No era la edad —que también—, era el desapego, el tener cada vez menos ganas de salir corriendo, de destruir las vidas de gente normal que solo pasaba por allí.

Con los años, ya no tenía tan claro quiénes eran los malos y quiénes los buenos, y sobre todo, en qué grupo caían gente como Carlson y como él.

No participar, no interferir. Esas eran las reglas. Lo

habían sido siempre, con la gente que orbitaba alrededor del sujeto principal. Daños colaterales.

Se dio cuenta de que estaba sujetando el vaso con más fuerza de la necesaria, los nudillos blancos.

No era asunto suyo. No era asunto suyo, como nunca lo había sido, y que de repente empezase a plantearse ese tipo de cosas demostraba hasta qué punto estaba quemado. Hasta qué punto su carrera estaba finiquitada.

Lo que tenía que hacer era terminar el trabajo para el que le habían contratado —y *pagado,* que no se le olvidase —, largarse de aquel agujero de pueblo y de aquel apartamento inmundo y no mirar atrás.

La gente normal tomaba decisiones todos los días que afectaban a sus vidas de forma que no era justa. Decisiones aparentemente inocentes que provocaban giros de ciento ochenta grados, o terminaban con la vida tal como la conocían. Girar a la derecha en vez de a la izquierda en una carretera. Subirse en un avión, y no en otro.

Olivia Templeton se había casado con Albert Templeton, e iba a estar pagándolo el resto de su vida. Que, a ese paso, seguramente no sería mucha.

Y no era su problema.

Empezó a llover de nuevo, de repente, las gotas de agua golpeando furiosamente contra los ventanales, y las farolas se convirtieron en manchas naranjas de luz tras los cristales.

Se acabó el whisky de un trago, cogió las llaves del suelo, la cazadora del sofá, y volvió a salir por la puerta.

Esta vez sin portazo.

[27]

—*Livy*.

Se quedó clavada en el sitio, sin poder apartar los ojos de la imagen de Albert ocupando la pantalla de su portátil. Albert, que llevaba meses muerto. No sabía que iba a afectarle tanto verle de nuevo, aunque fuese en un vídeo.

Seguía sentada en el suelo, junto al fuego, la caja de cartón con los recuerdos cerrada su lado, el portátil sobre las piernas cruzadas.

La memoria que había encontrado contenía un archivo comprimido que le pidió contraseña cuando intentó abrirlo, y un vídeo. Había visto a Albert en la miniatura del vídeo, pero aun así no estaba preparada para verlo a pantalla completa.

—Escúchame con atención, Livy —siguió diciendo su marido. Su *difunto* marido.

Pulsó la barra espaciadora para detener el vídeo. Necesitaba respirar y recuperarse de la impresión.

Respiró hondo y se frotó la cara con las manos. Luego se fijó en la pantalla más detenidamente. No sabía dónde estaba Albert, no era un despacho ni una oficina: parecía una habitación de hotel o un apartamento. El portátil debía estar apoyado en una mesa (por el ángulo), se veía un trozo del respaldo de la silla de madera donde Albert estaba sentado, la típica silla incómoda de los escritorios de los hoteles. También se veía una cama al fondo, a pesar de que la habitación estaba a oscuras y solo le iluminaba la luz azul de la pantalla del ordenador.

Tenía peor aspecto que nunca: desaliñado, con una camisa arrugada con los dos primeros botones abiertos, con barba de un par de días o tres —Albert *nunca* se dejaba crecer la barba más de cinco minutos— y los ojos enrojecidos.

Respiró hondo otra vez y volvió a poner en marcha el vídeo con manos temblorosas.

La imagen se descongeló, y Livy se dio cuenta de que la pausa no había servido para calmarla.

—Si estás viendo esto, tengo que suponer que no he vuelto del último viaje. —Albert desvió la mirada de la cámara, un poco a la izquierda, y soltó una risa nerviosa—. Espero de verdad que no sea el caso. Pero en fin, ya da igual. No creo que encuentres la memoria USB antes. *Espero* que no encuentres la memoria antes. —Volvió a mirar al frente, directamente a la cámara—. No abras los archivos adjuntos. Aunque tampoco vas a poder, están cifrados. Esconde el USB donde nadie pueda encontrarlo. Si alguien te pregunta por él, o por algo que haya podido dejar, huye. No te fíes de nadie. De nadie.

Hizo una pausa, larga, de casi medio minuto. Según la barra del ordenador todavía quedaba vídeo, así que Livy esperó a que siguiese hablando.

—Me he metido en un lío —siguió diciendo Albert—. Ha muerto… ha muerto gente, y no quiero que te veas salpicada. Espero que no, pero no conoces a esta gente. Es peor de lo que pensaba. He guardado… cierta información, unos documentos, en esta misma memoria. Son mi seguro de vida, pero si estás viendo esto, de poco me han servido. —Volvió a soltar otra carcajada nerviosa y se pasó la mano por el pelo, desordenándoselo todavía más—. Puede ser el tuyo. Pero no vayas a la policía. Escúchame bien. —Albert se acercó a la cámara de repente y Livy se alejó del ordenador, por instinto—. Pase lo que pase, no vayas a la policía. No les hables de los documentos. No pueden protegerte.

Albert se puso a rebuscar en unos papeles que tenía en el escritorio.

Se le cayó algo al suelo, algo pesado. Se agachó a cogerlo debajo de la mesa, y cuando volvió a aparecer en la pantalla tenía un móvil en la mano.

—Si te ves en problemas, busca a este hombre. Pero solo como último recurso. Es la única persona en la que confío. —Albert acercó la pantalla del móvil a la cámara—. Mi único amigo —susurró—. Neil, Neil H. Wilson.

Livy volvió a detener el vídeo, cogió el portátil con las dos manos y pegó la cara a la pantalla.

La foto era de un evento, su marido estaba con otro hombre, ambos vestidos de esmoquin. No se veía muy bien, entre la poca calidad de la misma foto y la del vídeo, pero intentó fijarse en ella lo mejor que pudo. El hombre que estaba con su marido tenía el pelo oscuro, bastante corto, y peinado hacia atrás. Tenía el brazo de Albert por encima de los hombros, y miraba directamente a la cámara, sonriente, levantando una copa de champán.

La foto no era la mejor, la calidad del vídeo tampoco, pero no hacía falta mucho más para reconocer al mismo hombre que había visto día tras día sentarse en una mesa de la esquina del pub, bebiendo Guinness y leyendo el periódico.

El mismo hombre que se había presentado a ella apenas unos días antes con el nombre de Jack Owen.

Sintió un sudor helado correr por su espalda, a pesar de tener el fuego encendido y de estar sentada a dos metros de él.

Volvió a descongelar el vídeo.

—La memoria es tu seguro de vida. —Sí, a él le había servido de mucho, eso estaba claro—. Mientras la tengas a buen recaudo, no te pasará nada. Déjala en un sitio seguro.

Alquila una caja de seguridad en un banco. No la abras a tu nombre. No se lo cuentes a nadie. Ten mucho cuidado.

Albert paró unos segundos para respirar.

—No sabía que esto iba a acabar así. Solo era dinero, Livy —dijo, pasándose la mano por el pelo y mirando hacia un lado—. No hacíamos daño a nadie. No sabía que iba a morir nadie, y menos Tom. Ten cuidado, Livy.

Miró a la cámara unos segundos, como si fuese a decir algo más. Pero no lo hizo. Albert desvió la mirada hacia una esquina de la pantalla, le vio alargar la mano —para parar la grabación, supuso— y el vídeo terminó.

Livy se quedó mirando a la pantalla negra.

Los interrogantes que había abierto el vídeo eran tantos que no sabía ni por dónde empezar.

Deslizó la barra hasta el principio del vídeo y volvió a pulsar el botón de reproducir.

—*Livy*…

CERRÓ la tapa del portátil y lo dejó con cuidado encima de la mesa de centro.

Se recostó en el sofá, donde se había trasladado desde el suelo un rato antes, y cerró los ojos. La lluvia golpeaba en los cristales con furia, los truenos retumbaban en la lejanía. La tormenta no tenía pinta de amainar.

Cuando vació el piso de Londres no le quedó más remedio que llevarse la urna de las cenizas con ella. Le parecía un poco siniestro dejarla metida en el trastero de alquiler, donde había dejado el resto de sus cosas.

Así que cuando se fue de viaje, la metió en el fondo del maletero del coche, detrás de las tres maletas, asegurada con una cinta para que no se moviese.

Allí se había quedado todo el tiempo que estuvo viajando. También mientras estuvo alojada en la pensión encima del pub.

Cuando se trasladó al *cottage* y vació por fin el maletero de todas las cosas que había ido acumulando durante los dos meses de viaje, encontró la urna. Casi se había olvidado de ella.

No pensaba ponerla en la repisa de la chimenea.

Pero tampoco tenía claro qué hacía uno con una urna llena de cenizas.

Al final, la guardó dentro del armario del cuarto de invitados que aún tenía que renovar, junto con las maletas vacías.

Y allí seguía, todavía.

Solo es dinero, volvió a escuchar en su cabeza cuando cerró los ojos.

El teléfono volvió a sonar. Esta vez ni siquiera se molestó en levantarse. Presionó con los dedos índice y pulgar en el puente de la nariz.

Por lo menos ya sabía de lo que hablaban las llamadas, algo era algo.

Si no nos das lo que tienes. Lo que Albert había metido en aquella memoria.

Por lo que había muerto él y, si tenía que creerle, también otra persona.

Tom. Livy tuvo un recuerdo vago de un compañero de trabajo al que había conocido en una fiesta, de pasada, el pelo rubio, ese aire de Eton que eran todos incapaces de sacudirse, aunque lo hubiesen abandonado más de veinte años atrás. ¿Tom Wilkinson? No estaba segura.

Tenía una mujer, morena y alta, creía. ¿Y gemelas?

El teléfono enmudeció, por fin, y casi inmediatamente sonó el timbre de la puerta.

¿Quién podía ser a esas horas? Miró el reloj y se sorprendió de que solo fuesen las siete de la tarde. Había perdido totalmente la noción del tiempo.

No sabía cuántas horas llevaba viendo el vídeo, en bucle.

Lo había visto tantas veces, que si resultaba ser Albert quien estuviese llamando a su puerta, no se sorprendería lo más mínimo.

El timbre de la puerta volvió a sonar. Livy se levantó, los huesos doloridos, como si tuviese cien años.

Lo último de lo que tenía ganas en aquel momento era de ver a nadie. No se imaginaba quién podía ser. Sarah no se presentaría en su casa sin avisar, al menos no ahora, que ya estaba recuperada. Y nadie más llamaba a su puerta. Lo cual solo dejaba una opción: la policía.

Después de los días que había pasado, no quería ver a un policía, de uniforme o no, en lo que le quedaba de vida. A ser posible.

Echó un vistazo rápido al espejo del recibidor, para ver si estaba presentable: un pantalón de yoga negro, camiseta térmica de manga larga y una chaqueta de lana gruesa encima. Menos mal que se había quitado el pijama. En los pies, unas zapatillas negras de cordones. Había dejado de usar pantuflas desde que su casa se había convertido en una estación de tren, con gente yendo y viniendo constantemente.

Abrió la puerta, y se encontró al otro lado a la única persona que aparecía en el vídeo y que todavía estaba viva.

La cazadora de cuero negro cubierta de agua, chorreando, el pelo mojado, los ojos azul marino iluminados por la luz del recibidor.

—Deberías mirar por la mirilla antes de abrir la puerta. O al menos preguntar quién es —dijo Jack, como si tuviese suficiente confianza para ello, algo que no tenía.

Aunque lo que sí tenía era razón.

No estaban los tiempos —muertos con tiros en la cabeza, micrófonos, cámaras, llamadas, vídeos desde el más allá— para abrir la puerta alegremente, sin comprobar quién estaba detrás.

Aunque si lo hubiese hecho, probablemente no le habría abierto.

Se frotó la sien derecha, donde le latía el pulso y desde donde se le estaba extendiendo el dolor de cabeza.

Se quedó mirándole, la mano en el picaporte, sin saber muy bien qué hacer ni qué decir. Miró por encima de su hombro hacia la calle desierta y lluviosa, el camino lleno de charcos. No veía ningún coche aparcado excepto el suyo, así que supuso que había llegado hasta allí andando, bajo la tormenta.

—¿Puedo pasar? —preguntó.

Confía solo en este hombre, había dicho Albert en el vídeo.

Pero claro, también se había referido a él por otro nombre. Eso le quitaba un poco de peso a sus palabras, quieras que no.

El tipo del umbral, Jack o como quiera que se llamase, pareció impacientarse.

—¿Puedo pasar? —repitió, ligeramente irritado—. Solo será un momento. Es invierno aquí fuera.

Aquí dentro también es invierno, pensó Livy. Se apartó para dejarle pasar, y no dijo nada.

Cerró la puerta tras él y se dirigió a la sala de estar, esperando que la siguiese.

Cuando vio que no lo hacía, se dio la vuelta y le vio colgando la cazadora chorreante en el recibidor.

Esperó a que entrase en la sala.

—¿Te apetece una taza de té? ¿Café?

No podía evitarlo. La hospitalidad se le activaba por defecto.

—Café, gracias.

Livy le miró, alto, los hombros anchos, enorme en su minúscula sala de estar. Parecía empequeñecerla más todavía.

—¿Leche, azúcar? —preguntó.

—No.

Se dirigió a la cocina. Encendió el hervidor de agua y abrió el armario para coger una bolsita de té para ella.

El café estaba hecho de aquella mañana. No era fresco. Le dio igual. No pensaba hacer nuevo. El tipo tendría que conformarse con café añejo.

Sacó dos tazas, las puso en el mostrador y se quedó mirándolas, como si contuviesen el secreto del mundo.

No vio las tazas. Lo único que veía era la fotografía que

Albert había mostrado en el vídeo, el hombre sentado en su salón esperando café, con un esmoquin, el pelo más corto, el brazo de Albert por encima de su hombro.

Le quedaba bien el traje, al tipo. Eso tenía que reconocérselo.

Confía en él.

¿Por qué?

Aparte de lo obvio, que iba por ahí con un nombre falso, ¿por qué iba a confiar en Jack, o Neil, o como se llamase, cuando ni siquiera confiaba en Albert?

¿Qué sabía de Albert, en realidad? ¿De la vida que llevaba cuando estaba de viaje, de su trabajo?

¿Qué sabía del tipo que había grabado un vídeo-confesión y lo había escondido en una muñeca de trapo?

¿Qué sabía del peligro del que hablaba, de la gente de la que hablaba, de información, de nada?

¿De tipos que la espiaban y terminaban con un tiro en la frente? ¿De llamadas en mitad de la noche?

¿Qué sabía ella de lo que era cierto y de lo que no lo era?

¿Qué sabía ella de Albert Templeton?

Respiró hondo. No servía de nada darse a la desesperación.

Tenía que manejar aquella situación con calma.

El hervidor pitó y la sobresaltó, sacándola de sus pensamientos. Echó el agua hirviendo sobre su bolsita de té.

El portátil seguía en el salón, encima de la mesa, la tapa cerrada, pero la memoria estaba en el bolsillo de sus pantalones. La había cogido como precaución, antes de abrir la puerta, por si acaso.

Metió el café de Jack en el microondas. La taza empezó a dar vueltas, iluminada por la luz amarilla del interior.

Abrió uno de los cajones de la cocina. Sacó la pistola que guardaba allí y se la metió en el bolsillo de la chaqueta de lana. Había ido moviéndola de sitio después de la madrugada que había visto la luz en la casa de los Phillips, y luego después de lo de las cámaras y los micrófonos.

Dejó la taza de café dando vueltas en el microondas, el té infusionando, y cruzó el umbral hasta el salón, donde el hombre que decía llamarse Jack se había sentado en una de sus butacas, con las piernas extendidas delante de él.

Como si estuviese en el pub. Como si estuviera en su casa.

—¿Cuál es tu verdadero nombre, Jack? —preguntó Livy, y su voz le sonó extraña a ella misma, como si fuera la voz de otra persona.

El desconocido, que había levantado la vista hacia ella, no respondió.

Le vio desviar la mirada hacia su brazo derecho, tenso, la mano dentro del bolsillo.

—¿Tienes una pistola en el bolsillo? —preguntó el tipo, en vez de responder a la puta pregunta que acababa de hacerle.

En serio, ¿era tan difícil que alguien le dijese, por una vez, la puta verdad?

Sacó del bolsillo la mano que sujetaba la pistola. La miró, como si hubiera olvidado que la llevaba encima. La movió arriba y abajo en la palma de la mano como si estuviese comprobando el peso, pensativa. Jack se levantó despacio de la butaca donde estaba sentado y dio un paso hacia ella.

—Olivia.

Le apuntó con la pistola, y Jack se paró en seco.

—Nadie me llama Olivia.

[28]

—¿Qué haces? —preguntó Jack, mirándola a los ojos. No a la pistola.

—No lo sé.

Era verdad. No sabía por qué estaba haciendo lo que estaba haciendo. Lo único que sabía era que su mundo, lo poco que quedaba de él, se había derrumbado en las últimas horas, en los últimos días.

Y le gustaría saber por qué.

—Estoy teniendo un mal día —dijo, y era verdad—. Precedido de unos cuantos días horribles. Aunque ahora que lo pienso, el último año no ha sido mucho mejor. Ni los dos años anteriores.

Jack dio un paso hacia ella.

—Siéntate, Jack, Neil, o quien seas. Tengo algunas preguntas.

El tipo levantó las cejas. El imbécil. ¿No veía que tenía una pistola en la mano? Más le valía empezar a responder.

—Para empezar, ¿quién eres? ¿Jack Owen, Neil Wilson, o hay un tercer nombre que todavía no conozco?

Había una sensación en el ambiente, cierta tensión entre ellos, Jack, que seguía de pie, ella también de pie, sin dejar de apuntarle. Algo oscuro y peligroso. Se imaginó que sería su temperamento. O el de ella, también, deteriorándose.

—¿De dónde has sacado ese nombre? —dijo por fin Jack, con una voz helada que le recorrió la espina dorsal.

Se imaginó que era el tono que usaba para intimidar a la gente. Mala suerte, en ese momento le daba igual todo.

—Yo he preguntado primero. Y soy yo quien tiene la pistola.

Se sorprendió de lo calmada que estaba. No le temblaba el pulso, no estaba sudando. Estaba desconectada, como si estuviese viendo la escena desde fuera.

Recordó al hombre muerto en la casa de enfrente, sangre y materia gris encima de la moqueta.

No, no iba a acabar *como su vecino de enfrente.*

Le dio gracias a la abuela Fran por no sentirse incómoda con una pistola en la mano, y por saber usarla. Ya era un comienzo.

No es que hubiese apuntado nunca a nadie, pero alguna vez tenía que ser la primera.

JODER, joder, *joder.*

Sabía que algo iba mal, en cuanto la mujer había abierto la puerta. Primero se había quedado mirándole, sin decir nada, la cara blanca como si hubiese visto un fantasma.

Y desde que había llegado se estaba comportando de forma extraña, con movimientos bruscos, nerviosa.

Tenía que averiguar, antes de nada, de dónde había sacado ese nombre, Neil Wilson. ¿Quién era realmente Olivia Templeton? ¿Se había equivocado con ella? ¿Estaba metida en todo aquello con su marido desde el principio?

No. Imposible.

Sabía —o esperaba, más bien: sus instintos estaban un poco oxidados últimamente— que no había podido equivocarse tanto con ella. La había vigilado durante meses, antes y después de la muerte de Templeton. No tenía nada que ver en sus tejemanejes. Nada que ocultar. De eso estaba seguro.

Al noventa y nueve por ciento.

Era ese uno por ciento de incertidumbre el que le molestaba. Y lo que podía significar para él, teniendo en cuenta la pistola que la mujer tenía en la mano.

Pero tenía pinta de ser una persona normal atrapada en una situación excepcional. A la que no estaba acostumbrada.

Ese no era su problema, de todas formas. Su único problema en ese momento era salir de aquella situación, como fuese. Lo último que quería hacer era sacar su propia pistola. Además, cualquier movimiento brusco podía hacer que la mujer hiciese lo que no tenía pinta de tener intención de hacer, que era disparar.

Tenía el dedo en el gatillo, el seguro quitado. Era mejor no tentar a la suerte.

—¿De dónde has sacado la pistola? —preguntó porque, la verdad, tenía cierta curiosidad. No era algo habitual, que la gente tuviese una pistola en casa. Además de ilegal, no se podían conseguir tan fácilmente.

—Esa no es la respuesta a mi pregunta—respondió Olivia, sin mover un músculo.

Nadie me llama Olivia, había dicho. Nunca había pensado en ella de otra manera. La viuda Templeton, quizás. Se imaginó que tampoco le gustaría que la llamase así.

—Solo quiero ayudarte.

—Sí, como ayudaste a Albert.

—¿Qué sabes de mi relación con Albert?

—No lo sé. ¿Por qué no me lo cuentas todo, y yo te digo qué partes sé y cuáles no?

Valoró en un instante si podía responder a sus preguntas, o a qué parte de ellas. Qué podía contar. O qué no podía contar, más bien.

—Olivia… Liv —rectificó. No sabía si le iba a disparar por usar el nombre equivocado.

No sabía qué iba a decir a continuación. La mujer

siguió sin mover un músculo. Suspiró y se pasó la mano por el pelo. De perdidos, al río

—Trabajo para el gobierno —dijo, por fin.

No era una mentira. Al menos, no del todo. Pero ella no tenía por qué saberlo. En realidad trabajaba para Carlson. Quién estaba detrás, se lo imaginaba pero no necesitaba los detalles. De hecho, prefería no tenerlos.

Olivia esperó un segundo, dos, antes de responder.

—¿Y se supone que tengo que creerte?

Jack se encogió de hombros. No era como si tuviese una identificación o placa que pudiese enseñarle.

—¿Por qué debería confiar en ti? —preguntó.

—Porque no tienes a nadie más.

—¿Confiaba Albert en ti?

—Quizás debería haberlo hecho. A lo mejor seguiría vivo.

—¿Le mataste tú?

—No.

—¿Y qué haces aquí, en Bishops Corner?

Jack dudó un instante.

—Estoy aquí para protegerte.

Eso también era mentira. Por lo que sabía, a Carlson se la traía al pairo la seguridad o el futuro de Olivia Templeton. Le recordó encogiéndose de hombros, *daños colaterales*.

En cuanto a mentiras, no era la peor ni la más brillante que había contado. Pero era la única que podía ayudarle en ese momento. Necesitaba que Olivia confiase en él, porque *necesitaba* saber qué sabía, cómo lo sabía, por qué lo sabía.

JACK SEGUÍA DE PIE, en tensión, a unos metros de ella, al lado de la butaca donde se había sentado al principio, ella cerca del vano que conectaba con la cocina.

Le había ordenado que se sentara, pero había preferido ignorarla.

Trabajaba para el gobierno. O por lo menos eso era lo que había dicho.

Sinceramente, después de ver el vídeo de Albert, no sabía si eso era bueno o malo.

Supuestamente, le habían enviado para protegerla.

Livy frunció el ceño.

—¿Para protegerme? ¿De qué?

Jack pareció dudar, pero al fin respondió.

—Había gente detrás de Albert. Cuando murió, esa misma gente empezó a ir detrás de ti.

Livy recapituló. Las cámaras. Los micrófonos.

Las llamadas.

—¿Quién iba detrás de Albert?

Jack pareció pensárselo un poco. Por fin respondió.

—La mafia rusa.

El ruso muerto.

Se le escapó una carcajada. ¿Cuándo se había convertido su vida en una película de serie B? Ahora de repente la idea de pasarse los días sentada en un escritorio escribiendo un libro sobre arte le parecía el mejor plan del mundo.

No sabía si reírse o ponerse a llorar a lágrima viva. Le estaban entrando unas ganas terribles de darle la vuelta a la pistola, apuntarse a sí misma y acabar con todo aquello de una maldita vez.

Por el amor de dios. La mafia rusa.

Un pequeño detalle que Albert había olvidado mencionar en el vídeo.

—La mafia rusa detrás de Albert —suspiró y se frotó la frente con la mano que no sujetaba la pistola—. Vale, vamos a decir que es verdad. ¿Por qué?

—Porque les debía dinero. Un *préstamo* —Jack pronunció la palabra como si estuviera entre comillas— que nunca devolvió.

Solo es dinero.

Dios, Albert. ¿Qué más hiciste? ¿En qué más estabas metido?

El timbre de la puerta les interrumpió, y ambos miraron hacia el vestíbulo a la vez.

Y ahora qué.

Tenía que tomar una decisión, y tenía que tomarla ya. Tampoco tenía muchas opciones.

Confiar en Jack o Neil o quien fuese, contarle todo y enseñarle la memoria USB.

O no.

El timbre volvió a sonar.

Livy respiró hondo, le puso el seguro a la pistola y se la guardó en el bolsillo.

[29]

El inspector Michael Finn tampoco parecía estar teniendo un buen día.

Fue lo primero que pensó Livy cuando le abrió la puerta. Tenía la gabardina llena de gotas de agua —él si había llegado en coche, podía verlo aparcado frente a la casa, junto al suyo—, el pelo mojado y revuelto y necesitaba un afeitado. Urgentemente.

—Inspector.

—Mrs. Templeton.

No dijo nada más. Se dio cuenta de que, por alguna razón, le costaba mirarla a los ojos.

—¿Puedo pasar? —preguntó por fin—. Solo será un momento.

—Por supuesto. —Se apartó para dejarle pasar, y cerró la puerta de la calle.

El inspector se quedó un momento mirando la cazadora de Jack en el recibidor. Iba a pedirle la gabardina para colgarla, pero entró directamente en la salita.

Livy le siguió.

—Owen.

—Inspector Finn —dijo Jack, desde la butaca en la que se había vuelto a sentar.

Los dos hombres se quedaron mirándose, en silencio. Tan solo se oía el fuego crepitar en la chimenea y la tormenta afuera, el viento y la lluvia golpeando contra los cristales.

—Siéntese —ofreció Livy, más que nada para romper el silencio incómodo—. ¿Quiere un té, café?

Se volvió hacia ella con cierta brusquedad.

—¿Podemos hablar? —Volvió a mirar a Jack—. ¿En privado?

Jack no dijo nada. Solo levantó las cejas.

Livy miró hacia la cocina. Con solo un vano separándola de la sala de estar, y teniendo en cuenta el tamaño de caja de cerillas de la casa, esa era toda la privacidad que podía ofrecerle.

—Sígame, por favor.

El inspector la siguió hasta la cocina. Livy se dio cuenta de que el café de Jack seguía en el microondas, su té enfriándose sobre el mostrador.

—¿Está seguro de que no le apetece nada? ¿Un té?

Negó con la cabeza. Livy cogió su taza, seguramente fría, se deshizo del sobre de té, se sentó a la mesa. Le indicó al inspector que hiciese lo mismo.

—No sabía que… —El inspector se detuvo, como buscando la expresión adecuada—. Que *se relacionaba* con Jack Owen.

No habló muy alto. No susurró tampoco, pero supuso que era consciente de que estaban en el campo auditivo de Jack.

—No lo hago. Ha venido hace unos diez minutos, todavía no sé muy bien a qué. Solo me ha dado tiempo a ofrecerle café.

Y era verdad. Más o menos.

Livy consideró durante un segundo contarle lo que había encontrado. Hablarle del vídeo de Albert.

No te fíes de nadie, no vayas a la policía.

—¿Hay alguna novedad sobre el caso? —preguntó por

fin, cuando el inspector no dijo nada más. Simplemente se había sentado en una silla de la cocina, frente a ella, con la gabardina con gotas de lluvia todavía puesta.

El inspector suspiró.

—Ya no hay ningún caso.

Se quedó mirándole, pensando en si había oído bien.

—¿Perdón?

El hombre miró al vano de la puerta, hacia la sala de estar, con cierto rencor, o al menos eso le pareció a ella.

—Bueno, sí hay caso, pero ya no lo llevo yo. Lo han trasladado a otro departamento.

—¿A otro departamento? ¿Cuál?

—No es una información que pueda divulgar. Lo siento.

¿No era una información que pudiese divulgar? ¿Qué estaba pasando de repente aquel día, con todo el mundo hablando en clave y ocultándole información?

Empezaba a estar un poco harta, la verdad.

—¿Y qué va a pasar ahora? —preguntó Livy.

El inspector la miró unos segundos.

—No lo sé. —Parecía sincero, y cansado, pero ninguna de esas dos cosas la consolaban—. Solo quería avisarla de que ya no estoy encargado del caso.

—¿Y qué hay de las llamadas, las cámaras? ¿Los micrófonos?

—Lo siento. —El inspector se levantó, y se pasó la mano por el pelo, frustrado—. No puedo ayudarla más.

Livy se levantó también, despacio, sin haber tocado la taza de té.

—Solo quería decírselo en persona. —La lluvia seguía golpeando, horizontal, sobre la puerta trasera de la cocina, las ventanas—. Lo siento —repitió el inspector.

Livy siguió sin decir nada. No había nada que pudiese decir, tampoco.

Tenía una confesión desde el más allá, un tipo en el salón que decía trabajar para el gobierno, un inspector de policía al que le habían quitado el caso y que la había dejado prácticamente tirada.

Una pistola en el bolsillo, un ruso muerto, llamadas amenazantes.

Unos documentos que podían ser el origen de todo, o no, porque no sabía lo que eran. Podían ser desde planos del Parlamento hasta hojas de cálculo con un inventario de productos de oficina.

En ese momento no se le ocurrió nada más que encogerse de hombros y seguir la corriente.

—¿Se encuentra bien? —preguntó el inspector, mirándola fijamente.

—Perfectamente. —No sabía si había sonado sarcástica o desesperada, pero daba igual, porque se sentía de las dos maneras.

Le acompañó a la puerta. A mitad de camino, en medio de la salita, el inspector se detuvo y se dirigió a Jack.

—¿Ha venido andando hasta aquí? ¿Con este tiempo?

Jack se tomó un momento antes de contestar.

—Este es un pueblo muy pequeño, inspector. Lo único que hace falta es que Mrs. Remington vea mi coche aparcado en la puerta. Luego, la siguiente vez que vaya a hacer la compra, que deje caer algo hablando con alguien… y así la bola se hace cada vez más grande. No me gustan los rumores. No me gusta empezarlos, y no me gusta extenderlos.

—Qué considerado. —Livy no pudo (ni quiso) evitar que su comentario sonara sarcástico.

El inspector le miró unos instantes, y Jack le devolvió la mirada.

—En fin —se volvió hacia ella—, gracias por su tiempo.

Le acompañó hasta la puerta.

El inspector dudó un poco en el vestíbulo. Al final se decidió a hablar.

—Esto no me gusta.

No sabía a qué se refería exactamente, podía ser un cúmulo de cosas: Jack en su casa, la investigación tirada a la basura… conducir con lluvia. Tampoco le conocía tanto.

Livy cruzó los brazos sobre el pecho.

—A mí tampoco, pero no soy yo quien está abandonando la investigación.

—Siento no poder hacer más.

Suspiró. Si tenía algo que reprocharle al inspector, no era la falta de celo. Al fin y al cabo, había ido hasta allí a avisarla personalmente.

No tenía más remedio que creer que todo aquello se estaba haciendo contra su voluntad. Que a él tampoco le hacía gracia tener que abandonar el caso.

—Es igual, ya ha hecho suficiente. Gracias, de todas formas.

El inspector miró brevemente hacia la sala de estar.

—No me gusta Owen —susurró—. No me fío de él.

Livy sintió el peso de la pistola en el bolsillo.

Bienvenido al club.

Se la quedó mirando un instante, una arruga vertical entre los ojos de fruncir el ceño. Metió la mano en un bolsillo interior de la gabardina para sacar su cartera.

—Sé que le di una tarjeta el otro día, pero esta tiene mi número personal. —Le tendió una tarjeta que sacó de la cartera—. Si pasa algo raro, si recibe algún mensaje o cree que alguien la sigue, o simplemente ve algo que no le gusta, úsela. Llámeme, da igual la hora. Aunque crea que es una tontería, o que no tiene importancia.

Livy cogió la tarjeta. Por un lado era la misma que le había dado el día que descubrió el cuerpo del ruso —parecía que había pasado un siglo—, *Michael Finn, Inspector de policía*, y el número fijo de la comisaría. Por el otro había escrito *Mike*, y un número de teléfono móvil, con rotulador negro.

—Tenga cuidado, por favor —dijo el inspector.

Luego se dio la vuelta, abrió la puerta y fue andando hasta el coche que tenía aparcado en la calle, justo detrás del suyo.

Cerró la puerta tras él. Se quedó un instante mirando la puerta cerrada. Luego guardó la tarjeta en el bolsillo izquierdo, donde no tenía la pistola, y volvió a la salita.

El inspector Michael Finn caminó hasta su coche, que estaba aparcado a unos escasos veinte metros, arrastrando los pies.

El viento le agitó la gabardina y el pelo, la lluvia le dio en la cara. Se metió en el coche, maniobró para quitarse la gabardina y la dejó en el asiento del copiloto, hecha un gurruño. Giró la llave de contacto. Las siete y media, según los números rojos luminosos del reloj en el salpicadero. No veía la hora de llegar a casa, abrir una cerveza, encender la televisión y anestesiarse con lo primero que encontrase.

Había sido un día largo, horrible y miserable.

Ese mediodía, cuando había vuelto a la comisaría después de su pausa para comer—y eso que apenas había tardado media hora— se encontró su mesa vacía. Totalmente limpia, quitando su ordenador, el ratón y el bote de los bolis.

Todo lo relacionado con el caso había desaparecido: los papeles, la pizarra, los documentos que habían pedido, el informe forense, el informe de la escena del crimen, las huellas, las cámaras y micrófonos que habían recogido de casa de Olivia Templeton.

Todo.

Y tampoco tenía acceso —fue lo primero que comprobó— a la base de datos donde guardaban todos los documentos originales del caso (los papeles de su escritorio no eran más que copias, evidentemente).

Fue directo al despacho —rodeado de cristaleras y en una esquina de la comisaría— del inspector jefe Wallace.

Le habían quitado el caso delante de sus narices. La conversación con Wallace había sido corta e infructuosa. El caso era ahora del servicio secreto.

Punto.

—¿Y qué le decimos a Olivia Templeton? —había preguntado al final, ya más resignado que cabreado.

El jefe de policía le miró con la cara en blanco.

—¿Hay que decirle algo?

Finn miró exasperado a su antiguo mentor y amigo desde hacía veinte años, desde que era un novato en uniforme y vomitó el desayuno a la vista de su primer cadáver.

—Supongo que querrá una actualización del caso.

Wallace se encogió de hombros.

—No se puede divulgar información. Aparte, nosotros tampoco es que tengamos mucha. Si quieres quitártela de encima, tú mismo, invéntate lo que quieras. Mientras no le digas la verdad.

Wallace sería su mentor, pero a veces era un verdadero gilipollas.

—No la vamos a dejar colgando. Está aterrorizada, y con razón, después de todo lo que encontramos en su casa.

El jefe bufó.

—Muy bien, dile que no se preocupe, entonces. Tampoco nos viene bien que se líe a poner quejas. —Se quedó pensando un instante—. Dile eso, que no hay nada de lo que preocuparse.

Finn levantó las cejas.

—En serio, es todo un follón de una agencia del gobierno, no me han dicho cuál, no quiero saberlo. El ruso es suyo.

El ruso era suyo. Vamos, que se lo habían cargado ellos. Estupendo. Finn pensó en el tipo que decía llamarse Jack Owen y del que no había podido encontrar un solo rastro más antiguo de dos años.

Escritor, sí. *Seguro*.

—Solo una cosa… —empezó a decir el inspector.

El jefe de policía había empezado a teclear en su ordenador. Era obvio que ya había dado el tema por zanjado y pasado a otra cosa.

Levantó la vista de la pantalla, molesto.

—No puedo decirte nada, Finn, no insistas. Tampoco es que yo sepa mucho, la verdad, y lo prefiero.

—¿Tiene esto que ver con su marido?

El jefe suspiró y se pasó la mano por el pelo.

—Ni idea, pero con el trabajo que tenía, tiene toda la pinta.

—¿Y las llamadas?

Se encogió de hombros.

—Seguramente serían críos haciendo bromas. Nada de qué preocuparse.

Finn cerró la puerta del despacho del jefe de policía tras él. Se preguntó qué críos haciendo bromas se dedicaban a amenazar de muerte y a hacer llamadas con un distorsionador de voz, pero bueno.

Pensó en llamar a Olivia Templeton por teléfono, pero le pareció impersonal, así que decidió decírselo en persona, acercarse hasta su casa cuando terminase su jornada. Era lo mínimo que podía hacer.

Y se encontró en su salón con —qué casualidad— Jack Owen.

No se sentía cómodo sabiendo que Owen estaba en aquella casa con Olivia Templeton. No se fiaba de él. Nunca lo había hecho y ahora menos que nunca.

Echó un último vistazo a las ventanas iluminadas de la casa, borrosas por la lluvia que caía en la luna delantera de su coche.

Si le habían ordenado dejar el caso, lo dejaría. Poco más podía hacer.

Tampoco tenía más remedio. Nunca habían tenido los recursos necesarios para dedicarle al caso, esa era la verdad. Era él y un par de oficiales que le habían ayudado a interrogar a los habitantes del pueblo. La comisaría era pequeña, los recursos escasos y estaban todos centrados en un caso de tráfico de drogas con el que llevaban ni sabía el tiempo. No era como si no tuviese trabajo hasta las cejas.

Pero eso no quería decir que la mujer no siguiese en peligro. Estaba el pequeño detalle de las llamadas amenazantes, que nadie parecía poder explicar y que a nadie parecía interesarle demasiado, tampoco.

Algo le decía —su instinto, años de profesión acumulados, lo que fuera— que los problemas de Olivia Templeton no habían hecho más que empezar.

Arrancó, y el coche se perdió calle adelante.

[30]

JACK SEGUÍA SENTADO en la butaca, tranquilamente, cuando Livy volvió a entrar en la salita.

—Supongo que lo has oído todo.

Jack encogió un hombro.

—Más o menos.

No volvió a sacar la pistola del bolsillo, porque la verdad, a esas alturas ya ni merecía la pena. Algo le decía que Jack le iba a contar lo que él quisiera, estuviese apuntándole con una pistola o no.

—No te preocupes, Liv —dijo Jack.

Vale, varias cosas: ¿cuándo había decidido acortar su nombre, utilizando su propia abreviatura? ¿Y cómo que no se preocupase? ¿La policía pasando de la investigación, y de ella, totalmente, y no tenía que preocuparse?

—¿Que no me preocupe?

—No es importante.

—No es importante —dijo Livy, que no parecía capaz de hacer nada más que repetir lo que decía Jack.

—Escucha... olvídate de la policía, de la investigación, de todo. —Jack dudó un instante—. Fui yo quien mató al ruso.

Livy tardó un par de segundos en responder.

—Vale —dijo por fin.

Jack la miró con los ojos entrecerrados.

—¿*Vale*?

—Evidentemente no, no vale. Estoy esperando una explicación.

—Es… complicado.

Le miró sin pestañear.

—El tipo era una amenaza. Un peligro para tu seguridad. —Jack respiró hondo—. No tuve más remedio.

Era curioso, gracioso —en realidad no, no era ninguna de las dos cosas— pensar a qué mundo la había arrastrado Albert. Hasta esa tarde, si cualquiera hubiese confesado un asesinato en su salón, habría salido corriendo antes de llamar a la policía de inmediato.

Ahora con una explicación medio plausible y un encogimiento de hombros, se conformaba.

—¿Lo sabe el inspector?

—No creo, pero seguramente lo sospeche. Es evidente que ha sido el servicio secreto quien le ha quitado el caso.

—¿Y las cámaras, los micrófonos?

Jack se encogió de hombros.

—Inevitable, y necesario.

Estaba a punto, de verdad, a un segundo de volver a sacar la pistola y vaciarle el cargador encima.

Le caía mejor el tipo cuando no hablaba. Cuando se quedaba en su esquina del pub, en silencio. Cuando se limitaba a dirigirle media docena de palabras frente a la estantería del pan, el día del ruso muerto.

—¿Y las llamadas?

Por primera vez en aquella conversación de locos, Jack parecía sorprendido.

—¿Qué llamadas?

Interesante. Parecía que no lo sabía todo, al final.

Livy le habló de las llamadas: cuántas le habían hecho, las amenazas (*¿quieres terminar como tu vecino de enfrente?*, *si no* *nos das lo que tienes estás muerta*), y que habían mencionado a Albert (*lo que tiene tu marido*).

También le contó que la policía le había pinchado el teléfono, pero que no habían llamado desde entonces.

O eso creía, había estado dos días fuera de juego con el catarro, pero no recordaba haber oído el teléfono para nada.

Había sonado justo antes de que llamase Jack a su puerta, pero no se había molestado en coger.

Cuanto terminó de contarle todo, Jack se quedó pensativo, pero no dijo nada más.

Livy suspiró. Estaba cansada, harta de todo. Todavía no había decidido confiar en Jack y enseñarle el vídeo, pero hiciese lo que hiciese le daba la sensación de que les esperaba una tarde —y una noche— muy larga.

—Voy a hacer café.

En realidad le apetecía algo más fuerte, pero no tenía, así que tendría que conformarse con la cafeína.

El té frío había acabado en el fregadero, el café rancio de Jack también. Hizo una cafetera nueva porque, le daba igual la hora, necesitaba café. Mucho, y muy cargado.

Y un par de paracetamoles, la cabeza la estaba matando.

Colocó su taza de café a rebosar—una nube de leche, una cucharada de azúcar— y la de Jack —solo, sin azúcar — en una bandeja, y las llevó a la sala.

Tenía la impresión de que últimamente lo único que hacía era llevar bandejas de un lado a otro.

El olor a café recién hecho inundó el ambiente. Dejó las tazas encima de la mesa y Jack se lanzó a por la suya como si fuera agua y estuvieran en el desierto.

—Gracias —dijo, antes de beberse media taza de un trago.

Livy sujetó la suya entre las manos un momento, para calentarse. El fuego seguía encendido en la chimenea, pero estaba helada por dentro.

Miró a Jack. Solo llevaba un suéter fino negro. La luz de la chimenea se reflejaba en su pelo, que había empezado a secarse, y en los ojos, que en aquella luz parecían casi negros —aunque sabía a ciencia cierta que eran azul oscuro— y que la miraban con atención, esperando a ver cuál iba a ser su siguiente paso.

—Albert me dijo que confiara en ti.

Jack levantó las cejas. Livy se encogió de hombros.

—Pero también me dijo que te llamabas Neil H. Wilson…

—¿Cuándo?

Le miró, mordiéndose el labio.

—Tienes que confiar en mí, Liv —dijo Jack.

—¿Por qué?

Tardó unos segundos en responder.

—Porque no te queda más remedio.

Era curioso: era la primera vez en toda la tarde que creía cien por cien en lo que le estaba diciendo.

Tomó una decisión. Albert le había dicho en el vídeo que no le enseñase el USB a nadie y que lo protegiese con su vida, pero sinceramente, necesitaba respuestas. Y le daba la impresión de que Jack era el único que podía dárselas.

Abrió la tapa del portátil y sacó la memoria del bolsillo.

—Déjame enseñarte algo.

Jack paró la imagen del vídeo justo cuando Templeton estaba enseñando su foto a la cámara.

Era la tercera vez que lo veía. Las dos primeras veces lo había hecho sin pararlo, intentando salir de su asombro.

Hijo de puta. Él construyéndose tapaderas e identidades falsas, y el imbécil de Templeton grabando vídeos en los que enseñaba su foto. Vídeos que podían acabar en manos de cualquiera.

Solo le faltaba haberlo subido a internet.

El resto del vídeo no valía nada. No decía nada, en

realidad. Muchas insinuaciones y mucho *blablabla* pero nada en concreto, como cuando estaba vivo, pensó Jack. Sí, insinuaba que tenía miedo de que se lo cargasen. No especificaba quién. Decía que los documentos adjuntos eran importantes, su seguro de vida. Que los guardase bien. Hablaba de su compañero de trabajo, dando a entender que alguien se lo había cargado. *No sabía que iba a morir nadie, y menos Tom.*

Era curioso, porque Thomas Wilkinson, que trabajaba con Templeton y estaba metido en el ajo con él, había sido encontrado flotando en el Danubio dos años antes, cuando ambos estaban destinados en Budapest.

Y, según los informes que le habían pasado, todo indicaba que era el mismo Templeton quien se lo había cargado. Aunque no podían demostrar nada, por supuesto.

Hablaba de que la cosa se ha ido de las manos… pero no decía nada más. No implicaba a nadie, no mencionaba sus deudas de juego, al final había un intento patético de justificarse. *Solo es dinero.*

Imbécil.

Le daban ganas de matar al bastardo, con sus propias manos, si no estuviese ya muerto. Todavía intentaba justificarse en aquella mierda de vídeo.

Solo dinero.

Nunca es solo dinero, anormal. Es dinero, y tu alma, y tu vida, y la de tu familia.

Jack movió la cabeza a uno y otro lado. En fin.

—Y dices que estaba… —Jack señaló la memoria con la mano.

Livy se levantó del sofá, cogió algo del interior de la caja de cartón que había sobre la alfombra, junto al fuego, y lo puso encima de la mesa.

Una muñequita de trapo con trenzas de lana negra.

—Recuerdo de Perú —dijo.

Así que allí estaba. Los documentos que el gobierno había gastado tanto tiempo y esfuerzo —y dinero, solo con lo que le pagaban a él— en recuperar. Al alcance de su mano.

Después de haber tenido que pasar semanas en Suiza, hacerse amigo de Templeton... Después de haber aguantado al ruso durante meses, y después de haber entrado en la casa a registrar un montón de veces.

En poder de Olivia Templeton, todo aquel tiempo.

No sabía si Albert era un tipo brillante, o un inconsciente. Probablemente lo segundo.

En fin, ya daba igual. Carlson iba a ponerme más que contento. Y por fin podría largarse de aquel pueblo, para siempre.

Lo único que no entendía, que no encajaba en ningún sitio, eran las llamadas amenazantes que Olivia había recibido.

Si no nos das lo que tienes. Tenía que pensar que se referían a la memoria, a los mismos documentos que estaba buscando él. ¿Quién más estaba detrás de ellos? ¿A quién más podían interesarle?

En un principio podía parecer que las llamadas procedían de Ivanovich, pero no le veía perdiendo el tiempo con esas cosas. Sí le veía mandando a algún sicario a sacarle el dinero a Olivia, fuese su deuda o no. Aunque después de lo de Sergei y la vigilancia, no estaba seguro de nada. ¿Qué quería Ivanovich en realidad? Nunca entendió qué hacía vigilando a la mujer.

Las llamadas parecían más para asustarla y que saliese corriendo. ¿Y quién querría asustarla?

Allí había algo más. Algo que no sabía exactamente qué era, algo que no encajaba. Alguna variable que se le estaba escapando.

De momento tenía que poner la memoria a buen recaudo. Y decidir rápidamente qué —y cuánto— iba a contarle a Olivia Templeton.

Le había dicho lo del ruso porque al fin y al cabo no iba a ninguna parte, y de alguna manera tenía que ganarse su confianza. Eso era lo esencial

—¿Tienes algo de beber?. —Habría dado un brazo por un vaso de whisky. Tenía la boca seca.

Olivia negó con la cabeza.

—Tengo agua, si quieres. Otro café.

—Café, si no es molestia.

Cogió la bandeja con las tazas vacías y se dirigió a la cocina. Escuchó ruido de vajilla, y unos momentos después reapareció con otros dos cafés.

Estaba claro que ninguno de los dos iba a dormir mucho esa noche.

—Tengo algunas preguntas —dijo ella.

Obviamente. El asunto era si él podría proporcionarle las respuestas.

—¿En qué estaba metido Albert?

Típico de Templeton. Le dejaba un vídeo bomba para asustarla, un USB con información comprometida, y lo único que hacía en el vídeo era justificarse y llorar.

Se pasó la mano por el pelo. Volvió a mirar la imagen de Albert en la pantalla. Cerró el reproductor de vídeo y expulsó la memoria.

A esas alturas, no creía que la reputación de Albert importase mucho.

Y menos a su viuda.

—Secretos de Estado. Tratados comerciales. Concursos, licitaciones, etc.

—Pero ese era su trabajo, ¿no?

—Traficaba con ellos.

Le miró durante unos segundos. Luego se frotó la frente con la mano.

—Dios.

Jack se quedó unos momentos en silencio, mientras Olivia, sentada en el sofá, se daba cuenta de que la persona con la que se había casado era aún peor de lo que pensaba.

Se preguntó si sabía que Albert se tiraba a todo lo que se movía. Probablemente no.

A esas alturas, ya qué más daba.

—¿Quiénes son ellos, entonces? —preguntó.

—¿Ellos?

—La gente a la que se refiere Albert en el vídeo, constantemente: "vienen a por mí, mataron a Tom, etc."

No decía eso literalmente, pero bueno. Tampoco la sacó de su error.

Jack se encogió de hombros. Que estaban detrás de él era cierto. Y la verdad, con todo en lo que estaba metido, podía ser cualquiera.

—La gente con la que hacía negocios, supongo. Corporaciones, *lobbies*, empresarios de dudosa reputación. Quién sabe.

La verdad, ni lo sabía ni le importaba. Los documentos de la memoria estaban protegidos por contraseña, pero le daba igual lo que contuviesen: no era su problema. Lo único que le quedaba por hacer era entregárselo a Carlson cuanto antes, y largarse de aquel agujero de una vez.

Se metió la memoria en el bolsillo de los vaqueros, aprovechando que Olivia estaba distraída, mirando al suelo.

Levantó la vista, por fin, para mirarle.

—Albert sabía que iba a morir —reflexionó en voz alta.

Jack la miró sin decir nada.

—Parecía asustado, en el vídeo. —Olivia cogió su propia taza de café y dio un sorbo—. Desesperado.

Y tenía razones para estarlo. Él también lo estaría, si hubiese estado vendiendo secretos comerciales, aceptando sobornos y en deuda con la mafia rusa.

—Su muerte no fue un accidente, entonces —dijo finalmente Olivia.

No era una pregunta, así que, por suerte, no tuvo que responder nada. Se quedaron en silencio, mirando la pantalla negra del portátil.

Justo en ese momento sonó el teléfono, y ambos se sobresaltaron por el ruido.

Sonaron tres timbrazos largos y estridentes.

—¿No vas a cogerlo? —preguntó Jack por fin, al cuarto timbrazo.

Liv negó con la cabeza mientras se frotaba la frente.

—Es lo mismo de siempre. No tengo ganas de responder, me da igual que localicen la llamada o no.

Jack se levantó. Tenía las piernas entumecidas, como si hubiera estado sentado horas. Parecía que había pasado una eternidad desde que había llamado a la puerta de Olivia Templeton.

—¿Lo cojo? —preguntó. El teléfono no dejaba de sonar, y empezaba a ser molesto.

Liv se encogió de hombros.

—Me da igual.

Jack descolgó el teléfono.

—¿Diga?

Efectivamente, Liv tenía razón. Una respiración al otro lado. Un par de segundos después, cuando ya estaba a punto de colgar, una voz metálica preguntó, "*¿Owen?*".

Jack se sintió hueco por dentro. Pareció como si de repente el tiempo se hubiese detenido, y cuando volvió a ponerse en marcha, lo hizo a cámara lenta.

Miró hacia la ventana. ¿Había oído el motor de un coche, antes? ¿Cómo era posible que se hubiese distraído de aquella manera? ¿En qué momento había perdido la concentración, el estado de alerta que tantas veces le había salvado la vida?

Soltó el teléfono, sin molestarse en colgarlo. Liv se levantó del sofá al verle la cara.

Justo entonces la luz de unos focos, como los faros de un coche, penetró a través de las cortinas de los ventanales del salón.

Después vino el ruido ensordecedor de cristales haciéndose añicos, los miles de fragmentos cayendo por todas partes.

Se tiraron al suelo, instintivamente.

Fue entonces cuando vieron la primera granada, rodando por la moqueta, para ir a parar justo al lado de la chimenea. Se miraron sin hablar, los ojos abiertos como platos.

—¡Corre! —gritó Jack.

Se levantaron y salieron corriendo hacia la cocina, tan rápido como fue humanamente posible.

Cruzaban el umbral de la puerta de atrás de la casa cuando la granada estalló, en el mismo lugar en el que habían estado sentados cuatro segundos antes.

[31]

—El asunto es el siguiente.

Livy no reconoció su propia voz, ronca y áspera, como si tuviese cristales en la garganta. Se oía a sí misma como si estuviese fuera de su propia cabeza o dentro de una caja. Luego estaba el pitido de los oídos, la sensación de estar respirando fuego. Y el corazón totalmente acelerado, como si se le fuera a salir por la boca, o del pecho, de un momento a otro.

Quizás le diese un infarto en ese preciso instante, y habían escapado de los malos para nada.

Tenía que empezar a hacer ejercicio. Y comer más fruta. Si salía de aquella, claro. Estar delgada no significaba estar en forma. En su caso era cuestión de metabolismo y suerte.

Estaban apoyados en la pared trasera de la casa de Mrs. Remington. Sentados en el suelo, para no destacar sobre la fachada.

Después de ver la granada en el suelo salieron zumbando hacia la cocina, hacia la puerta de atrás de la casa, donde les había pillado la explosión. Justo antes del estallido escucharon ráfagas de ametralladoras, o eso parecía. Livy había visto las suficientes películas de acción para identificarlo.

Luego ya fue incapaz de escuchar nada, aparte de un pitido insoportable.

Se quedó un instante confundida, desorientada, los ojos llorosos del humo, el olor a quemado en los pulmones.

Vio a Jack sacar una pistola de la cinturilla trasera de los vaqueros, y con la otra mano tiró de ella.

Eso fue suficiente para ponerla en marcha. Sacó su propia pistola del bolsillo y le quitó el seguro.

Se lanzaron campo a través, en la oscuridad, corriendo agachados hacia la casa de Mrs. Remington. Los doscientos metros que separaban su casa de la de su vecina nunca le habían parecido tan largos.

Así que allí estaban ahora, sentados en la hierba y el barro, con las rodillas pegadas al pecho y la espalda pegada a la pared, semiocultos por unas sillas que Mrs. Remington tenía en el patio trasero de la casa, las pistolas apuntando al lugar por el que ellos mismos habían llegado, preparados por si alguien les había visto llegar hasta allí e iban detrás de ellos.

Giró la cabeza para mirar a Jack: la cara negra, de hollín, humo o lo que fuese, el pelo pegado a la cabeza, con lo que parecía ser barro, la ropa indescriptible. Y un corte en la mejilla que le chorreaba sangre sobre el jersey que una vez fue negro.

No quería imaginarse en qué estado estaría ella.

—El asunto es el siguiente —repitió—. El otro día encontré un cuerpo. Un cadáver. Un muerto, vamos. Luego descubrí cámaras en mi casa. Llamadas anónimas. Varias. Amenazantes. Un mensaje de mi marido desde el más allá. Y ahora esto. —Le pareció que seguía oyendo ráfagas de ametralladora, pero no estaba segura—. Yo me bajo aquí. Me rindo, no puedo más. Si vienen los malos y me cogen, me da igual. ¿Qué puede ser peor?

Jack se tocó el corte de la cara con la mano. Mala idea, en su opinión, teniendo en cuenta el estado en el que estaban sus manos. Pero allá él. Si se le infectaba la herida, sería el menor de sus problemas.

Ni siquiera sabía cómo se había hecho el corte. Prefería no saberlo.

Jack se miró la mano ensangrentada un instante, y luego levantó la cara para mirarla.

—Qué puede ser peor… —repitió, pensativo—. ¿Tortura? ¿Desmembramiento? —dijo, por decir lo primero que se le ocurría que les podían hacer los hombres de Ivanovich si les cogían.

Livy parpadeó un par de veces.

—Vale, entonces no me rindo.

Siguieron apuntando con las pistolas, en tensión.

Jack la miró de reojo.

—¿De dónde has sacado la pistola?

—Estaba entre las cosas de Albert. —Sintió la necesidad de defenderse, sin saber por qué—. ¿Qué? No pretenderás que viva aquí, en medio de la nada, sin protección.

Jack musitó algo entre dientes, le pareció que decía "americanos", o algo por el estilo.

El interior de la casa de Mrs. Remington parecía una jaula de grillos, con todas las luces encendidas, gente gritando y chillando de un lado a otro, alguien gritando que había que llamar a la policía, golpes varios.

Fue entonces cuando oyeron las primeras sirenas, en la lejanía. Pronto para la policía, pensó Livy, aunque la verdad, no tenía ni idea del tiempo que llevaban allí.

—Los bomberos —dijo Jack.

Suspiró de alivio. Se le estaba empezando a dormir el brazo que sujetaba la pistola.

Oyeron el chirrido de varias ruedas, y el sonido de coches acelerando por el camino que llevaba de vuelta al pueblo, mientras se acercaban las sirenas.

Los tipos de las granadas y las ametralladoras, supuso, batiéndose en retirada antes de que llegasen los bomberos y la policía.

. . .

Jack se tocó la herida de la cara. Le escocía como si tuviese la cara en llamas.

Los tipos que habían asaltado la casa huían. Tampoco tenían muchas más opciones, si no querían quedarse atrapados en la calle sin salida por la caballería, que estaba a punto de llegar.

Se imaginó que era Mrs. Remington quien había llamado a los bomberos y a la policía. Normal, se había desatado la tercera guerra mundial al lado de su casa.

Tenían que salir de allí ya, cuanto antes, antes de que llegase la policía. Volver a su apartamento y coger su coche estaba descartado, podían estar vigilándolo.

No les quedaban muchas opciones, la verdad.

—Tenemos que largarnos de aquí —dijo, con la voz ronca por el humo. Dios, daría cualquier cosa por un vaso de agua.

Liv no respondió. Se había inclinado hacia adelante, y tenía la vista fija en su *cottage*, los ojos muy abiertos, horrorizada.

Jack vio primero el resplandor naranja reflejado en sus pupilas, así que sabía perfectamente lo que se iba a encontrar cuando giró la cabeza: su casa, completamente en llamas, reduciéndose a cenizas.

[32]

Los faros delanteros del coche iluminaban un trozo de carretera negra mojada frente a ellos, la raya blanca continua moviéndose a toda velocidad.

Iban en coche, Jack al volante, alejándose del pueblo lo más rápidamente posible.

No recordaba haber estado tan hecho polvo en toda su vida. Se le había pasado el efecto de la adrenalina y empezaba a notar los músculos doloridos. No tenía edad para estar arrastrándose por el barro. Le dolía todo el cuerpo.

La herida de la cara seguía escociéndole como si le estuvieran dando con un soplete. Tanto él como Liv estaban empapados, calados hasta los huesos. No había dejado de llover ni un solo instante.

El termómetro del salpicadero del coche marcaba menos tres grados, el reloj las nueve y siete minutos, para su sorpresa. Dios, parecía que llevaban corriendo toda la noche.

Después de que llegaran los bomberos, se habían puesto en marcha para salir de allí lo más rápidamente posible.

Se movieron a pie, deprisa, pasando por la parte de

atrás de las casas para que nadie les viese, entre charcos y barro, bajo la lluvia, hasta llegar a la entrada del pueblo. Tampoco había sido muy difícil: todo el mundo estaba emocionado con los coches de bomberos y la policía, y la mayoría de la gente estaba en la puerta de sus casas, con los paraguas, viendo el espectáculo, charlando y comentando la jugada con los vecinos.

Nadie en las ventanas traseras ni en los jardines, nadie que pudiese verles avanzar rápidamente en la oscuridad.

Tuvo que abrir un coche aparcado justo a la salida del pueblo. El suyo no estaba mucho más lejos, pero no quería arriesgarse. Además, las llaves estaban en su cazadora de cuero, que ahora mismo estaría consumiéndose bajo las llamas, con el resto del *cottage*.

Si tenía que forzar un coche, prefería hacerlo con otro que no fuera el suyo, por si acaso tenían su matrícula y modelo y le estaban buscando. Al fin y al cabo, el inspector Finn le había dejado en casa de Liv. Sospechoso, cuanto menos.

Estaban teniendo suerte: ya no pasaban más coches de policía ni de bomberos —se habían asegurado antes de salir del pueblo— y tampoco había casi tráfico a esas horas por aquellas carreteras comarcales, ningún conductor al que le diese por mirar en su dirección y se llevase el susto de su vida al ver su cara.

El corte en la mejilla no dejaba de sangrar y la tenía medio cubierta de sangre.

Por lo menos la lluvia les había quitado lo peor del barro de encima, ahora estaban simplemente empapados y congelados hasta el tuétano de los huesos. Miró de reojo a Olivia, esperando encontrársela tiritando.

Estaba en el asiento del copiloto, la pistola en el regazo, totalmente empapada de pies a cabeza, como él. Mirando al infinito por la luna delantera a la carretera negra delante de ellos, como si después de ver arder su casa ya no tuviese nada que perder.

Excepto la vida, pensó. Pero era mejor no ofrecer esa información voluntariamente.

Era una situación extraña. Jack no estaba acostumbrado a tener que tratar con civiles que dependían de él.

Normalmente solo tenía que preocuparse de sí mismo. No era la primera vez que estaba en apuros, no era la primera vez que tenía que desaparecer sin dejar rastro durante una temporada, hasta que las cosas se calmasen o hasta que recibiera nuevas órdenes.

Pero sí era la primera vez que tenía a alguien con él mientras lo hacía.

Podía haberla dejado tirada y escapar él solo, pero sinceramente, no iba a durar viva más de cinco minutos. Y todavía había algunas preguntas que quería hacerle.

Tener a Olivia Templeton con él era un elemento extraño, inesperado. Estaba incómodo. No le gustaban las sorpresas.

Pero tenía que averiguar qué estaba pasando, exactamente, y la mujer todavía podía serle útil.

Tenía un montón de preguntas que necesitaban respuesta. Por ejemplo, la llamada de teléfono. La persona que le había llamado por su nombre.

¿Quién estaba fuera de la casa, y por qué? ¿Cómo sabían que él estaba dentro?

¿O quizás le estaban espiando, y le habían visto entrar en la casa?

¿Pero quién? Había estado alerta todos aquellos días, esperando a que Ivanovich mandase a alguno de sus hombres de repuesto, o para saber qué le había pasado al ruso. Y no había visto nada raro o fuera de lugar.

Así que no quedaban muchas más opciones: o alguien sabía que estaba en la casa, o habían reconocido su voz cuando había respondido al teléfono.

No sabía qué opción era la peor.

El inspector Finn sabía que estaba en la casa. Solo había otra persona que sabía quién era y donde estaba… pero prefería no pensar en ello.

Pero tampoco iba a ignorarlo: si había un topo en la agencia, en el sistema, estaba jodido.

Estaban. Tanto él como Olivia.

—¿Cuánto tiempo hasta que se den cuenta de que no estamos muertos? —preguntó Liv de repente.

Jack desvió la vista de la carretera para mirarla.

—Primero tienen que apagar el fuego. Hasta mañana no podrán entrar en la casa, y empezar a buscar restos entre los escombros. Con la lluvia que está cayendo, supongo que mañana ya se podrá empezar a buscar. No tengo ni idea. Un día, dos. —La miró con renovado interés—. ¿Por qué? ¿Es importante?

Livy intentó pensar en alguien a quien le importase si estaba o no debajo de los escombros de la que había sido su casa.

—Supongo que no. —Se quedó en silencio unos momentos—. ¿Adónde vamos?

—A Londres.

Era el mejor lugar para esconderse: diez millones de personas, la misma población de un país pequeño, en el mismo agujero. Allí pasarían inadvertidos. Por lo menos de momento, hasta que pudiese enterarse de qué cojones estaba pasando.

Tenía también que recuperar, de un almacén en las afueras, su equipo de emergencia, todo lo necesario para desaparecer una temporada: dinero en metálico, documentación, un ordenador y algo de ropa limpia. Un pasaporte, también. Llevaba siempre la llave del trastero encima, en el bolsillo pequeño de sus vaqueros.

Donde también estaba el USB de Templeton. Esperaba que hubiese sobrevivido al barro y a la lluvia.

Un coche venía por la carretera solitaria, de frente, y cuando estuvo a su altura pudieron ver brevemente al conductor: el inspector Michael Finn, que les miró a su vez con los ojos como platos.

—¿No era ese…? —dijo Liv.

—Joder. El inspector.

Liv se giró en el asiento para mirar hacia atrás.

—¿Está dando la vuelta?

Jack no esperó a comprobarlo. Pisó el acelerador y desaparecieron carretera adelante, lo más deprisa que pudo.

[33]

El inspector Finn miró los chorros de agua dirigirse a lo que quedaba de la casa de Olivia Templeton, para apagar los últimos rescoldos. El fuego estaba extinguido, la columna de humo que se elevaba en el aire era prácticamente inexistente, nada que ver con lo que se había encontrado al llegar.

La casa había ardido, y había ardido bien.

No era mucho lo que quedaba del *cottage*. Las paredes ennegrecidas... parte del tejado se había derrumbado, supuso que entre el fuego y el agua. A duras penas podía reconocer el salón donde había estado aquella misma tarde, apenas un par de horas antes.

El olor a quemado se le había pegado a las fosas nasales desde antes de entrar al pueblo, y ahora lo tenía en la ropa, en la piel y el pelo.

La gabardina había dejado de protegerle de la lluvia hacía ya un buen rato, y el agua le chorreaba por la nuca y se le metía por el cuello del traje.

Había días en los que le gustaría fumar, aunque nunca lo había hecho. Ese era uno de esos días.

O beber. Poder beberse media botella de algo con una graduación suficientemente alta como que los contornos de la realidad se desdibujasen, y que al día siguiente no le pasase factura.

Ninguna de las dos cosas era posible.

Estaba aparcando en el garaje de su casa después de la visita a Olivia Templeton, soñando con su cena, una cerveza y lo que hubiese en la tele, cuando le llegó un mensaje de la comisaría. Se había recibido una llamada en emergencias, informando de explosiones y tiroteos en la dirección de Olivia Templeton, y por eso le habían avisado.

Así que se había dado la vuelta sin ni siquiera salir del coche, saliendo del garaje a toda prisa, las ruedas chirriando en el suelo de cemento del garaje, imaginándose a Olivia Templeton muerta en medio de su salón, y pensando en que podía haber hecho algo para evitarlo.

Un oficial de policía se le acercó.

—No sabemos si la mujer estaba dentro, señor. Los vecinos de la casa de al lado no recuerdan haberla visto. Claro que tampoco estaban pegados a la ventana; en cuanto empezaron los tiros se pusieron a cubierto. —Los chorros de agua pararon, y los bomberos empezaron a enrollar las mangueras—. Habrá que esperar hasta mañana.

—No, no estaba dentro.

El oficial se le quedó mirando.

—¿Cómo lo sabe?

Dos hombres se acercaron hasta él. Les había visto al llegar: ligeramente apartados de la policía y los bomberos, en el borde de la acción. Los trajes les delataban, así como los paraguas negros. Eran las dos únicas personas con paraguas de toda la gente que estaba trabajando allí, quitando a los curiosos.

Se le acercaron, y con una sola mirada hicieron que el oficial de policía se fuera por donde había venido, sin decir una palabra más ni esperar a su respuesta.

Un tipo era alto, el otro más bajo, con trajes oscuros, impecables. Cada uno con un paraguas negro, cada uno con un par de zapatos que casi habían conseguido que se mantuviesen brillantes en medio del barro.

—¿Qué está haciendo aquí, inspector Finn? —preguntó el más alto de los dos, la cara huesuda, el pelo perfectamente peinado hacia un lado, escaseando en la coronilla y en la frente.

No le gustaba el tono de la pregunta.

No le gustó tampoco que los tipos estuviesen apartados, seguros bajo sus paraguas, hasta que les interesó intervenir.

Aunque a lo mejor eran sus propios prejuicios. No le gustaba que se llevasen cosas de su mesa sin permiso, tampoco.

—Me avisaron después de la llamada de emergencia.

El hombre de la cara huesuda le miró fijamente, para intimidarle, supuso. No funcionó.

—Ya no lleva este caso.

Se encogió de hombros y volvió la vista hacia la casa. Hasta donde él sabía, no había razón que le impidiese estar allí. Aunque la hora y el tiempo habían dejado a la mayoría de la gente en sus casas, había decenas de curiosos detrás de la cinta blanca y azul que los oficiales habían puesto para trazar un perímetro de seguridad.

Si hacía falta, no le importaba tener que ponerse detrás de la cinta.

—¿Cómo sabe que Olivia Templeton no estaba dentro de la casa en el momento de la explosión de gas?

Explosión de gas. Dios. Así que esa era su versión, la versión oficial, y eso era lo que estaban haciendo allí: asegurarse de que los bomberos y la policía rellenaban los informes *correctamente*.

Entre otras cosas, claro.

Dudó un instante antes de responder.

—Me la he cruzado en la carretera, hace un rato, en un coche que salía del pueblo.

El tipo juró en voz baja, demostrando que no era un robot.

—Hace un rato… ¿Y no se le ocurrió decir nada?

—Lo estoy diciendo ahora.

—¿Estaba sola?

El inspector no respondió de inmediato, y el tipo aprovechó para hacerle una segunda pregunta.

—¿Estaba con el sujeto conocido como Jack Owen?

Finn miró al tipo de soslayo. *El sujeto conocido como Jack Owen.* ¿Se escuchaban hablar a sí mismos?

Dios.

—Sí —dijo a regañadientes.

No le hacía gracia contarle nada al servicio secreto, pero tampoco sabía qué otra maldita cosa podía hacer.

El tipo alto sacó un teléfono móvil del bolsillo interior de su chaqueta y se retiró a hacer una llamada.

—Finn. —Se vio obligado a bajar la cabeza para mirar al tipo bajo. Tenía una cara totalmente inexpresiva, como si estuviese viendo una película particularmente aburrida, en vez de un incendio provocado por una explosión, según la llamada de emergencia—. El caso ya no es suyo. Olvídese de Olivia Templeton. Es lo mejor para todos.

Decidió pasar por alto la velada amenaza. Extrañamente, coincidía en su última afirmación.

Sería lo mejor para todos.

[34]

LIVY SE SECABA el pelo sentada en la cama, con la toalla fina y raída que había cogido del baño de la pensión de mala muerte donde había acabado con Jack.

Si le hubiesen dicho aquella misma mañana que iba a terminar el día en una habitación en Londres, en Whitechapel concretamente, con Jack, después de que le lanzaran una granada y le disparasen, y después de perder su casa y todas sus posesiones, no se lo habría creído ni en un millón de años. Evidentemente. No solo eso: habría llamado a los señores de las camisas de fuerza para que se llevaran a la persona que hubiese sugerido tal cosa.

En fin.

Estaba siendo una noche larga, horrible, y la más extraña de su vida. Estaba agotada, de cansancio y de sueño —debía ser como la una de la mañana—, y tenía un hambre atroz. Podría comerse un caballo.

Siguió quitándose el exceso de agua del pelo, absorta, mientras miraba el papel horrible de la pared, beige con flores pequeñas marrones y un tono amarillento, un poco despegado en algunas partes, como las junturas del techo, y ennegrecido en otras, como el interruptor de la luz que había junto a la puerta.

Se preguntó si el papel había sido siembre beige y las flores habían sido siempre marrones o, más probablemente, si acabaron de ese color porque los huéspedes solían ignorar los carteles de no fumar que había por todas partes.

Era una intuición, dada la calidad del establecimiento, y el olor a tabaco que la había asaltado nada más entrar por la puerta, también, y que estaba pegado en todas partes, incluida la colcha de la cama.

Le dolía el brazo con el que sujetaba la toalla, el solo hecho de levantarlo hacía que casi se le saltasen las lágrimas. Sentía pinchazos en todos los músculos, escozores en toda la superficie de su piel. No era de extrañar, después de la huida por el campo, las carreras, los golpes al tirarse al suelo.

Se había visto los golpes al ducharse, de todos los colores, formas y extensiones. Mejor fijarse en eso, de todos modos, que no en el suelo de la ducha o en el baño mugroso y con moqueta —dios— que rodeaba dicha ducha.

Por lo menos tenían una habitación con baño privado y no tenían que usar el que había en el pasillo. Un lujo, vamos.

Soltó la toalla y sus músculos volvieron a protestar. No podía moverse. Había sido una huida continua, sin parar un instante para nada.

Después de una eternidad por carreteras llenas de baches y hoyos habían llegado a Londres. Aparcaron el coche —el coche *robado*: no quería pensar en la facilidad con que Jack lo había abierto, en menos de treinta segundos — en un polígono industrial en las afueras.

Espérame aquí un momento, había dicho Jack. *Echa el seguro cuando me vaya.*

No había dicho adónde iba, ni qué hacían en aquel polígono. No era muy dado a compartir información, se había dado cuenta.

Se quedó esperándole dentro del coche durante lo que parecieron horas. Intentó no pensar en nada, pero no podía dejar de imaginar escenarios en su cabeza: un policía acercándose, preguntándole qué hacía en un coche robado, obligándola a salir.

Era absurdo. Estaban aparcados en una callejuela del polígono, amparados por la noche y la escasa iluminación. No había absolutamente nadie a esas horas de la noche.

Jack reapareció un rato después con una bolsa de viaje negra, alargada, como la que alguna gente utiliza para ir al gimnasio.

O como las que salían en las películas, llenas de metralletas.

Se había cambiado de ropa: llevaba lo mismo de antes, un jersey negro y unos vaqueros oscuros, pero estaban limpios, no cubiertos de barro y sangre.

Dejó la bolsa en el asiento trasero y le tendió a Livy un botellín de agua.

Se lo bebió casi entero. Abrió la puerta del coche y utilizó el resto para lavarse la cara y las manos.

Se había visto la cara en el espejo del coche. Así no podía ir a ninguna parte.

Cuando cerró la puerta Jack le tendió una sudadera oscura con capucha.

—Es lo único que tengo.

Livy se deshizo de su chaqueta de lana, irrecuperable —tuvo que meterla en una papelera— y se puso la sudadera de Jack en su lugar. Le quedaba enorme, tuvo que enrollarse las mangas al menos tres veces.

Condujeron hasta una estación de tren desierta, y abandonaron el coche en el aparcamiento. Jack sacó los billetes en una máquina. Se bajaron cuatro paradas después, entraron al metro. Después de un viaje que parecía no tener final, con dos transbordos, salieron a la superficie en la estación de Whitechapel y siguieron a pie por una multitud de callejuelas.

Cuanto más avanzaban, peor aspecto tenía todo. En el aire se mezclaba el olor a comida que salía de tubos colocados en las fachadas y sitios de comida rápida de todo tipo, con el olor a basura de bolsas abandonadas en callejones oscuros.

Livy esperaba ver en cualquier momento, al doblar cualquier esquina, una recreación de Jack el destripador. Finalmente llegaron a lo que debía ser el alojamiento más horrible de todo Londres, que ya era decir bastante: un hostal/pensión de mala muerte, uno de los sitios en los que el tipo de recepción —si se podía llamar así a un mostrador raído— miraba para otro lado mientras firmaban el libro de registros —¡un libro!— y no enseñaban la documentación, como era la ley. A cambio de cuatro o cinco billetes de cincuenta libras, claro. Salidos de la bolsa mágica de Jack.

Estaba planteándose lavar la ropa en el lavabo, los pantalones de yoga que una vez fueron negros y la camiseta térmica que llevaba bajo la sudadera de Jack. Aunque no se secase durante la noche, al menos estaría limpia. Quizás hubiese una lavandería cerca. Pero estaba el detalle de qué ponerse mientras tanto.

Siempre podía meterse debajo de la colcha…

Como si pudiera leerle el pensamiento, Jack dijo "espera un momento", salió de la habitación y volvió al cabo de unos diez minutos con un top rosa de manga larga, ajustado, con brillos, y un pantalón de chándal negro con una raya blanca en los laterales.

Livy ojeó la ropa con desconfianza.

—¿De dónde has sacado eso?

Jack le tendió las prendas.

—No quieres saberlo.

La verdad es que no, no quería. Lo olió, escamada. Por lo menos estaba limpio.

Supuso que lo había "tomado prestado" de otra huésped de tan maravilloso alojamiento.

—¿Y no crees que se darán cuenta de que les falta ropa?

—Dudo que la dueña lo eche de menos. Lo he sacado del fondo de una maleta a rebosar.

Así que se había dado una ducha, por fin, sin fijarse en los alrededores, y allí estaba ahora, sentada en la cama, con un top fucsia con brillos, pantalones negros de chándal que no eran su talla (aunque le quedaban menos grandes que la sudadera de Jack), el pelo húmedo y pensando en que tenía que haber un modo racional de solucionar aquello.

Habían actuado sin pensar, en el calor del momento, pero ahora que estaban tranquilamente sentados y por fin habían dejado de correr, podía analizar las cosas con más tranquilidad.

—Podríamos contárselo todo al inspector —dijo, rompiendo el silencio—. Quizás pueda ayudarnos.

La habitación tenía dos camas individuales, cada una pegada a la pared contraria, con una mesita al lado cada una, la puerta del baño entre ellas.

Jack, que estaba rebuscando en su bolsa sentado en la otra cama de la habitación, levantó la vista para responder.

—No podemos fiarnos de nadie.

No, en eso estaba de acuerdo. No podía fiarse de nadie. Por eso la pistola seguía a su lado, encima de la mesita de noche. Estaba bien que Jack la hubiese ayudado a salvar la vida, y a huir. Pero no sabía nada de él.

Aun así, intentó elaborar un poco.

—¿Seguro que no sería más prudente —en vez de huir en medio de la noche, pero no lo dijo—, no sería más sencillo llamar al inspector Finn, o caminar hasta la comisaría más cercana, y contar todo lo que ha pasado? ¿Qué peligro corro exactamente?. —Siguió quitándose el exceso de agua del pelo con la toalla raquítica—. Puedo irme de viaje hasta que pase todo esto. Lo que quiera que sea esto.

Un crucero. Por las islas griegas, por ejemplo. De repente se imaginó en la cubierta de un barco, el sol del mediterráneo calentándole la piel mientras leía en una tumbona… El paraíso.

—Están persiguiéndote, Liv. Quieren la memoria que te dejó Albert.

Livy dejó de secarse el pelo un instante.

—¿Pero quién? ¿Quién sabe que lo tengo? Es imposible que lo sepa nadie. ¿Y qué tiene dentro? Albert no lo decía en el vídeo.

Jack apretó la mandíbula. Parecía enfadado o molesto, pero no con ella; con la situación en general. O eso le parecía, claro: tampoco le conocía tanto. Haber salido corriendo juntos para salvar la vida no les convertía de repente en los mejores amigos del mundo, ni quería decir que pudiesen leer las reacciones del otro.

Se dio cuenta de que había empezado a escrutar a Jack más detenidamente, para intentar adivinar qué pensaba aunque no lo dijera, o para intentar detectar cuándo estaba mintiendo.

Siendo "intentar" la palabra clave.

—La persona que te llamaba por teléfono, fuera quien fuera.

—Pero han destruido mi casa, y todo lo que había en ella. —Apartó de su mente, no sin esfuerzo, la imagen de su *cottage* reducido a cenizas. Una tragedia a la vez, si era posible. Si se ponía a pensar en que no tenía casa ni vida, acabaría hecha un ovillo en una esquina, chupándose el pulgar—. Si había algo que estaban buscando, lo más obvio es que piensen que se ha destruido.

—Lo más obvio —repitió Jack, que se había levantado de la cama y estaba mirando a las vistas de tuberías varias que tenían desde la ventana. Se dio la vuelta—. No sabemos quién está detrás de ti, pero no; eso no es *lo más obvio*. Lo más obvio es que te busquen, te encuentren, te torturen para sacarte información, y luego se deshagan de ti, tengas la información o no. Si no la tienes, o no sabes nada, la darán por destruida y quizás se conformen. Si la tienes, se la entregarás, la destruirán, a ti con ella, y se darán por satisfechos.

Livy respiró hondo. Si quería asustarla, lo estaba consiguiendo.

—¿Y si ellos tuviesen ya la información?

Porque, quién sabe, a lo mejor podía dársela de alguna manera. A esas alturas, lo que hubiese en la memoria le importaba menos que nada. No era ninguna heroína ni nada parecido, lo único que quería era vivir. En paz, a ser posible.

—Entonces te buscarían, te torturarían para saber si has hecho una copia, qué sabes, con quién has hablado, y se desharían de ti para no dejar cabos sueltos.

Perfecto.

Livy se quedó sentada en la cama, las piernas cruzadas, con el ridículo top rosa y los pantalones negros al menos tres tallas más grandes, intentando no pensar en el resto de su vida. Y en la duración de ese resto. Intentando de alguna manera procesar lo que Jack acababa de decirle, que tuviese sentido, que encajase en su mundo. En el mundo en el que había vivido hasta solo unos días antes. Un mundo donde la gente moría de muerte natural o accidente, como mucho, una no encontraba cadáveres, su menos que satisfactorio matrimonio había terminado cuando su marido había muerto en un desafortunado accidente, tenía un trabajo estable y algo aburrido, en su familia se trataban como extraños.

Lo normal, vamos.

Un mundo que se había ido derrumbando poco a poco en los últimos días, y que había terminado de derrumbarse en el momento en que vio arder su casa.

O quizás en el momento en que la habían disparado con una ametralladora.

O lanzado una granada.

En uno de esos momentos, en todo caso.

—Liv. Mírame —le dijo Jack desde el otro lado de la habitación, que era como a metro y medio de distancia.

Livy, que se había quedado absorta en sus propios pensamientos, analizando el dibujo de la colcha de la cama —flores descoloridas—, levantó la cabeza.

Jack se había limpiado el corte de la mejilla con un mini botiquín de primeros auxilios que tenía en la bolsa. Había dejado de sangrar, aunque no tenía muy buena pinta y probablemente necesitaría un par de puntos o tres. Tenía la mandíbula cubierta de incipiente barba negra.

—No analices ni le des vueltas a nada de a lo que te acabo de decir. Está bien saberlo, tenerlo presente, pero no pienses en ello. No dejes que el miedo te paralice. Piensa solo en el siguiente movimiento, en el siguiente paso. Concéntrate en la siguiente cosa que tengas que hacer. Así es como te mantienes vivo.

Teniendo una vida aburrida donde nadie te dispara también te mantienes vivo, pensó Livy. Pero bueno. Suponía que ese barco ya había zarpado.

—Voy a bajar a coger algo de comer. ¿Alguna petición?

Livy se quedó un momento en blanco, desconcertada por el cambio de tema.

Era casi la una de la mañana, pero era Londres. No había problema en encontrar varios sitios abiertos para comprar comida.

—Lo que sea que esté caliente —dijo por fin—. Y un té, por favor, si puede ser.

Necesitaba algo para calentarse por dentro, desesperadamente. El hostal tenía calefacción —no dejaba de ser una sorpresa— pero se le había quedado el frío metido en los huesos, de la lluvia y la huida.

Jack separó uno de los extremos de la bolsa negra, que se convertía en una mochila más pequeña. Metió allí el portátil, toda la documentación y parte del dinero. No tenía por qué llevarse el ordenador; tampoco era como si fuese a actualizar Facebook aprovechando que él no estaba.

No se fiaba de ella, eso estaba claro. Le daba igual. Al fin y al cabo, ella tampoco se fiaba de él.

Se colgó la mochila al hombro.

—No abras a nadie. Pon esa silla debajo del picaporte, y quítala solo después de asegurarte de que soy yo quien está intentando abrir la puerta. ¿Tienes la pistola a mano?

Livy la señaló, encima de la mesita.

—Vuelvo enseguida.

Se quedó allí, sentada en la cama, mirando absorta el estampado descolorido de la colcha, intentado no pensar en torturas, desmembramientos, casas incendiadas, muerte y destrucción.

MIENTRAS LIVY se terminaba su arroz con pollo al curry, pensó que no estaba mal el sistema de Jack. Pensar solo en lo siguiente que uno tiene que hacer. Tenían hambre: comer. Tenía frío: taparse con la colcha de la cama, sin pararse a analizarla demasiado.

—Si no podemos ir a la policía, ¿cuál es el plan, entonces? —preguntó.

Jack no había dado muestras de que iba a dejarla tirada, así que iba a hacer como si a ella no se le hubiese pasado por la cabeza tampoco. Al fin y al cabo, parecía que sabía lo que hacía: por muchas novelas de espías y películas que hubiese leído y visto, ella no tenía ni idea de qué hacer. Así que supuso que lo más inteligente era dejar actuar a los profesionales. Y seguir sus instrucciones. No tenía ningún problema con eso.

Su prioridad era mantenerse viva, el mayor tiempo posible.

Jack apoyó su cartón de comida, ya vacío, en una de las mesitas.

—El plan es encontrar un lugar seguro. Al menos más seguro que este.

Si estuviese más limpio y diese menos miedo ya sería perfecto, pensó Livy, pero no dijo nada. Se conformaba con que no volviesen a tirarles granadas o a dispararles.

—¿Y después, qué? Me dijiste que trabajabas para el gobierno. ¿No puedes acudir a ellos?

Jack se sobresaltó ligeramente, como si se le hubiese olvidado lo que le había dicho.

Livy se imaginaba que tenía que tener alguien en alguna parte, un equipo, como en las películas de espías. Gente con cascos con micrófono incorporado que les indicaban por dónde podían salir, mientras miraban puntos rojos en un mapa, desplazándose.

Aunque ya intuía que quizás eso no era del todo realista.

—Eso no funciona así —dijo Jack, y por un momento temió que hubiese dicho sus desvaríos en voz alta. Se imaginó que no—. Mañana intentaré comunicarme con mi contacto en Londres.

Jack la observó un momento.

—Y también necesitarás ropa.

Obviamente. Y calzado. Aparte de la ropa prestada y gigante, las zapatillas eran las mismas que llevaba puestas cuando estaba en casa, negras deportivas, pero eran de tela, y estaban hechas polvo.

Jack empezó a meter los cartones de comida vacíos en la misma bolsa de plástico en la que los había traído.

—Voy a darme una ducha. Intenta descansar. No sabemos qué día nos espera mañana.

Livy le vio meter los restos de envases en la mini papelera que tenían en la habitación. Luego entró en el baño —acompañado de su bolsa negra—, y unos segundos después oyó el sonido de la ducha.

Se terminó su té. Sin pasta de dientes ni cepillo, ni crema hidratante, ni ninguno de los cuidados básicos, no había ritual nocturno que valiese. Así que se metió debajo de la colcha, y a pesar de que estaba segura de que le sería imposible dormir, con el cuerpo dolorido y todo lo que les había pasado, y la incomodidad de dormir vestida, el terrible día le pasó factura y se durmió al instante, nada más apoyar la cabeza en la almohada.

[35]

Livy miró fijamente el calzado de la mujer sentada frente a ella, el único sitio aceptable al que uno podía mirar en el metro de Londres.

Una mujer se maquillaba a su izquierda, Jack estaba sentado a su derecha.

No le cabía la espalda en el asiento y estaba invadiendo ligeramente el suyo.

Se alegraba de comprobar que el ambiente en el metro a primera hora de la mañana no había cambiado desde que había dejado de cogerlo todos los días para ir al museo.

Una de las cosas que no echaba de menos de Londres.

Estaba bien que la gente solo mirase los zapatos de la persona sentada enfrente, porque las pintas que llevaba eran terribles: la sudadera gris oscura que Jack le había prestando el día anterior y que le quedaba enorme, los pantalones de chándal que le había "conseguido" la noche anterior y que también se le caían (llevaba la cintura enrollada), y las zapatillas horribles y hechas polvo, cubiertas de barro, con las que había salido corriendo de casa.

Pensándolo mejor, casi era mejor que no le miraran los pies.

Levantó la vista para ver si la mujer de enfrente estaba mirando sus zapatillas, pero estaba entretenida con su móvil.

Para rematar, llevaba puesta una gorra negra con la *Union Jack* bordada y *London* escrito en el frontal.

La gorra había sido idea de Jack, para ocultarse un poco de las cámaras de seguridad que había por todas partes, sobre todo en el metro.

Jack tenía otra puesta. En la suya no había banderas ni ponía *London*, tenía impreso un escudo de un equipo de fútbol que no reconoció. Su bolsa negra estaba en el suelo del metro, entre sus piernas.

El vagón dio un bandazo y una mujer que justo estaba bebiendo de un vaso de café acabó con una mancha en la blusa blanca. Empezó a murmurar —juramentos, se imaginó— mientras intentaba limpiarse con unas servilletas de papel.

No; no echaba de menos el metro, en absoluto.

SE HABÍA DESPERTADO aquella mañana con el aroma del café filtrándose por sus fosas nasales, como en los dibujos animados.

No había un músculo del cuerpo que no le doliera.

La otra cama estaba vacía. Supo que Jack había dormido en ella por el hueco del colchón, las sábanas revueltas de su lado y una ligera marca en la almohada. Pero ni se había enterado. Había dormido de un tirón, sin sueños, prácticamente sin moverse en toda la noche. Era como si le hubiesen dado un golpe en la cabeza.

Se había despertado en la misma posición en la que se había quedado dormida.

Escuchó correr el agua del grifo del lavabo.

Aún estaba oscuro afuera, la luz naranja de las farolas filtrándose en la habitación a través de las cortinas.

No tenía manera de saber qué hora era. No tenía reloj, ni móvil.

Jack salió del baño y el rectángulo de luz iluminó el resto de la habitación.

Livy se incorporó en la cama.

—¿Qué hora es?

Su voz sonó áspera, incluso más que el día anterior. Al hablar le dolió como si alguien le hubiese lijado la garganta por dentro.

—Las seis y media. Tenemos que ponernos en marcha. —Jack tiró encima de su cama un cepillo de dientes todavía en su envase—. La pasta está en el lavabo. He bajado a la tienda de abajo. Ahí tienes un café —dijo, señalando la mesita al lado de su cama—. Debería estar caliente todavía.

Pasta de dientes. Café.

Livy alargó la mano para cogerlo, inhaló y estuvo a punto de llorar de emoción.

—Gracias.

Le pareció que Jack levantaba ligeramente las comisuras de la boca, en lo que podría ser identificado —muy libremente— como una sonrisa, pero estaba segura de que era un efecto óptico por culpa de la falta de luz.

Se había terminado el café, había entrado al baño a lavarse la cara y casi le dio un infarto al verse el pelo, disparado en todas direcciones, por dormirse sin secárselo bien. Había intentado arreglárselo con agua, con poco éxito.

Luego intentó quitar un poco el barro de las zapatillas con las que había huido de su casa, pero estaban totalmente arruinadas.

Por lo menos había ocultado el top rosa con la sudadera gigante que Jack le había prestado.

Cuando salió del baño, Jack le tendió la gorra para ocultarse, que había comprado en la tienda de abajo. Al parecer vendían cepillos y pasta de dientes, cafés y gorras de recuerdo. No quería saber qué más.

Jack le había hecho deshacerse de la ropa manchada de barro del día anterior. Podían haber utilizado una de las lavanderías que había en la misma calle del hostal, pero se imaginó que no tenían dos horas libres para sentarse tranquilamente a esperar un ciclo de lavado y otro de secado.

Salieron por fin de la pensión, esperaba que para siempre, y se dirigieron al metro.

Se bajaron en Picadilly Circus y se mezclaron con la marabunta de personas que se dirigían al trabajo, con un café en la mano y hablando por sus teléfonos, con los cascos puestos.

Siguieron moviéndose a pie entre las calles más concurridas, pero la verdad, no le importaba. El frío era intenso, absoluto, un frío que una sudadera enorme no podía parar. Veía pasar a la gente con abrigos, bufandas, gorros. Moverse rápidamente era lo único que la mantenía alejada del borde de la congelación.

—Baja la cabeza —le recordó Jack, que caminaba con la suya ligeramente inclinada, la visera de la gorra tapándole los ojos.

En el metro le había explicado que en aquellas calles la vigilancia con cámaras y el reconocimiento facial era intenso, pero le había parecido una exageración.

¿Reconocimiento facial, para ella? ¿De verdad alguien iba a molestarse *tanto*?

De todas maneras, le hizo caso e inclinó ligeramente la cabeza, mientras seguía andando deprisa, intentando seguir el ritmo de las zancadas de Jack, sin tener ni idea de adónde se dirigían.

Jack metió unas monedas en una de las cabinas rojas que poblaban la acera.

Gracias a los turistas, Londres era uno de los pocos lugares donde uno todavía podía encontrar cabinas de teléfono.

Tenía un móvil desechable, anónimo, que no podían localizar, en la bolsa que había cogido del trastero. Pero solo uno, y no quería desperdiciarlo. Podían rastrear el origen de la llamada hasta la cabina, pero buena suerte a quien pretendiese encontrarle en el Soho y alrededores, con todo a reventar de turistas y gente camino del trabajo.

La persona que había al otro lado de la línea descolgó y preguntó quién era, y Jack explotó.

—¿Qué cojones, Carlson?

Oyó un ruido al otro lado, como si alguien estuviese intentando tapar el auricular del teléfono.

—¿Jack? —contestó Carlson, en voz baja.

—¿Qué coño ha pasado? —dijo, sin ninguna intención de calmarse.

—¿Dónde estás? —Carlson seguía susurrando. De fondo se oían ruidos de obras, martillazos y taladros, así que tuvo que suponer que no tenía precisamente intimidad para hablar con él—. Menudo follón hay montado. ¿Qué fue lo que pasó anoche? Espera, voy a cerrar la puerta. —Jack escuchó la silla de escritorio chirriar cuando se levantó, una puerta cerrarse y los ruidos de fondo disminuir considerablemente. Luego Carlson volvió a coger el teléfono, hablando ya en un tono normal—. La única razón por la cual no están buscando los restos de Olivia Templeton debajo de la parrilla en la que se convirtió su casa es porque el inspector Finn jura haberos visto en la carretera de salida del pueblo, en un Nissan rojo. Del que espero te hayas deshecho ya.

Jack decidió pasar por alto el insulto contenido en la última frase.

—Hay un topo, Carlson.

Su amigo tardó un par de segundos en contestar.

—Ni de coña. No. A Ivanovich se le ha acabado la paciencia. Ya te dije que esto podía pasar.

Jack respiró hondo.

—Es la última vez que te llamo a esta línea. No es segura. Te digo que hay un topo. Y te digo también que esto es más que la mafia rusa. No ha sido Ivanovich. Nadie monta esa operación, y era una operación de asalto, Carlson, yo estaba allí, para recuperar un dinero que el difunto les birló y que era obvio que no iba a estar en la casa. Esto es algo más. No sé lo que es, no me gusta, pero es algo más.

Carlson se quedó en silencio unos segundos.

—¿A qué te refieres?

—Alguien llamó por teléfono a la casa de Olivia Templeton justo antes de que nos atacaran. Y sabían mi nombre. Preguntaron por mí.

—¿Tu nombre?

—El nombre que estoy usando ahora —matizó. Ni siquiera Carlson sabía su verdadero nombre.

Había días que ni él mismo estaba seguro de cuál era.

Hubo un silencio al otro lado del teléfono.

—¿Has encontrado algo, Jack?

Tuvo una sensación desagradable, como si algo reptase por su cuello: su instinto diciéndole que era mejor no dar más información de la necesaria.

Conocía a Carlson desde hacía quince años y nunca había tenido motivos para dudar de él. Pero tampoco sabía quién podía estar escuchando. No quería ponerle en peligro.

Se fiaba de Carlson. De quien no se fiaba era de sus jefes.

—Nada —respondió sin titubear—. Si Albert Templeton le dejó algo a su mujer, dinero o cómo acceder a él, documentos, lo que fuera, y estaba en esa casa, ha ardido con ella.

—Joder.

—Efectivamente. —Jack vio a través del cristal de la cabina a Livy moverse en el sitio, intentando combatir el frío—. Tengo que dejarte.

—Jack. —Carlson dudó un momento antes de seguir hablando—. Ten cuidado.

Y luego escuchó el pitido continuo de la línea muerta.

Colgó el teléfono y se quedó mirando el auricular unos segundos.

Eso era todo. Ten cuidado. Ni una instrucción, ni una

línea segura, ni echarle un cable. Nada a lo que aferrarse. Se había quedado solo, abandonado a sus propios medios.

Como siempre, por otra parte.

Estaba quemado para la agencia. Y no solo para esa, supuso. Quemado para todas.

No iba a volver a trabajar infiltrado en la vida.

Vio a Livy fruncir el ceño fuera de la cabina, a través del cristal. Preocupada, seguramente, ante su falta de movimiento. El tiempo que llevaba mirando el auricular, sin hablar.

Antes de entrar en la cabina a llamar a Carlson le había dicho que no desapareciese de su vista. Y allí estaba, a menos de dos metros fuera de la cabina, esperando. Siguiendo sus instrucciones, confiando en él para seguir viva.

La nariz roja del frío, con aquella ridícula gorra en la cabeza, perdida dentro de la sudadera enorme. Los ojos verdes, mirándole fijamente, como los de un ciervo asustado. Justo antes de que le disparasen entre los ojos.

No sabía qué iba a hacer con ella. Joder, no sabía ni qué iba a hacer consigo mismo.

Como le había dicho la noche anterior, un paso cada vez. Solo tenía que pensar en el siguiente movimiento. No servía de nada desesperarse, hacer conjeturas. No era eficaz ni práctico. Era perder el tiempo.

Salió de la cabina dejando el cambio dentro.

—Vamos.

Carlson colgó el teléfono de su despacho.

Llevaba treinta y un años —y dos meses— trabajando en la agencia. Los últimos quince detrás de un escritorio, porque quería vivir lo suficiente para ver crecer a su única nieta, y ver nacer a los siguientes.

La gente tenía idealizado lo que era ser un espía, jugando a la ruleta vestido de esmoquin y agitando martinis. No pudo evitar sonreír. Quizás cincuenta o sesenta años atrás sí, a saber; él no estaba allí para verlo. Cuando él había entrado, ser un espía consistía principalmente en trabajo repetitivo y aburrido, como analizar y transcribir conversaciones telefónicas o grabaciones de micrófonos, o seguir a algún funcionario en turnos de doce horas, durante meses eternos y rutinarios. Los últimos quince años que había pasado detrás de un escritorio la cosa no había cambiado mucho: trabajo de oficina, aburrido, redactando informes, moviendo papeles de un lado a otro. Lo bueno era que ahora trabajaba sentado, en horario de oficina.

Pocas veces le encargaban supervisar algún trabajo de campo. Todavía menos veces le pasaban algún encargo que tenía que volar "por debajo del radar": sin papeleos, sin rastro, sin ir por los canales oficiales.

Todo el mundo hacía eso una vez o varias, no era nada especial.

Para esas ocasiones tenía a Jack.

Era un contratista independiente, pero le consideraba parte de su equipo. Habían sido quince años y un buen puñado de trabajos, y nunca le había fallado. Sabía que podía confiar en él.

Y sabía también que podía cuidarse solo. Se consoló pensando eso, que podía cuidar de sí mismo, para ocultar el desasosiego de no poder ofrecerle nada, una casa segura, una identidad nueva. Nada.

Juró en voz alta, se levantó de la silla y se acercó a la ventana. Miró, sin verlos, los edificios al otro lado del río recortados contra el cielo encapotado de nubes grises, los coches y peatones cruzar por el puente de Vauxhall, unos operarios con chaquetas fluorescentes y cascos levantando la acera con un martillo hidráulico.

Siempre había obras en alguna parte.

Se preguntó desde qué zona le había llamado Jack —el identificador de llamada mostraba un prefijo de Londres—, y si habrían conseguido localizar su llamada.

Treinta y un años y dos meses. Era demasiado tiempo, estuviese en una oficina o no.

De todas formas, no hacían falta treinta años de experiencia para detectar el sonido metálico, casi imperceptible, que había advertido al descolgar el teléfono.

A pesar del ruido que llegaba desde fuera de su despacho —estaban arreglando el techo y poniendo moqueta nueva y había polvo y ruido por todas partes—, tenía la suficiente experiencia para saber cómo sonaba un teléfono pinchado.

Aun así, no quería precipitarse.

Por Jack no tenía que preocuparse. Podía cuidar de sí mismo, lo había hecho otras veces en diferentes circunstancias.

Otra cosa era Olivia Templeton.

Chasqueó la lengua. Siempre era una complicación extra cuando un civil se veía mezclado en asuntos de la agencia. También era verdad que había estado casada, durante siete años nada menos, con Albert Templeton. Todos los actos tenían consecuencias.

A ella también la apartó de su mente. Al fin y al cabo, aquellos treinta años habían estado llenos de daños colaterales.

Sin embargo, no era tan fácil olvidarse de Jack, por mucho que supiese que podía arreglárselas solo. Le consideraba parte de su equipo, la gente a la que él cobijaba, así que era responsabilidad suya. No tenía ningún otro contacto. Nadie más sabía que existía, ni lo que hacía, ni lo que había hecho hasta entonces.

No entendía muy bien qué tenía ese caso, un trabajador corrupto del gobierno, Albert Templeton —del cual, aparte de vender secretos sobre tratados comerciales al mejor postor, también sospechaban que era responsable de la "muerte accidental" de un compañero de trabajo, Thomas Wilkinson, un par de años atrás—, como para que no pudiese investigarlo la parte legal, no opaca, de la agencia.

Pero no solía cuestionarse esas cosas. Simplemente

seguía órdenes. Era lo que siempre había hecho. Por eso llevaba allí treinta y un años. Y dos meses.

Jack sabía cuidar de sí mismo, sí, pero eso no quería decir que no quisiese saber quién le estaba poniendo la zancadilla. Quién le quería muerto, a él y a la mujer.

Paseó la vista por su despacho, parándose en la foto que tenía sobre el escritorio, sus dos hijas con su nieta y su mujer. Él no salía en la foto porque era quien la había sacado.

Suspiró y volvió a sentarse en su silla.

Observó el teléfono unos segundos, pensando en si era sensato hacer ciertas indagaciones. Preguntar a ciertas personas. No podía hacer daño, tampoco.

Lo peor era que no lo sabía. Eso era lo peor, la incertidumbre, no saber a lo que se enfrentaba. Le dejaba intranquilo, desasosegado, inquieto.

Volvió a mirar la foto de su familia. Tras unos segundos, levantó el auricular del teléfono y marcó una extensión.

[36]

Jack entró en otra cabina, después de echar a una pareja de japoneses que estaban sacándose un selfi. Empezaba a sentirse como un puto telefonista.

Se habían movido de zona, por si alguien había intentado localizar la llamada que había hecho a Carlson. Fueron andando hasta Oxford Street y ahora estaba llamando desde una callejuela próxima.

Livy se había quedado esperándole en una cafetería, una de esas cadenas a tope de gente y turistas, con un café de tres metros de alto entre nata y adornos varios y un *brownie*. Sentada en la mesa más alejada de la cristalera de la entrada, los ojos en la puerta, la espalda pegada a la pared y la pistola en el bolsillo.

Estaba más segura allí, rodeada de gente, que en medio de la calle, esperando fuera de la cabina, como un pato en una feria de tiro.

Sacó del bolsillo de sus vaqueros el trozo de papel donde tenía apuntado el número de teléfono y marcó.

Escuchó cinco pitidos largos antes de que alguien descolgara al otro lado. Después, solo silencio, el sonido estático de la línea.

—Ivanovich —dijo Jack, después de unos segundos, cuando nadie contestó.

Esperaba tener el teléfono correcto. Lo había sacado de la agenda del móvil del ruso, en un momento que estaba distraído.

Lo tenía por la "I".

La persona al otro lado emitió un sonido que podía ser de sorpresa, o de furia. O también podía ser el sonido de la línea, que era una mierda.

—Tienes que estar loco.

Sí que tenía el número correcto, al fin y al cabo.

La voz era ronca, grave, con un marcado acento ruso. Jack se aguantó las ganas de mirar por encima de su hombro. No quiso saber cómo sabía Ivanovich quién era. Porque estaba seguro de que lo sabía.

Y sí, uno no tenía que estar muy cuerdo para llamar al tipo directamente. Pero el camino más corto era ir a la fuente, y no quería dar más vueltas de las necesarias.

—¿De dónde has sacado este número? —preguntó Ivanovich.

—Ya sabes de dónde.

Ivanovich suspiró.

—No me importa que le mataras. Me da igual que fuese el hijo de mi primo: era un puto zote.

Intentó que no le afectase la voz amenazante, que llegaba del otro lado del teléfono como el silbido de una serpiente. Una voz estudiada y modulada para que el miedo se le metiese en las venas, helado, paralizador. Todo el mundo sabía la fama que tenía Ivanovich, y ese era el efecto que tenía en la gente.

—Sabes quién soy —dijo Jack.

No era una pregunta. No había necesidad de que lo fuera.

Ivanovich rio un poco, una risa seca y sin humor.

—*Todo el mundo* sabe quién eres. Tu identidad, tu foto está por todas partes, algunos de tus alias y tu nombre real también. Alguien está compartiendo esa información. Estás jodido. Te han jodido bien.

Ivanovich estaba equivocado, por lo menos en una cosa. Nadie sabía su puto nombre real.

Aunque tampoco tenía mucha importancia, a esas alturas.

Jack cerró un instante los ojos, dejó que lo que acababa de decir Ivanovich se filtrase en su cerebro, y volvió a abrirlos.

Le pareció que el suelo de la cabina se movía ligeramente bajo sus pies.

—¿Qué es lo que quieres? —Ivanovich parecía genuinamente interesado, curioso, y no parecía un hombre que pudiese interesarse ya por nada.

Jack observó a la gente pasar por la calle en grupos compactos. Riadas de turistas desafiando al frío, bajo la pertinaz lluvia. Alguien se había parado junto a su cabina a hacerse una foto, y Jack bajó la cara para ocultarse bajo la visera de la gorra.

Lo que le faltaba, ser etiquetado por Facebook cuando el imbécil subiera sus fotos para intentar darle envidia a sus amigos con sus vacaciones en Londres.

—¿Fuiste tú quién voló la casa de la mujer? —preguntó Jack por fin.

Durante unos segundos no se oyó nada al otro lado de la línea, mientras el ruso componía, supuso, una de sus famosas frases maestras. Se lo imaginaba ensayando las frases una y otra vez frente al espejo, para que pareciesen salidas de El Padrino.

Era un maestro en ello. Sus víctimas podían atestiguarlo.

Aunque, bien pensado, no; no podían.

—No es mi estilo. Quiero mi dinero de vuelta, con intereses, no volar a una idiota por los aires.

Jack ya lo sabía, pero no estaba de más confirmarlo.

—Has debido enfadar a alguien… —Ivanovich volvió a

reír, y esta vez a Jack sí se le heló la sangre en las venas—. Me gustaría ponerte las manos encima, pero ni siquiera por eso me voy a meter. Demasiada gente por el medio. Además —la siguiente risa del tipo acabó en una tos ronca. Se imaginó a Ivanovich muriendo en medio de su propio ataque de hilaridad. Pero se repuso y siguió hablando—, ya se ocuparán de ti otros. No es tan satisfactorio, pero es más limpio.

Miró a la multitud que ocupaba las aceras. Millones de turistas comprimidos en menos de un kilómetro cuadrado.

Ninguno de ellos parecía una amenaza, al menos a simple vista. Pero hacía mucho tiempo que Jack no se fiaba de las apariencias.

—¿Qué otros?

Ivanovich siguió hablando como si no le hubiera interrumpido.

—Y más cómodo.

—Tengo una pregunta —dijo, antes de que Ivanovich diese por zanjada la conversación y colgara.

—Para eso estoy aquí. Para resolver tus dudas —respondió el tipo con sorna.

—¿Qué pensabais hacer con ella?

—¿Con quién?

—Con Olivia Templeton.

Ivanovich se quedó en silencio un par de segundos. Supuso que valorando su respuesta.

Pero cuando volvió a hablar pareció sorprendido.

—¿Hacer? Nada.

Jack sabía que Ivanovich no le estaba ocultando información, ni tomándole el pelo. No era dado a ninguna de las dos cosas. No tenía problemas en decir lo que pensaba, todo el tiempo. Si iban a trocear a Livy y echarla de comer a las palomas, no tendría ningún problema en decírselo.

—¿Y la vigilancia, entonces?

—¿En serio? —preguntó el tipo—. *Templeton*, Owen. La vigilábamos para cuando apareciese su marido.

Jack no dijo nada. Se quedó mirando los anuncios pegados al teléfono.

Empezó a abrirse un agujero en su estómago, como un vacío salido de la nada.

—No me dirás que te tragaste que estaba muerto. —Ivanovich no esperó a que respondiese para seguir hablando, demostrando una vez más que cuando hacía una pregunta siempre era retórica, y que no esperaba que su interlocutor la respondiese. Nunca—. Sin cadáver. Sin acceso a la zona del accidente. —Jack se lo imaginó contando con los dedos—. Un accidente muy oportuno, por cierto. Es una desaparición de manual. Albert Templeton está vivo, y va a pagar su deuda, tan cierto como que mi sobrino Sergei era un zote y estoy mejor sin él. Pero eso sí —volvió a helársele la voz, y a Jack la sangre en las venas—, vigila tu espalda, Owen. Si esos tipos no acaban contigo, que lo dudo, lo haré yo.

Y colgó.

Las nubes se abrieron un momento y dejaron paso a un rayo de sol, un haz de luz que iluminó el teléfono y resaltó todo el polvo y la suciedad que tenía encima.

¿Albert Templeton, *vivo*?

Se quedó mirando el auricular unos segundos antes de colgar, la línea muerta al otro lado.

Si había alguna posibilidad de que Templeton hubiese sobrevivido al accidente de avioneta, la gente de Carlson tendría que saberlo… ¿Por qué nadie le había dicho nada? ¿A qué estaban jugando exactamente? No era la primera vez que recuperaba documentos sensibles para el gobierno, que les hacía el trabajo sucio. ¿Por qué esta vez era diferente?

¿Quién les quería muertos?

Se imaginó a Ivanovich, disfrutando como un enano con la situación. Seguro que seguía riéndose, a su costa. Juró en voz alta y se dirigió hacia la cafetería donde había dejado a Livy.

. . .

Empujó la puerta de cristal de la cafetería y le asaltó el olor a canela, a caramelo y al sudor de doscientas personas metidas en diez metros cuadrados. A lo que no olía era a café.

Lo primero de lo que se dio cuenta al entrar en la cafetería fue de que Livy no estaba en su mesa.

Navegó entre la masa de gente que taponaba la entrada.

No solo no estaba en la mesa donde la había dejado, sino que en su lugar había una pareja con sendos cafés con nata montada y cosas de colores por encima.

Llegó hasta ellos y les gritó que dónde estaba la mujer que estaba sentada en aquella mesa. *La mesa estaba vacía cuando nos sentamos*, dijeron, con miedo.

Volvió a mirar a su alrededor, a la multitud que ocupaba la cafetería, por si estaba en la barra pidiendo, por si se había cambiado de mesa.

Se dio cuenta de que había otra planta arriba.

Iba por la mitad de las escaleras, apartando turistas, cuando se tropezó de frente con Livy y estuvo a punto de tirarla al suelo.

—¡Jack!

—¿Dónde estabas?

—En el baño. —Le miró con los ojos entrecerrados—. ¿Estás bien?

Jack no respondió. Notó como la adrenalina salía de su cuerpo en oleadas, desinflándole.

—Tenemos que largarnos de aquí.

[37]

Livy agradeció el aire frío en la cara, después del ambiente cargado de la cafetería. Aun así, había estado bien descansar un rato, sentarse a una mesa en un sitio con calefacción, llenarse las venas de azúcar. Como si fuese una persona normal en una mañana normal.

Caminaban deprisa por Oxford Street, Jack delante de ella. Le siguió con dificultad mientras se chocaba con un montón de gente que venía de frente, salía de tiendas, de bocacalles. Puestos de recuerdos para turistas y de comida invadían la acera. Un malabarista. Un tipo que rapeaba y hacía casi imposible vadear a la gente agolpada alrededor, que aplaudió al terminar.

No le gustaban las multitudes. Hacía tiempo que no pisaba Londres, desde que había vaciado el piso de cristal y había salido a ver mundo en el coche de Albert, y no lo había echado de menos en absoluto. Lo que sí echaba de menos era la tranquilidad y el silencio de Bishops Corner.

Quién lo iba a decir.

Entre la gente y que la zancada de Jack era el doble de la suya, se vio incapaz de seguir su ritmo.

—Jack, más despacio. No puedo correr con este calzado.

Jack se dio la vuelta y le miró los pies, las zapatillas de tela embarradas, hechas polvo, que apenas habían sobrevivido al día anterior.

—¿Dónde puedes conseguir ropa? Que sea rápido, que sea anónimo, y que sea en metálico.

Livy miró a su alrededor. En cualquiera de las cuatrocientas tiendas que les rodeaban, tal vez.

Encontró la solución justo frente a ella, en forma de cadena de tienda de ropa hiperbarata, de usar y tirar. Malo para el medio ambiente, bueno en su situación concreta. Probablemente podría comprarse media tienda con un billete de veinte libras. Además, estaba a tope —como el resto de tiendas, por otra parte—, y eso les ayudaría a la hora de conservar el anonimato. Y era rápido. Casi indoloro. Si se compraba ropa lo suficientemente deforme —y toda la ropa de aquella tienda lo era— no necesitaría ni entrar en el probador.

Y lo más importante, podía comprarse ropa interior al peso en el mismo sitio. Y una mochila.

Empezó a emocionarse a su pesar con la perspectiva de comprar, o quizás fuese la perspectiva de quitarse aquella ropa brillante de poliéster de encima.

Aunque fuese para sustituirla por otra de poliéster, pero esta vez a poder ser de su talla. Y sin brillos.

Una cosa buena de Londres era que nadie se sorprendía de nada. Nadie movió una ceja mientras se sentaba en un banco, se quitaba las zapatillas y los calcetines llenos de barro seco y se ponía las nuevas que se acababa de comprar. Tampoco cuando se levantó para meterlas en una papelera.

Le arrancó las etiquetas a una parka negra enorme con borreguito por dentro y bolsillos y se la puso. Sacó un gorro de lana, se metió las orejas por dentro y se lo caló hasta las cejas. Agradecía la gorra de Jack que había llevado todo el día, pero la verdad, tenía la cabeza helada. Por último, sacó una bufanda de colores —la había cogido de una pila de oferta dentro de la tienda— y se la enrolló al cuello, unas cuentas vueltas.

Empezaba a sentirse un ser humano de nuevo. Fue descartando bolsas de papel, haciéndolas una bola para tirarlas.

El resto de cosas podía esperar. No se iba a poner a cambiarse de pantalones en medio de la calle. La gente seguiría sin mirarla, eso sí.

Sacó de otra bolsa de papel una bufanda gris oscura y se la tendió a Jack, que estaba de pie junto al banco donde ella se había cambiado de calzado, mirando en todas direcciones, alerta.

Jack miró la bufanda y luego la miró a ella, sin cogerla, sin hablar.

—Para el frío. Y para ocultarte —dijo, aunque no le pareció que necesitase explicación, pero bueno.

No tenía que preocuparse por su imagen de tipo duro, la bufanda era perfectamente compatible con su cazadora de cuero y botas de motorista.

Se colocó su propia bufanda sobre la nariz y la boca, dejando solo los ojos al descubierto.

—¿Ves? —dijo, la palabra apagada por la lana.

Jack alargó la mano por fin y cogió la bufanda, mirándola como si no hubiese visto una en su vida.

—Buena idea.

También le tendió un gorro negro de lana, más discreto que la gorra que llevaba puesta. Eso no necesitó explicación.

El resto de la mañana transcurrió sin demasiados sobresaltos, teniendo en cuenta que estaban huyendo por su vida.

Jack Owen no era una persona locuaz. Tampoco era muy dado a dar explicaciones, o simplemente a expresarse más allá de monosílabos.

Eso era todo lo que Livy había averiguado de él desde

que habían salido corriendo de su casa, en medio de tiros y explosiones.

No sabía nada más de él, nada de las llamadas que había hecho, con quién había hablado, nada de nada.

En su casa, mientras tenía la pistola en la mano, le había dicho que le habían enviado para protegerla.

El gobierno.

No tenía ninguna razón para no creerle. Hasta el momento, había conseguido mantenerles vivos. De momento no podía pedir más.

Alguna explicación no habría estado mal, pero nunca parecía el momento adecuado, yendo de un sitio a otro sin pararse a pensar.

No, de momento no podía quejarse, increíblemente. Habían intentado matarla, se había quedado sin casa, pero no podía quejarse.

Podría ser peor, supuso.

No sabía cómo, pero sí sabía que siempre podía ser peor.

Habían caminado durante casi una hora, ella con las bolsas de papel de la tienda de ropa en la mano, como turistas, cuando Jack le dijo lo que iban a hacer a continuación.

La idea de Jack —se dio cuenta de que solía contarle los planes treinta segundos antes de ponerlos en práctica, y porque no tenía más remedio— era alquilar un apartamento vacacional por días. Sabía de una compañía que había utilizado más veces, con la que podía pagar en metálico. Después de reservar por teléfono, habían ido andando hasta el punto de encuentro para no tener que volver a utilizar el metro, por miedo a las cámaras de seguridad.

LIVY SOLTÓ las bolsas de papel marrón que contenían el resto de la ropa encima de una de las dos camas individuales del estudio.

Era algo más grande que la habitación del hostal donde habían pasado la noche anterior, pero no mucho más, con un mini baño y una mini cocina. Siendo *mini* la palabra clave. También tenían un sofá de dos plazas, una mesa pequeña —minúscula— para comer, dos sillas y una televisión.

Jack comenzó a ahogarse nada más poner un pie dentro.

Encontrarles allí iba a ser casi imposible. No había ningún tipo de control sobre los inquilinos, como en los hoteles. Era más fácil pasar inadvertido, no había recepción, nadie que controlase las entradas y salidas. Era el lugar ideal para esconderse unos días.

Había pagado una semana, en metálico. El tipo de la agencia le había dado las llaves, unos papeles con las normas y una copia del contrato que había firmado con el nombre que figuraba en el pasaporte falso, y se había ido.

Luego fue en busca de Livy, que se había quedado esperándole sentada en la parada de autobús más cercana, las bolsas de papel con el resto de su ropa a los pies. Había tenido que esperarle allí porque se suponía que él era el único inquilino del estudio; ella no tenía documentación.

Livy abrió el único armario de la habitación.

Jack miró a su alrededor, buscando un trozo de suelo para dejar su bolsa negra. Al final la apoyó encima de una de las sillas.

—Voy a comprar algo de comida —dijo, cogiendo las llaves de encima de la mesa.

—¿Cuánto tiempo vamos a estar aquí? —preguntó Livy, sacando la cabeza del armario.

Buena pregunta, pensó.

No tenía ni idea de cuánto iba a llevarle contactar con Ruber para que se ocupara de la memoria USB.

Tenía que romper la contraseña de los archivos, ver qué

había dentro. Era esencial para saber quién les estaba persiguiendo, exactamente.

La conversación con Ivanovich le había dejado mucho más que inquieto.

Pero lo primero era lo primero, y eso era ir a por comida, para poder atrincherarse en el estudio al menos un par de días.

Un par de días entre aquellas cuatro paredes con Olivia Templeton. Estupendo.

—Todavía no lo sé —respondió por fin. Al fin y al cabo, era la verdad.

Comprobó la cerradura de la puerta. Era una porquería, pero al menos tenía un cerrojo por dentro.

Se volvió a mirar a Livy.

—Echa el cerrojo cuando me vaya. Cuando vuelva, llamaré a la puerta. Asegúrate de que soy yo antes de abrir.

Salió del estudio, hizo un reconocimiento del edificio —salidas de emergencia, cuántas plantas había y cuántos vecinos en cada planta— y luego salió a la calle. Respiró hondo. No era su mejor plan, no le hacía excesiva ilusión estar encerrado con Livy en un estudio de veinte metros cuadrados, pero no había otro remedio. Era la única solución que se le ocurría.

Al menos de momento.

Se subió la bufanda para ocultarse y para protegerse del aire cortante y helado, y echó a andar calle adelante, en dirección a la tienda de comida que había visto antes al pasar.

Jack cerró la puerta tras él y Livy se abalanzó sobre ella para echar el cerrojo.

Jack decía que allí iban a estar más seguros. A ella le parecía una ratonera.

Aprovechó la presencia de toallas —toallas limpias, incluso mullidas— para darse una ducha de agua caliente, la más breve del mundo, porque tenía miedo de que Jack volviese, llamase a la puerta y no pudiese oírle desde dentro del baño. Se quitó por fin el top rosa y los pantalones que Jack le había "conseguido" la noche anterior, y se puso la ropa barata que acababa de comprar, unos vaqueros oscuros, un jersey negro. Se deshizo de las bolsas de papel marrón y traspasó la ropa restante —ropa interior, calcetines, camisetas, un par de *leggins* y un pijama— a una mochila negra que también había comprado en la tienda. No dejó nada suelto en los armarios ni en los cajones, en caso de que tuviesen que salir corriendo.

Estaba empezando a pensar como una fugitiva.

Echó un vistazo rápido a la micro cocina —si se le podía llamar así— que estaba al lado de la puerta de entrada. Junto con el menaje básico, había un hervidor para el té, todo un lujo. También una cafetera de émbolo, microondas y una tostadora de aspecto cuestionable.

Esperaba que a Jack se le ocurriese comprar té. Y café.

Puso la televisión para no estar a solas con sus pensamientos.

Estaba sentada con las piernas cruzadas en el sofá de piel falsa ligeramente rajado, viendo las noticias en la BBC —no parecía que fuesen a decir nada de su casa bombardeada por granadas— cuando Jack volvió cargado con bolsas de la compra de plástico naranja y una pizza enorme entre las manos.

El olor de la pizza la asaltó, recordándole que llevaba horas sin comer, desde el *brownie* de la cafetería.

Livy ojeó lo que había comprado Jack, mientras le veía vaciar las bolsas naranjas encima de la mesa. Té, café, leche, azúcar, manzanas, galletas. Bandejas de comida preparada.

Sacó de otra bolsa dos packs de seis latas de cerveza cada uno y los metió en la nevera.

Levantó las cejas.

—¿Cuánto tiempo dices que vamos a estar aquí?

Jack terminó de meter toda la comida en la nevera y contestó.

—Me gusta tener opciones. Además, así no tenemos que salir para nada.

Perfecto. Ninguna excusa para salir de allí, encerrados en aquella ratonera con una ventana enana que estaba atascada y no se abría bien del todo (lo había comprobado antes).

Ahora entendía la cantidad de cervezas.

[38]

El inspector Michael Finn rodeó la taza de café con las manos. Ese invierno estaba haciendo más frío de lo normal, y con los recortes, siempre esperaban hasta el último momento para poner la calefacción. Que a ese paso sería cuando tuviesen a media docena de pingüinos jugando a las cartas en la sala de interrogatorios.

Tomó un sorbo de café. El brebaje amargo y espeso se le pegó al paladar. Era, o podía ser, el peor café del mundo. Allí casi todo el mundo bebía té, así que la cafetera era una cutrez a la que se le cambiaba el filtro cada año bisiesto, y que tenían solo para los dos o tres raros de la comisaría que bebían café y para las visitas.

Estaba repasando un informe cuando vio al inspector jefe Wallace abrir la puerta de su despacho, cruzar la comisaría y dirigirse hacia su mesa. Se desplomó, más que sentarse, al otro lado de su escritorio, en la silla de las visitas.

Se había quedado sin aliento, de caminar los pocos metros que le separaban de su despacho.

Debajo de la chaqueta del traje, la barriga le sobresalía por encima del cinturón.

—Tienes que dejar las pintas, Wallace.

Le había visto beber una pinta de cerveza detrás de otra después del trabajo, y algo más fuerte que cerveza, también. A su edad no debía ser bueno.

No recordaba que bebiese tanto cuando trabajaba con él hace unos años. Eso era lo que aquel trabajo le hacía a la gente.

El hombre rio por lo bajo.

—No empieces como mi mujer. Viviré más, seguro, pero no sé si quiero vivir sin la cerveza del pub, para ser sincero.

Finn sonrió y tomó otro sorbo de café amargo y espeso.

Wallace había sido su mentor y jefe veinte años atrás, cuando él era un policía imberbe de uniforme y el inspector jefe un simple sargento, nervioso y larguirucho.

Fue por él por quien pidió el traslado allí desde Londres. Siempre era mejor conocer a alguien que llegar nuevo del todo a una comisaría.

—¿El crío de la escuela? —preguntó el inspector jefe, señalando el informe que Finn tenía sobre la mesa y que estaba repasando.

Asintió con la cabeza.

—El mundo se está yendo a la mierda —dijo Wallace.

Cuesta abajo y sin frenos, en eso estaba de acuerdo. Pero peleas a cuchillo como aquella llevaban produciéndose desde que era un policía de uniforme. Tampoco eran nada nuevo.

Y allí había una por cada cien que había visto en Londres.

No dijo nada más, esperando pacientemente a que Wallace se decidiera a abordar lo que fuera que le había llevado hasta su mesa. Y que no era hablar sobre el caso del chico del cuchillo o desesperar sobre el estado del mundo actual.

—¿Se sabe algo de la viuda Templeton, o de Owen? —preguntó Wallace, por fin.

Finn se pasó una mano por el pelo y negó con la cabeza, sin conseguir disimular su frustración.

—Nada. Encontraron el coche robado aparcado cerca de la estación en Croydon. Después de eso, nada.

Tampoco le habrían contado nada más en caso de que tuviesen más avances, de eso estaba seguro. Le dijeron lo del coche a regañadientes, pero cuando quiso saber si habían entrado a la estación, si habían cogido allí algún tren y hacia dónde, si les habían grabado las cámaras, silencio absoluto.

No era su caso, no podía hacer nada, y Wallace lo sabía.

—Me huele mal —dijo—. ¿Estás seguro de que la viuda y el tipo no estaban compinchados?

Finn apoyó los codos en su mesa y se inclinó ligeramente hacia adelante.

—¿Compinchados? ¿En qué sentido?

Quizás su jefe sabía más de lo que estaba diciendo.

—Igual se cargaron juntos al ruso.

Finn se reclinó en su silla y empezó a darle vueltas al bolígrafo que tenía entre los dedos.

¿Pero no se suponía que al ruso se lo había cargado el servicio secreto? Empezaba a dudar hasta de su sombra.

Negó con la cabeza, pero sin mucha convicción. Más que nada porque no sabía ya qué pensar de nada, ni de nadie.

Veía demasiada oscuridad en todo aquel asunto. Nada tenía sentido.

Habría jurado que el tal Owen trabajaba para el servicio secreto, de una manera u otra, pero ahora lo perseguían (a él y a Olivia) como si fuera el enemigo público número uno.

El día siguiente a la explosión —una explosión *de gas*, como lo habían llamado los bomberos en el informe oficial — había vuelto a hablar con algunos habitantes del pueblo, de manera informal, teniendo cuidado de que no pareciese un interrogatorio, y todos le habían dicho lo mismo: no había ninguna relación entre el forastero (como llamaban a Jack Owen) y la viuda americana (esta era Olivia

Templeton). Nunca les habían visto juntos. Hablar. Apenas saludarse.

La cajera del supermercado recordaba haberles visto hablar brevemente, una vez, después de que se descubriese el cadáver en casa de los Phillips, en uno de los pasillos. No sabía de qué, aunque había intentado averiguarlo.

Volvieron a relatarle los hechos que ya sabía: ella había llegado tres meses atrás a Bishops Corner, se había alojado en las habitaciones encima del pub y había comprado casi inmediatamente el *cottage*. Él había llegado tres semanas después, diciendo ser un escritor. La dueña del pub, Sarah McKinnon, que parecía ser la única amiga que Olivia Templeton había hecho en el pueblo —y que le llamaba todos los días al menos dos veces para ver si sabía algo de ella—, también le había dicho que Owen y Olivia no se conocían de nada. Que de hecho habían hablado por primera vez el día que descubrieron el cadáver del ruso.

Volvió a pasarse la mano por el pelo. Daba igual, ya no era asunto suyo.

Tampoco sabía si tenía ganas o quería ponerse a averiguar mucho más. Lo que no tenía era tiempo. Estaba de trabajo hasta las cejas.

Wallace chasqueó la lengua.

—En fin. Si te enteras de algo más…

El hombre lo dejó ahí. Luego se levantó de la silla y volvió renqueando a su despacho.

Finn le miró mientras le daba vueltas al bolígrafo entre los dedos.

Si se enteraba de algo más, ¿qué?

Miró por la ventana, el cielo gris compacto que anunciaba nieve.

Se preguntó cómo estaría Olivia Templeton, Livy, si estaría bien, si estaría con Owen, y en qué clase de brete estaban metidos para que hubiese tanto oscurantismo a su alrededor.

Se llevó su taza a los labios y comprobó que además de asqueroso, ahora su café también estaba frío.

[39]

Livy acercó la *Oyster*, la tarjeta de transporte de plástico azul al lector del autobús, dio los buenos días al conductor y siguió a Jack hasta el piso de arriba.

Jack se sentó en la parte de atrás, al lado de la ventanilla, y ella a su lado.

Tuvieron que sacar un par de tarjetas de transporte porque ya no se podía pagar en metálico los billetes de autobús de Londres. *Cada día más vigilados*, masculló Jack mientras le tendía un par de billetes de veinte libras al hombre de la tienda de prensa que se las vendió.

—Esto es emocionante —dijo Livy.

Jack la miró de reojo.

—¿El qué? ¿Montar en un autobús?

—Salir a la calle. Ir a sitios —respondió.

Solo había tres personas más en el piso de arriba, dos de ellas tecleando furiosamente en las pantallas de sus móviles, con los cascos puestos. La tercera, un adolescente, dormitaba con la cara pegada al cristal.

—Solo vamos a ver a Ruber. No es como para emocionarse.

Ruber era el conocido de Jack que les iba a ayudar con la clave de los archivos que había dejado Albert.

—Me da igual donde vayamos. Si tengo que pasar un minuto más metida en el estudio, me pego un tiro.

Jack no replicó, supuso que porque él se sentía igual.

Había intentado que ella le esperase en el estudio mientras él se reunía con su contacto, con la excusa de que Ruber era un paranoico que no se fiaba de nadie, y si la llevaba con él iba a ponerse nervioso.

Ni hablar. Tenía que salir de aquel estudio o iba a volverse loca del todo.

Dos días llevaban encerrados sin salir, dos días con sus noches.

Jack había intentado ignorarla, todo lo que se podía ignorar a una persona en veinte metros cuadrados, claro está.

Que no era mucho.

El infierno tenía que ser eso, dos personas no especialmente sociables —por no decir directamente antisociales— obligadas a convivir durante dos días seguidos.

No era que no agradeciese descansar, después del tiempo que habían estado huyendo, pero después de dos días metida en aquel estudio minúsculo con Jack empezaba a preguntarse si no era mejor dejarse coger por los malos, y que terminasen de una vez con su sufrimiento.

Jack había traído dos novelas del supermercado el primer día. Dos *thrillers*, cómo no. No se esperaba otra cosa, viniendo de Jack, pero podía haber variado un poco el tema. No era que le apeteciese demasiado ponerse a leer sobre conspiraciones ajenas y asesinatos en aquel momento, la verdad.

Le habían durado tres o cuatro horas cada una, y no tenía ni idea de lo que había leído. Le pasaba lo mismo con la televisión: películas, noticias, le daba igual. No conseguía concentrarse.

Si no salía a la calle pronto, iba a empezar a subirse por las paredes.

Era la espera lo que la mataba. Estaban esperando a que el contacto de Jack les respondiera.

Recordó con nostalgia su lector de libros, con su montón virtual de libros comprados y sin leer, que debía estar chamuscado donde lo dejó, en la mesita al lado del sofá, frente a la chimenea.

Luego recordó que tampoco había ya mesita, ni sofá, ni probablemente chimenea, ni nada del *cottage* del que se había enamorado a primera vista.

Respiró hondo un par de veces. No iba a pensar en eso ahora. Suficiente tenían encima.

Tenía que pensar solo en el siguiente paso.

Era difícil no desesperarse y pensar en todo lo que había perdido, darle vueltas a las cosas.

Sobre todo cuando el siguiente paso estaba tan lejos, cuando estaba llevando tanto tiempo.

Jack había optado por el autobús en vez del metro porque el metro estaba lleno de cámaras. En el bus también había cámaras, pero el metro era una ratonera. Si alguien les estaba esperando en una de las paradas, no tendrían escapatoria. Además, el autobús era más barato. No sabía el tiempo que iban a tener que pasar escondiéndose, y a pesar del dinero en la bolsa negra, los recursos a los que podía acceder sin despertar sospechas eran limitados. El dinero en metálico tenía que durarle lo máximo posible.

Eso sin tener en cuenta lo que iba a tener que pagarle a Ruber, que no era precisamente barato. Además de romper contraseñas y demás cosas tecnológicas, también hacía documentos de identidad falsos, pero no creía que la cosa se alargase tanto como para que Livy necesitase un pasaporte.

Aunque no tenía ni idea, la verdad.

Llevaban dos días escondiéndose, sin saber nada de nadie, y Jack estaba inquieto. Más que inquieto. Le daba mala espina la sensación de calma. No sabía qué estaba pasando, no sabía a qué se enfrentaba, no sabía a qué atenerse.

No le gustaba la inacción, tener que quedarse parado sin hacer nada. Se ponía nervioso, le daba la sensación de ser un blanco fácil. Esperaba que los archivos de Albert les diesen algún tipo de pista, de qué iba todo aquello. Alguna indicación de por dónde tirar, qué hacer a continuación.

Si fuera él solo, no le habría importado desaparecer un tiempo, dejar que las cosas se calmasen. Pero estaba Livy. No podía quedarse con él durante meses. Además, corría peligro. Los dos juntos llamaban mucho más la atención, era más fácil que los localizasen que a él solo.

Además, Livy necesitaba recuperar su vida. Solo esperaba que pudiera hacerlo sin tener que mirar constantemente por encima de su hombro.

No sabía cómo había acabado teniendo que ser él quien se la devolviese, pero en fin. La buena acción del año, supuso. Tampoco la iba a dejar tirada, a merced de Ivanovich o de quienquiera que hubiese bombardeado su casa.

DESPUÉS DE UN par de cambios de autobuses llegaron por fin a la dirección que Ruber le había dado, no muy lejos de donde estaba el hostal en el que pasaron la primera noche.

La puerta de madera pintada de verde oscuro, con el número de latón oxidado, estaba entre un *kebab* y una lavandería. Una anciana que hacía punto mientras esperaba a que se terminase de lavar y secar su ropa les miró con desinterés.

La puerta exterior estaba rota. Jack la abrió empujando un poco con el hombro.

Subieron por unas escaleras de madera que crujían de tal manera que parecía que se iban a romper con su peso. Olía a verdura hervida y a saber qué más, no quiso analizar. Había manchas indeterminadas, sospechosas, en las paredes. Esperaba que Livy no se desmayase. Menos mal que solo tenían que subir hasta el primer piso.

Solo había una puerta en el rellano. Jack llamó con los nudillos. El timbre tenía los cables colgando y no quería arriesgarse a quedarse pegado. La puerta era tan fina y de madera tan mala, y estaba tan deteriorada, que tuvo miedo de tirarla al llamar.

Escuchó el ruido de la mirilla al abrirse.

—¿Contraseña?

—Abre la puta puerta, Ruber. Soy Colin.

Él tampoco había llevado bien los dos días encerrado en el estudio con Livy. Tenía la paciencia al límite.

No tuvo que darse la vuelta para sentir las dagas de la mirada de Livy por haber usado —otra vez— un nombre distinto al que le había dado a ella.

Escuchó el ruido de cerraduras de seguridad al abrirse, por lo menos tres, y levantó las cejas. Supuso que la apariencia de la puerta podía engañar.

Un tipo bajito y con barba pelirroja, una sudadera gris claro con la capucha puesta y una lata de 7 Up sin azúcar sabor uva en la mano apareció a través de una rendija en la puerta. No la abrió del todo. Primero miró a uno y otro lado del descansillo, y cuando no vio a nadie, les dejó pasar.

Cerró la puerta tras ellos y volvió a echar todos los cerrojos y a cerrar con todas las llaves.

Se dio la vuelta. Les miró, alternativamente.

—¿Quién es esta? —señaló a Livy con la lata de refresco.

—Está conmigo.

El tipo negó con la cabeza.

—No es lo que habíamos hablado. Tenías que venir solo, como siempre. Cuanta más gente sepa donde vivo, peor. No sé si puedo fiarme de ella.

El tipo parecía nervioso, pero no más que las anteriores veces que Jack le había visto. Era un paranoico por naturaleza. Tampoco le venía mal serlo, teniendo en cuenta el trabajo que hacía.

—El archivo es suyo.
—¿Va a pagarme ella, acaso?
—La pregunta no es esa. —Jack se acercó un poco a él, amenazadoramente. La coronilla del tipo le llegaba a la altura del pecho—. La pregunta es, ¿va a pagarte alguien?
El tipo levantó las manos, las palmas hacia él.
—No hace falta ponerse nervioso. Es solo que no me gustan las sorpresas.
—Ni a mí.
—Siempre hay que desconfiar, Colin.
El apartamento, si se le podía llamar de esa manera, era un agujero inmundo, no mucho más grande que el estudio donde habían pasado los últimos dos días. Había latas vacías de refresco por todas partes, cartones vacíos de comida y de pizza.
Olía a una mezcla de pizza pasada, café, basura sin tirar y a no haber abierto la ventana en una semana.
Pilló a Livy con cara de disgusto, intentando respirar por la boca.
—Pequeño, ya lo sé —dijo el tipo, malinterpretando el gesto de Livy. Se sentó a la mesa donde tenía su equipo—. Pero es lo más barato que puedes encontrar en Londres. Sin irte al quinto pino, claro.
Jack no había ido allí de cháchara ni a pasar la tarde. Le tendió al tipo la memoria USB. Había hecho una copia, que tenía en el mini bolsillo de los vaqueros. Tenía otra copia en la bolsa de deporte negra que había dejado en el estudio, por si las moscas.
Livy miraba con la nariz arrugada una pila de ropa sucia en el suelo bajo la que asomaba otra caja de pizza.
—¿Has traído el dinero? —preguntó Ruber.
Jack le miró fijamente, sin responder. El tipo no dijo nada más, y enchufó la memoria en su ordenador.
—A ver qué tenemos aquí…
Tenía una mesa larga, ocupando casi una pared entera del estudio, con dos torres de ordenador y tres monitores. No había ni un centímetro libre de mesa, entre latas vacías,

tazas de café también vacías y abandonadas a su suerte, un montón de teclados apilados en una esquina, un par de portátiles en otra, y lo que parecían diez millones de cables enredados.

Solo se escuchaba el *clac clac* de las teclas del teclado mecánico de Ruber.

No era la primera vez que utilizaba sus servicios, aunque sí la primera que iba a ese piso. El tipo era un paranoico y solía cambiar de residencia cada seis meses como mínimo. Decía que era por seguridad. Seguramente fuese cuando la basura empezase a ahogarle y no pudiese encontrar su propio ordenador.

Jack estaba intranquilo, y no sabía exactamente por qué. Se rascó la nuca. Con el tiempo había aprendido a confiar en sus instintos. Si notaba una sensación rara en la nuca, es que un depredador estaba a punto de comerle. O de intentarlo.

Todavía no estaba seguro de haber hecho lo correcto llevando a Livy hasta allí.

Pero primero, no quería perderla de vista tanto tiempo. Y segundo, ella se había empeñado. Se estaba ahogando en el estudio, y no la culpaba.

La vio escrutando sus alrededores, la vista fija, con cara de disgusto, en el desastre que era la mesa de Ruber.

La verdad es que era un auténtico cerdo.

Livy fue hasta la única ventana del estudio, una ventana larga y alta con apertura de guillotina.

—Livy, apártate de la ventana —dijo, con la misma sensación extraña en la boca del estómago de antes.

—No se ve desde la calle, la tapa el techo del *kebab* de abajo —dijo Ruber, sin dejar de teclear—. Por eso la tengo siempre cerrada, para que no entre el olor a comida.

Livy levantó las cejas, y le miró, pensando, como él, que el olor a comida no podía ser peor que el que había dentro del apartamento. Luego abrió la ventana igualmente. Ruber dejó de teclear y miró en su dirección.

—Solo un poco, si no te importa—dijo ella.

Ruber volvió a lo suyo y masculló algo entre dientes.

Vio a Livy sacar la cabeza por la ventana. El cielo estaba más encapotado que nunca. Nubes negras hacían que pareciese casi de noche, a pesar de que eran las doce del mediodía.

—Vale, ya está —dijo Ruber, dando una palmada y frotándose las manos.

Jack le miró sorprendido.

—¿Tan rápido?

—Era una encriptación supersimple, un juego de niños. No es que se hayan molestado mucho, o el que lo ha hecho es un aficionado.

Un juego de niños para él, pensó Jack, que sabía lo que hacía.

—Vamos a ver…

—No —le cortó Jack—. No hace falta que abras el archivo. Mételo todo de nuevo en la memoria.

—Ya está hecho.

La desconectó del ordenador, se la tendió y Jack se la volvió a guardar en el bolsillo. Ruber le miró con curiosidad.

—¿De verdad no quieres que…?

Nunca supo lo que Ruber iba a decirle, porque justo en ese momento la puerta de entrada salió volando por los aires.

[40]

Un ruido infernal y una vaharada de aire caliente, y Jack vio, como en un sueño, cómo la puerta saltaba hecha astillas, cerraduras incluidas, y todo se llenaba de humo. Por el hueco que había dejado la madera al romperse, detrás del humo, podía ver un número indeterminado de personas vestidas de negro, con máscaras y chalecos antibalas, y fusiles entre las manos.

Un comando de asalto en toda regla.

Tenían un segundo, probablemente menos, para salir de allí.

Miró hacia la ventana, a cámara lenta, y solo vio una pierna de Livy desaparecer. El resto de ella ya estaba fuera.

Tenía que darle puntos por rapidez.

—¡Pero qué...! —La explosión había pillado a Ruber totalmente desprevenido, y lo único a lo que le dio tiempo fue a levantarse e ir hacia la puerta.

Mala elección.

Jack siguió a Livy fuera de la ventana. Escuchó disparos y el ruido de un peso cayendo al suelo. Peso muerto.

No se dio la vuelta, no le hacía falta y no podía perder ese tiempo precioso, para comprobar que el peso muerto era Ruber.

Corrieron sobre el tejado del *kebab*, pegados a la fachada del edificio, para que al menos no fuesen un blanco tan fácil y no pudiesen dispararles desde dentro del apartamento.

Livy ya estaba al final del tejado, mirando hacia abajo.

—¡Salta!

Los dos o tres metros que les separaban de la acera eran preferibles a lo que había detrás de ellos.

Así que saltaron, intentando frenar la caída flexionando las rodillas.

Y en cuanto sus pies tocaron el suelo, echaron a correr como si les fuera la vida en ello.

Que era exactamente lo que les iba.

JACK SE PARÓ y apoyó la espalda en una pared, a tomar aliento. Ella hizo lo mismo a su lado.

Livy no sabía que uno podía quemarse por dentro, respirar fuego. Había sido incluso peor que la huida de su casa en llamas.

Corrieron durante calles y calles, siempre con la sensación —desde que había salido por la ventana, de hecho— de que en cualquier momento iba a sentir un tiro en la espalda, y se iba a acabar todo.

Era difícil no pensar en ello. Era difícil seguir el consejo de Jack y pensar solo en el siguiente movimiento, pero también era verdad que correr por su vida le daba una perspectiva más precisa de las cosas. Y lo único en lo que podía pensar era en moverse, lo más rápido posible.

Salir por la ventana, saltar a la acera, correr lo más rápido que pudiesen, zigzaguear, mezclarse entre la gente.

Supuso que era lo que les mantenía vivos. Lo que le mantenía a uno vivo.

Si seguía pensando en quien les perseguía, en el tiro en la espalda, podía darse por vencida y terminar sentada en una acera, en cualquier acera, esperando a sus perseguidores.

Si se paraba a pensar en la situación en la que estaba, adónde había ido su vida, saltaba la barandilla, se lanzaba al Támesis y acababa con todo.

Ni hablar.

Era una de las cosas nuevas que había empezado a sentir: la rabia. La rabia negra y feroz que le hacía desear darse la vuelta, pararse en medio de la calle, y descargar su pistola unas cuantas veces, cargarse a unos cuantos de los tipos que les perseguían, antes de que los restantes le diesen alcance, claro.

Otra de las cosas que le había dado por pensar era que no iba a volver a ver una película de acción de la misma manera en su vida. Esas persecuciones perfectas. Esa gente corriendo entre puestos de la calle, con perfectas líneas rectas por las que avanzar, y que nunca se cansaban.

Se levantó la manga derecha del jersey para ver el enorme raspón que iba de la muñeca al codo.

Era lo que se había hecho al rozarse con una pared, pasando por la parte de atrás de un puesto de comida.

Escocía como un demonio. Tenía fibras del jersey pegadas a la herida.

Eso sin contar el dolor en el costado, como si la estuviesen apuñalando, el tobillo que estaba segura se había torcido al tirarse del tejadillo al que daba la ventana de Ruber, las palmas de las manos en carne viva de haber agarrado un muro de piedra que habían tenido que saltar.

Las pequeñas cosas de salir corriendo como locos mientras un número indeterminado de asesinos les perseguían para matarles.

Supuso que si eso fuera Hollywood, ella estaría perfecta, maquillaje impoluto, y habría corrido con tacones altos, además.

Tenía, en cambio, la cara roja chorreando de sudor, el pelo pegado a la cabeza, el cuerpo lleno de heridas.

Se sopló el raspón del brazo. El dolor casi le hizo llorar.

Giró la cabeza para mirar a Jack. Estaba a su lado, la

espalda pegada a la pared, respirando como si no pudiese meter suficiente aire en los pulmones. Se volvió hacia ella.

Él también tenía el pelo pegado a la cara, del sudor.

Pero aparte de eso, estaba estupendo. Injusticia.

Seguramente él no tendría flato de haber corrido cuatro o cinco kilómetros sin parar.

Si salía de esa —*cuando* saliese de esa, se corrigió— iba a ponerse en forma, de una vez por todas. Por mucho que le costase.

—¿Estás bien? —preguntó Jack, ojeando la herida de su brazo.

—Estoy viva.

Y, la verdad, eso era suficiente.

Jack estaba en forma, pero correr durante veinte minutos por todo Londres apartando peatones, por las aceras llenas de gente que salía a almorzar de la oficina, cruzando a lo loco en los semáforos, jugándose la vida entre pitidos de coches y juramentos, había sido un horror.

Vio cómo Livy se agarraba el costado derecho.

—¿Qué ha sido del chico? —preguntó.

El chico. No se molestó en decirle que el chico, Ruber, tenía más de treinta años, a pesar de la sudadera y el corte de pelo horrible. A pesar de las Pepsis y las pizzas.

O había tenido treinta años, mejor dicho.

Al final no hizo falta decir nada, solo la miró sin hablar, y ella adivinó el resto.

—¡Joder! —explotó. Era la primera vez que la oía jurar, pero era el momento perfecto para empezar—. ¿Cómo nos han encontrado?

Buena pregunta. Jack se permitió el lujo de cerrar un momento los ojos. Les habían perdido hacía ya un buen rato, pero habían seguido corriendo y avanzando, para asegurarse.

Tenían un puesto de comida a dos pasos. Se acercó a comprar un par de botellas de agua. El vendedor les miró con curiosidad, pero no dijo nada. Le tendió un botellín a Livy.

—Es como si nos estuvieran esperando… —siguió diciendo Livy—. ¿Crees que Ruber nos ha vendido?

Negó con la cabeza.

—No, es malo para el negocio.

Además, estaba tan sorprendido como ellos, o más, cuando volaron la puerta.

—Supongo que estaban vigilando la casa de Ruber. Quizás sabían que había usado sus servicios antes. —Volvió a sentarse en el suelo, cansado. Derrotado—. No lo sé.

Vació medio botellín de agua de un trago. Livy no dijo nada, mirando al infinito mientras se pasaba la botella de agua por la frente.

Jack se fijó en que tenía la arruga vertical entre las cejas que se le formaba cuando estaba pensando.

Se volvió hacia él.

—¿Quién sabe que sueles utilizar a Ruber?

Jack no contestó. Se terminó la botella de agua y se acercó a una papelera a tirar el envase vacío. Livy le miraba con los ojos abiertos, interrogantes.

—Solo una persona.

—¿Quién pregunta por él?

La voz era femenina, bien modulada, con el toque amable que se le presupone a una persona cuyo trabajo consiste en tratar con gente por teléfono a diario.

Le había dicho a Carlson que no iba a volver a llamar a ese teléfono, que no era seguro, pero no había tenido más remedio.

Necesitaba respuestas. Carlson era la única persona que sabía que tenía tratos con Ruber habitualmente. No solo era un *hacker*, también proporcionaba documentación falsa de calidad y teléfonos anónimos que no se podían rastrear.

Pero no fue Carlson quien contestó el teléfono, sino la mujer de la voz joven y bien modulada.

—Un amigo —respondió Jack, pensando en qué nombre falso darle a la mujer por el que Carlson pudiese reconocerle.

Escuchó ruido de papeles de fondo, y de cajas moviéndose, que se paró de repente, como si su interlocutora hubiese cerrado una puerta.

—¿No se ha enterado? —preguntó la mujer con voz suave, compasiva. Jack sintió cómo se desplomaba su estómago—. Lo siento mucho… Mr. Carlson sufrió un accidente, ayer, camino del trabajo. Estaba cruzando la calle, un coche se saltó un semáforo en rojo…

Jack fijó la vista en los anuncios pegados a la cabina, en la zona donde estaba el teléfono, la parte de metal.

Se quedó esperando, no sabía el qué. Quizás a que la mujer continuara hablando, a que dijese en qué hospital estaba, o "se ha roto una pierna", o "está magullado y volverá en unos días".

Pero no dijo nada de eso. Simplemente dejó de hablar.

Jack sacudió la cabeza.

—¿Se encuentra bien? —preguntó la mujer.

—Sí, gracias —fue capaz de decir finalmente. No le hizo falta fingir el nudo en la garganta.

Joder, joder, joder.

La línea estuvo en silencio unos momentos.

—Perdone, ¿cómo ha dicho que se llamaba? —preguntó la mujer, repentinamente cautelosa.

Jack colgó el teléfono. Ya no había más donde rascar, nada más de lo que pudiese enterarse, no podía sonsacarle ninguna información más que le fuese útil, y no quería arriesgarse a que localizasen la llamada.

No podía correr más riesgos. Ya no.

Borró las huellas del teléfono con un pañuelo de papel, por si acaso.

Se dio tres segundos para digerir la noticia, acostumbrarse a la idea de que Carlson estaba muerto. Después lo apartó de su mente, y lo guardó para otro momento, para cuando pudiese analizarlo, y lamentarse.

En ese momento, necesitaba concentrarse. De eso dependía que siguieran vivos.

Y también necesitaban un plan.

Cuando se dirigió al banco desde donde Livy le miraba, intrigada, seguramente leyendo en su cara que algo iba mal, se dio cuenta de que toda la gente que sabía que él estaba trabajando en ese caso había muerto. No había nadie vivo que pudiese conectarle al caso, a la investigación de Albert Templeton.

Nadie que supiese quién era en realidad.

Su único contacto en Londres era Carlson.

Había pasado de volar por debajo del radar a convertirse en un puto fantasma.

Livy puso la frente entre las manos y se inclinó hacia adelante en el banco.

—Oh dios.

Acababa de contarle lo de Carlson.

Podía habérselo callado, pero le había dicho que iba a llamar a su contacto, y cuando volvió de la cabina ella había levantado la vista con ojos esperanzados y había preguntado "¿qué te ha dicho tu amigo?".

"No mucho", había respondido él. Y entonces le había contado el resto.

Probablemente no había sido una buena idea. Sobre todo teniendo en cuenta cómo estaba reaccionando.

—¿Estás bien? —preguntó, por preguntar algo.

Livy se incorporó y le miró, incrédula.

—¿Que si estoy bien? ¡No! —Se pasó las manos por el pelo, y las dejó allí, sujetándose la cabeza—. ¿Cómo voy a estar bien? ¡Está muriendo gente!

—*Shhh*, baja la voz.

Miró a su alrededor, pero nadie parecía reparar en Livy, que ahora estaba andando de un lado a otro frente al banco donde había estado sentada.

—Tú estarás acostumbrado a que muera gente todos

los días, Jack. Pero yo no. —Se paró frente a él, extendió una mano y empezó a contar con los dedos—. El tipo ruso chungo de la casa de enfrente. El crío de los ordenadores. Y ahora tu amigo, el espía jefe. —Livy miró los tres dedos que tenía extendidos frente a ella—. Y la verdad, todavía me parecen pocos. Lo que me extraña es que no haya muerto cualquier transeúnte inocente todavía. O nosotros. Que sería lo lógico, a estas alturas.

Livy siguió andando de un lado a otro. Jack fue a decir algo, pero ella le cortó, parándose de repente otra vez, y extendió cuatro dedos frente a su cara.

—¡Y Albert! —gritó de repente—. Así que no me preguntes si estoy bien. ¡Claro que no estoy bien!

Jack vio por el rabillo del ojo a un *bobby* que les miraba con curiosidad, seguramente esperando a ver si la situación degeneraba en algo que necesitase su intervención.

Livy no tenía pinta de ir a calmarse en los siguientes momentos. Claro que él también estaría algo histérico si fuese una persona normal y corriente, no acostumbrada a ese tipo de cosas, y se viese en medio de aquella jaula de grillos, balas volando por todas partes, casas y puertas saltando por los aires, explosiones, muertos, persecuciones y conspiraciones varias.

—Dios —suspiró.

Se levantó, se acercó a ella y le pasó el brazo por los hombros en lo que parecía desde fuera como una forma de confortarla, pero en realidad lo que estaba haciendo era inmovilizarla.

—Cálmate —dijo, entre dientes—. Hay un poli ahí detrás.

—No puedo mover los brazos.

—Esa es la idea. Camina. Hacia adelante, no mires atrás. Tenemos que irnos de aquí. Estamos demasiado expuestos.

¿Dónde estaba la policía durante su persecución? Era llegar a una zona turística, y de repente estaban por todas partes.

Empezaron a andar sobre la acera, alejándose de la zona y del *bobby*. Jack le frotó el brazo, para dar impresión de que la estaba consolando.

—Siento lo de tu amigo —dijo Livy, y tardó más tiempo del que debía en darse cuenta de que se refería a Carlson.

—No era mi amigo —respondió Jack, mecánicamente.

No era su amigo… ¿O sí lo era? No era más que un conocido. ¿Un contacto? Joder, le conocía desde hacía más de quince años. Era lo más parecido a un amigo que tenía.

Sintió un poco de lástima de sí mismo.

—Vale. —Livy respiró hondo—. Ya puedes soltarme. Ha sido un momento de pánico. No estoy acostumbrada a que muera gente a mi alrededor.

Jack la soltó, todavía no muy convencido.

Livy le miró, y de repente sintió sobre sus hombros todo el peso del mundo.

—¿Y ahora qué?

Buena pregunta. Se pasó la mano por el pelo, y entonces se dio cuenta del aspecto tan lamentable que tenían ambos, después de la huida de casa de Ruber.

—Volver al estudio, supongo.

Necesitaban una ducha, y curarse las heridas. No había ningún motivo para pensar que nadie sabía dónde estaban alojados. La única razón por la cual les habían encontrado era por la visita a Ruber.

Una vez que habían despistado a sus perseguidores, no había ninguna razón para no volver al estudio.

Y necesitaba tiempo y tranquilidad para pensar, para planear qué iban a hacer a continuación. Planear qué era lo siguiente que iban a hacer. Que podían hacer.

—¿Y después? Hemos perdido el USB en la explosión.

Jack siguió andando, sin responder enseguida. Seguramente Livy no le había visto cogerlo, cuando se lo había dado Ruber, ocupada como estaba respirando por la ventana y luego saliendo por ella.

No la sacó de su error. Quería echarle un vistazo al

contenido de los archivos, y prefería estar solo cuando lo hiciese.

Tampoco le había mencionado lo que le dijo Ivanovich en su llamada, que Albert estaba vivo. O que había una posibilidad de que lo estuviese.

Tenía que empezar a llevar la cuenta de todo lo que le estaba ocultando a Livy, de todo lo que no le estaba diciendo.

No se sentía culpable por ocultarle cosas. Cuanto menos supiera, mejor para ella.

Y para él.

[41]

Esperó hasta que empezó a oír el sonido de la ducha, el agua cayendo. Livy se había metido al baño con el botiquín que siempre llevaba en la bolsa, vendas y desinfectante.

Iba a ducharse y a curarse las heridas. Tenía tiempo.

Estaba sentado con el portátil sobre la mini mesa de la cocina. Sacó la memoria del bolsillo y la conectó para ver lo que tenía dentro.

Un montón de carpetas. Con documentos, con vídeos, ordenadas por fecha.

Echó un vistazo por encima. Documentos con entramados de empresas pantalla detallados, testaferros, cuentas en las Islas Caimán. Cantidades, nombres, fechas.

Fotografías. De personas intercambiando maletines (¿todavía se hacía eso?), de documentos.

Nombres. Nombres que se repetían una y otra vez.

Nombres de gente importante, altos cargos de empresas, políticos.

Muchos políticos. Diputados, antiguos y actuales, con el partido entre paréntesis. Un ex primer ministro. Altos cargos de servicios de inteligencia. Gente que *él* conocía.

Empezó a correrle un sudor frío por la espalda. *¿Qué estabas haciendo, Templeton, hijo de puta loco?*

Documentos de audio. Había unos cuantos, no le daba tiempo a escuchar todos, escuchó por encima algunos al azar. Había uno titulado "Tom Wilkinson", y la fecha.

No se había molestado mucho en disimular poniendo los nombres de archivo… estaban todos los archivos perfectamente identificados.

Algunos de los vídeos estaban grabados con la cámara del portátil en la habitación de hotel de Templeton, con el viejo truco de dejar la tapa levantada. Otros parecían grabados con el móvil apoyado encima de una mesa. O quizás era una microcámara de esas de bolígrafo que vendían por todas partes, a saber. El caso era que se reconocía a la gente, a mucha gente, y se escuchaban las conversaciones bastante claras.

Los vídeos estaban ordenados en carpetas por meses, y en cada carpeta Albert había metido un documento explicativo de quién salía en cada vídeo y de qué iba.

En serio, el tipo no se había molestado en poner nada en clave.

Los archivos de audio, igual. Eran conversaciones grabadas en directo, por teléfono…

Había también fotos de documentos, contratos, de todo.

Se había tirado años documentando todo lo que hacían, todos los encuentros, todos los movimientos de dinero.

Incluso había un documento que parecía ser las cantidades que había conseguido chantajeándoles.

Una cosa estaba clara: el tipo estaba como una puta cabra, y no le tenía miedo a la muerte.

Templeton formaba parte de una red que vendía secretos comerciales, amañaba concursos públicos, de todo un poco. Pero no contento con eso, por lo que parecía le estaba haciendo chantaje a todo dios, y aquellos documentos eran los que le habían mandado a recuperar. No "secretos industriales" ni tratados de comercio, como Carlson le había dicho.

Tenía poco tiempo, Livy tenía que estar a punto de salir de la ducha, aunque todavía tenía que curarse y vendarse las heridas. Sacó dos memorias USB vacías que tenía en su bolsa. En una de ellas hizo una copia exacta del original, y la guardó en un bolsillo oculto, cosido en el interior de su mochila.

Luego borró ciertos archivos de la memoria original: había cientos de nombres, pero gracias a la organización meticulosa de Templeton no le costó nada eliminar los documentos relativos a unos cuantos nombres, media docena, los más importantes: borró sus vídeos y audios, y sacó sus nombres de los documentos de texto. Algunos documentos de texto los borró completamente.

Se aseguró de que ciertos nombres no apareciesen.

Dejó suficiente información para que fuese escandalosa, pero no incendiaria.

Luego hizo otra copia de la memoria original, ya mutilada, y la dejó sobre la mesa.

Tenía que deshacerse del original, porque aunque hubiese borrado archivos, con los medios adecuados se podían recuperar.

Lo formateó un par de veces y luego cogió un encendedor de su bolsa. Chamuscó la parte de metal hasta que se ennegreció ligeramente y luego un poco la parte de plástico.

Livy salió del baño, ya vestida. Se había desinfectado la herida del brazo y se la había vendado. El resto de heridas no necesitaron mucho más que un poco de jabón y algo de yodo.

Afortunadamente en el mini botiquín que Jack le había prestado también había ibuprofeno. Se tomó dos con un vaso de agua, con la esperanza de poder moverse sin que le doliese todo el cuerpo en un futuro no muy lejano.

Ya no se veía casi nada dentro del estudio. El cielo se había oscurecido y apenas entraba un resplandor gris por la ventana, pero Jack no se había molestado en levantarse a encender la luz. Livy le encontró sentado a la mesa, con el portátil abierto frente a él, la cara iluminada por la luz azul de la pantalla.

Se acercó a él y miró el portátil por encima de su hombro. Carpetas con nombres y fechas. Miniaturas de vídeos, fotografías. Había una memoria USB blanca, nueva, conectada al portátil, y encima de la mesa estaba la de Albert, ligeramente chamuscada.

Un escalofrío le recorrió la espalda.

—¿Qué es eso? —le preguntó, y su propia voz le sonó extraña, como si fuera la de otra persona.

Por toda respuesta Jack señaló la memoria de Albert.

—Pensaba que no la tenías.

Jack encogió un hombro.

—No estaba seguro de que fuese a funcionar. Quería asegurarme primero de que no se hubiese dañado. Hay algunos archivos corruptos, he copiado aquí lo que he podido salvar.

Era cierto que era ella quien había intuido que no lo tenía, pero se preguntó por qué no la había corregido en su momento.

¿Le había mentido? ¿Era la omisión de la verdad en sí misma una mentira? Podía discutir sobre ello, pero la verdad, estaba más interesada en ver qué contenía la memoria que le había dejado Albert, qué era tan importante para que alguien les persiguiera y matara por ello.

—¿Qué es lo que hay dentro?

Jack se levantó de la silla y le dejó su asiento frente al portátil.

—Míralo tú misma. Voy a darme una ducha.

NO LE DIO tiempo a ver todo lo que contenía el USB, pero eran pruebas y más pruebas de corrupción, sobornos, de todo.

Diputados de varios partidos, presentes y pasados.

Uno de esos súper rectos que siempre salía indignado en

la televisión, llamando corrupción institucional a todo lo que se movía.

Jack salió de la ducha con el pelo húmedo y oliendo a limón, a la misma miniatura de gel que había en la ducha y que ella había utilizado antes.

Estaba tan concentrada que ella tampoco había encendido la luz, y estaba sentada frente al ordenador, en la oscuridad.

—¿Has escuchado esto? —preguntó Livy.

Jack fue hacia la ventana. Daba a un jardín trasero, con un banco y una mesa solitarios, bajo la lluvia, y unos cuantos árboles sin hojas. Triste y gris.

Livy reprodujo una grabación donde hablaban del antiguo compañero de Albert, Tom Wilkinson.

Eran dos personas hablando, una era Albert, diciendo que Tom quería "salirse". De dónde, o de qué, no lo especificaban. *¿Crees que es de fiar? ¿Podría tirar de la manta?*, preguntaba la otra voz. Albert respondía que no lo sabía, y el otro decía, *joder Templeton, soluciónalo como sea. Si le da por hablar, estamos jodidos. Todos.*

Se le hacía raro, pensó Livy, escuchar su apellido en aquella grabación, en boca de terceros.

Nunca pensó en cambiárselo. Tenía que hacer un montón de papeleos, llevaba siete años de su vida siendo Olivia Templeton, y la verdad era que le daba exactamente igual, llevar ese apellido o con el que había nacido. Ninguno de los dos significaba absolutamente nada para ella.

Jack se acercó y cerró la tapa del portátil con más fuerza de la necesaria. Livy dio un respingo y le miró como si de repente hubiese recordado que estaba en la habitación con ella.

—Vámonos —dijo Jack cogiendo el portátil y metiéndolo en la mochila negra que siempre llevaba consigo.

Debería haber expulsado la memoria USB

correctamente antes de sacarla, pensó Livy. Así era como se le corrompían a uno los archivos.

—¿Adónde? —preguntó, todavía sin moverse de la silla.

—Afuera.

Afuera resultó ser a cenar, lo cual era una muy buena idea, porque no recordaba la última vez que habían comido.

Estaban en un local de estilo americano de los años cincuenta, más que por la decoración, porque parecía que lo habían abierto en esa época.

Era uno de esos sitios donde servían comida grasienta y desayunos ingleses todo el día.

Olía a aceite, a salchichas fritas. Las paredes estaban pintadas de verde menta, la mitad inferior tenía baldosas blancas y negras.

Solo había una mesa más ocupada aparte de la suya, un señor mayor leyendo el periódico en una esquina. La camarera, aburrida, limpiaba el mostrador, levantando las botellas de ketchup y mostaza (rojas y amarillas) para pasar el trapo de limpiar por debajo.

Habían terminado ya de cenar. La camarera acababa de retirarles los platos vacíos, y les había rellenado la taza de café.

Era uno de esos sitios donde servían el café en la jarra de cristal de la cafetera y uno podía rellenarlo las veces que quisiera.

Livy sorbía de su taza mientras se entretenía mirando la carta plastificada con fotos de platos combinados que parecían sacadas hacía veinte años.

Con el estómago lleno las cosas se veían de otra manera.

Jack estaba sentado frente a ella, absorto en su café, su mochila en la silla a su lado.

Livy tenía su propia mochila de emergencia: había aprendido, y ahora se la llevaba a todas partes. Bueno, no a todas partes, no se la había llevado donde Ruber, y menos mal, porque no sabía si hubiese sido capaz de correr tanto con ella a cuestas. No era como la de Jack, ella solo tenía un cepillo de dientes y un cambio de ropa, pero se sentía más segura con ella encima.

Miró a Jack e hizo la pregunta que le llevaba quemando en la lengua todo el día. O por lo menos desde que le había echado un vistazo a la memoria maldita.

—¿Qué vamos a hacer?

JACK SE BEBIÓ la mitad de su café de un trago. Negro, amargo, sin azúcar.

No tenía ni idea.

Habían salido del estudio para despejarse y porque necesitaban comer, también. No podían quedarse allí, pensando en Ruber, pensando en la gente que les perseguía, pensando en la documentación que acababan de ver, en lo que acababan de descubrir.

Estaban sentados en la mesa del fondo. Jack, la espalda pegada al asiendo desde el que vigilaba la puerta, veía pasar a los transeúntes con las manos llenas de bolsas de la compra. Era la hora en la que la gente empezaba a salir del trabajo y la calle estaba llena de gente.

Tenían que pensar. Tenían que pensar en qué hacer con lo que tenían, con lo que sabían.

La memoria le quemaba en el bolsillo de los vaqueros.

—¿Qué te ha dado tiempo a ver? —le preguntó a Livy.

—Bastante. Documentos por encima, nombres. Algunos muy conocidos.

Jack asintió. No hacía falta que los dijera en voz alta.

—Había un montón de documentos más. Fotografías, vídeos, grabaciones…

No quería ni pensar cómo había conseguido Albert las fotografías. Había algunas tomadas en aparcamientos subterráneos desiertos, con el sujeto en cuestión recibiendo un maletín.

Ni siquiera sabía que siguiesen haciendo eso. Creía que los fondos aparecían directamente en las cuentas de las Islas Caimán.

—¿Qué información vendían? —preguntó Livy.

—No creo que se trate de información, al menos no en todos los casos. En el caso de los políticos, supongo que votar de una u otra manera. O información sobre tratados comerciales, lo que fuera.

Contratos públicos amañados, información privilegiada, dinero de *lobbies*… un batiburrillo. Iba a hacer falta un equipo de personas para poder organizar todo aquello.

Era una cantidad de información tremenda.

Templeton lo había documentado todo exhaustivamente, eso sí. Nunca le hubiese creído capaz de ese nivel de detalle.

Empezaba más o menos dos años atrás, un poco antes de la fecha en la que Tom Wilkinson había sufrido su "accidente".

Había minusvalorado a Templeton, eso estaba claro.

En el caso de los nombres del MI5 que había reconocido… no quería ni pensar cuál era el trato, qué tenía sobre ellos.

No sabía cómo iban a salir de aquello. Era incluso peor de lo que pensaba.

¿Y qué estaba haciendo Templeton, desde hacía dos años? Chantajearles. No le bastaba con su parte del pastel, normal, por otra parte, con su afición al juego y los lujos. Al final le había acabado pidiendo un préstamo a Ivanovich, que seguramente pensaba pagar haciendo chantaje a la gente que aparecía en aquellos documentos.

Era increíble el nivel de estupidez del tipo.

Le sorprendía, sinceramente, que hubiese durado tanto tiempo vivo. Seguramente fuese porque querían asegurarse de encontrar los documentos antes de cargárselo.

Y ahí era donde entraba él…

Le habían contratado para recuperar los documentos y

así poder destruirlos. No pensaban dejarle salir vivo de aquella. Cabos sueltos.

Carlson, él mismo. Livy.

Y probablemente Templeton. Aunque Ivanovich estuviese convencido de que seguía vivo, a la luz de aquella información no veía cómo, la verdad.

Cualquiera que hubiese entrado en contacto con esa información era un peligro para ellos, fuesen quienes fuesen "ellos".

Es solo dinero, había dicho el tipo en el vídeo. Idiota.

El caso es que estaban jodidos, pero bien. Y no tenía ni puta idea de qué hacer a continuación. De momento, beberse el café que tenía delante.

O quizás ni eso... Notó que se había hecho un silencio sepulcral en el local. Miró a su alrededor.

No se oía ningún ruido, ni el ruido de la cuchara del hombre comiendo, ni la camarera limpiando, ni nada.

Solo la televisión, bajita, de fondo.

Había una quietud en el ambiente que ponía los pelos de punta.

La camarera había dejado de limpiar. Estaba paralizada con el trapo en la mano, y les miraba furtivamente desde detrás de la barra.

El anciano de la esquina también había parado de comer, la cuchara a mitad de camino entre el plato y su boca abierta, y alternaba la mirada entre ellos y la esquina del techo donde estaba colgada la televisión, con el sonido extremadamente bajo, pero que con el silencio reinante de repente llegaba hasta ellos nítidamente.

Livy y él volvieron la vista a la vez hacia la televisión.

En la pantalla, con la cinta roja de las últimas noticias pasando debajo, estaban sus caras, dos fotos, una al lado de la otra, cada una ocupando la mitad de la pantalla.

La foto de Livy era antigua, de un par de años atrás, de antes de cortarse el pelo, cuando lo llevaba sobre los hombros y con mechas rubias. La misma que tenía en el pasaporte.

La suya era en blanco y negro y bastante granulada, parecía de una cámara de seguridad, pero se le podía reconocer perfectamente si uno lo tenía delante, como era el caso.

"*...Se busca a una pareja, un hombre y una mujer de alrededor de cuarenta años, por un tiroteo esta mañana en South Bank en el que ha muerto un hombre de treinta y dos años de edad...*" —escucharon decir a los locutores del informativo, por encima de sus fotos en la pantalla—, "*se cree que pueden estar relacionados con una célula terrorista con base en Londres, y están armados y son peligrosos. Si alguien tiene alguna información por favor llamen al número sobreimpreso en pantalla...*"

Habían sido listos. Hoy en día, decías la palabra mágica "terrorista" y la población colaboraba con la policía encantada.

—Treinta y cinco años, no cuarenta —musitó Livy entre dientes.

El hombre mayor dejó unos billetes encima de la mesa mientras se levantaba a toda prisa. La camarera cogió disimuladamente el teléfono móvil que tenía encima de la barra, mientras con un ojo miraba a la pantalla de la televisión para ver el número sobreimpreso debajo de sus fotos y con el otro les observaba a ellos, pálida como la cera.

—Vámonos de aquí. —Jack se levantó, cogieron sus mochilas y salieron a la calle a toda velocidad.

Salieron del local tan rápido que casi se llevaron por delante a un par de personas con bolsas que estaban parados en la acera en ese momento. Cruzaron la calle sin esperar al semáforo, entre pitidos de coches, y cuando llegaron a la acera de enfrente se metieron por una callejuela. Antes de doblar la esquina vieron a la camarera del local hablar por teléfono mientras no les quitaba ojo de encima.

Jack sacó el gorro de lana del bolsillo de su cazadora y se lo puso. Un poco de anonimato no le vendría mal.

Livy no era muy reconocible con la foto que habían

hecho pública, por el pelo, a no ser que alguien la mirase de cerca, como le había pasado en el restaurante.

Se alejaron de la calle principal, donde estaban todos los comercios y tenían más posibilidades de ser captados por una cámara de vigilancia o de que alguien les reconociese, y empezaron a caminar rápidamente por calles residenciales, cambiando de dirección cada cierto tiempo.

Jack aminoró un poco el paso, y Livy no tuvo más remedio que hacer lo mismo.

—Es mejor no llamar la atención, no ir corriendo. Si alguien nos ve desde el interior de alguna casa, es mejor que nos comportemos con normalidad, para que no se fijen en nosotros.

Era difícil no llamar la atención, teniendo en cuenta que las calles residenciales estaban casi vacías a esas horas, y eran las únicas personas caminando bajo la lluvia.

Livy esperaba escuchar sirenas y ver aparecer coches de policía de un momento a otro. Sentía una opresión en el pecho, como si la humedad del ambiente no la dejase respirar. Era como si todo hubiese acabado para ellos.

—No podemos volver al estudio —dijo Jack, sin dejar de andar, de mirar al frente—. Puede que el tipo que me dio las llaves se acuerde de mí y me haya reconocido en la tele… ¡Joder!

Toda su ropa estaba en el estudio, pero las cosas importantes —dinero, documentación, el portátil— estaban en la mochila negra que llevaba a la espalda y de la que nunca se separaba.

Jack se paró por fin, mirando a su alrededor.

—No podemos ir a ningún hostal, a ninguna parte. No podemos coger ningún medio de transporte. Tampoco salir de Londres. Es posible que estén controlando las carreteras de salida, y las estaciones de tren y autobuses.

Livy intentó no entrar en pánico, pero le estaba costando bastante.

—Estamos atrapados —dijo Jack. Vale, parece ser que no era la única que estaba entrando en pánico.

Miró la calle mojada, brillante de lluvia a la luz naranja de las farolas, los charcos que estaban empezando a formarse.

Metió las manos en los bolsillos de la parka para protegerse del frío y palpó la tarjeta.

La única cosa que llevaba encima cuando había tenido que salir de su casa corriendo porque la estaban bombardeando con granadas y tiroteando.

La única cosa que había conservado cuando tiró los pantalones llenos de barro y mugre.

Sacó la tarjeta del bolsillo y miró el nombre y el teléfono en un lado, en letras de imprenta. Le dio la vuelta y vio el nombre de pila en el reverso, el número de teléfono escrito a rotulador negro, que a pesar de todo el trote que llevaba encima todavía se podía leer.

No sabía por qué no la había tirado. Había estado a punto de hacerlo cuando se deshizo de toda la ropa en el hostal, pero ahora se alegraba de no haberlo hecho.

—Quizás tengamos una salida.

Livy le tendió la tarjeta. Jack la cogió, la leyó y levantó las cejas.

—¿En serio?

—¿Se te ocurre algo mejor?

Jack se quedó mirando la tarjeta un momento, y al final suspiró, dándose por vencido.

[42]

El pitido sostenido de la llamada sonó dos veces.

—Que sepas que no me gusta esta idea.

Livy se volvió desde donde Jack le hablaba, pegado a su espalda, y le hizo un gesto para que se callara.

Si alguien contestaba el teléfono, no quería que lo primero que oyese fuese a Jack quejarse.

Apenas podían moverse. No sabía por qué había tenido que entrar Jack en la cabina con ella. Las veces que había llamado él ella le había esperado fuera, como le había pedido. Muerta de frío y todo.

Habían encontrado una cabina en las afueras de un parque desierto.

Olía a orín y a saber qué más. No sabía ni cómo seguía funcionando, teniendo en cuenta que no era una zona turística.

Cogió el auricular con un pañuelo de papel y lo mantuvo lo más alejado que pudo de su oreja. Más no podía hacer.

—Contesta, contesta, contesta… —dijo en voz baja, mientras se seguían sucediendo los pitidos al otro lado del auricular.

Cuando calculó que estaba a punto de saltar el contestador, alguien respondió.

—¿Diga?

Sonaba a hueco, como si la persona tuviese el manos libres puesto.

—¿Inspector Finn? —preguntó Livy, tentativamente—. ¿Mike?

No sabía si se había pasado con la familiaridad llamándole Mike, pero era el nombre que ponía en la tarjeta a rotulador.

Se hizo el silencio unos segundos.

—¿Sí?

Livy supuso que no tenía por qué reconocer su voz a la primera.

Tomó aire. No es que ella tampoco estuviese muy convencida de aquello, pero no tenían ninguna otra opción.

—Soy Livy. Olivia Templeton —aclaró, por si acaso.

Escuchó un sonido al otro lado del teléfono. No sabía si era un suspiro de alivio o el inspector tomando aire.

—Mrs. Templeton. Livy. ¿Dónde estás? ¿Estás bien? —Sí, definitivamente era el inspector tomando aire para abroncarla—. ¿Has visto las noticias? ¿De qué va todo esto? Tu foto está por todas partes.

Mike paró para respirar.

—Estamos bien, pero no sabemos por cuánto tiempo.

—¿Estamos? —Livy le escuchó jurar en voz baja—. ¿Estás con Jack Owen, entonces?

Se giró ligeramente para mirar a Jack.

—Sí.

El inspector tardó unos segundos en contestar.

—Escúchame, Livy… no sé en qué te habrá metido, pero es un tipo peligroso. Lo mejor que puedes hacer es escapar cuando puedas y entregarte. Vete a la comisaría más cercana y empieza a deshacer el entuerto. Explica lo que tengas que explicar. No tienen por qué cargarte con los muertos de Jack.

Livy suspiró. Ojalá fuera tan fácil.

—Es más complicado de lo que parece. Nos están persiguiendo.

—Lo sé. La policía.

—No. Bueno, supongo que también, pero me refiero a antes de que nos persiguiese la policía. —Se dio cuenta de que aquello iba a ser un poco complicado de explicar en un minuto—. Quieren algo que tenemos. Fueron ellos quienes mataron a Ruber.

—¿Quién es Ruber?

Jack le hizo gestos para que le pasase el teléfono, cuando ella negó con la cabeza, simplemente se lo quitó.

—¡Hey!

—Finn —dijo Jack, sucinto.

—Owen. O quien quiera que seas.

Ella también podía oír la conversación. Estaban como sardinas en lata.

—¿Dónde estás? —preguntó Jack.

—Conduciendo.

—¿Es esta una línea segura?

El inspector soltó una risa nerviosa.

—¿Qué es esto? ¿Una peli de espías?

Jack no contestó.

—Es mi móvil personal —dijo el inspector, ya sin trazas de humor.

Jack levantó las cejas, interrogante, y miró a Livy. Qué hacía con el número del móvil personal del inspector, era algo que no se iba a poner a explicar en ese momento.

—No te he preguntado eso.

—No tendría por qué no serlo —respondió el inspector, impacientándose—. Que yo sepa, nadie me está vigilando. Solo soy un inspector de provincias, Owen. Y no muy bueno, por otra parte. Si no no estarías suelto por Londres matando gente y arrastrando a Livy contigo.

Jack elevó los ojos al techo de la cabina.

—No he matado a nadie. En Londres —se vio en la obligación de aclarar. Bueno, al menos no en ese viaje—. Y no arrastro a Livy, no tuvimos más remedio que escondernos después del asalto a su casa.

Finn suspiró, y pareció convencerse de que seguir discutiendo no iba a ninguna parte.

—¿Qué queréis?

—Nos están persiguiendo. Llevan persiguiéndonos desde que salimos de Bishops Corner. Han matado al tipo de esta mañana, al que nos acusan de matar nosotros, y también a mi contacto del MI5 en Londres. Y ahora nuestra foto está por todas partes. No tenemos escapatoria. No tenemos dónde ir.

—¿Tu contacto del MI5?

—Henry Carlson. Puedes comprobarlo si quieres. Muerto al cruzar un paso de cebra, el conductor se dio a la fuga. Ayer por la mañana, creo. —¿O había sido antes de ayer? Ya ni sabía en qué día vivía.

—¿Quiénes? ¿Quiénes os persiguen? ¿Qué tenéis?

Jack dudó un instante antes de hablar.

—Información sensible que Albert Templeton le dejó a Livy.

Nadie habló durante unos segundos.

—¿Cómo de sensible?

—¿Has visto el dispositivo que han montado para encontrarnos? Imagínatelo.

Jack miró a Livy, espachurrada contra la pared de la cabina, la arruga vertical entre las cejas.

Ahora tenía la arruga de preocupación a todas horas.

El inspector no dijo nada. Jack supuso que por fin empezaba a darse cuenta de la gravedad de la situación.

—¿Vas a ayudarnos, entonces? —preguntó, intentando que no se le notase la desesperación en la voz.

El inspector colgó la llamada después de quedar en un sitio, en Londres, dos horas más tarde, con Livy y Jack Owen.

Era lo que iba a tardar en llegar.

Empezó a marcar el número de su comisaría. Se detuvo un momento, el dedo a punto de pulsar el botón de llamada.

Recordó su mesa vacía, el caso que le habían quitado, los dos tipos trajeados que se habían presentado la noche del ataque a la casa de Livy.

El informe de la explosión, donde no se mencionaban ni tiros ni nada parecido, solo un escape de gas.

El contacto de Owen en el MI5.

El hecho de que una cosa sí sabía, y era que ninguno de los dos, ni Livy ni Owen, pertenecían a una célula terrorista, y alguien tenía que haberse inventado eso.

Salió de la pantalla de la llamada, sin llegar a hacerla.

Suspiró, y un par de millas más adelante tomó la salida de Londres.

Al final necesitaron algo más de dos horas para llegar al lugar de la cita. Utilizar el transporte público estaba totalmente fuera de su alcance, así que habían tenido que cruzar una parte importante de Londres hasta llegar a la zona cerca del estadio de Wembley donde habían quedado con el inspector, evitando las calles concurridas y comerciales.

No había sido un paseo agradable.

El frío era su aliado, iban tapados hasta las orejas, como las pocas personas que se encontraron por la calle.

Era una zona muy alejada del centro, y no uno de los mejores barrios, precisamente. La mayoría de la gente que había en la calle a esas horas tenían la cara oculta por la capucha de sus sudaderas.

Jack miró a Livy moverse en el sitio para combatir el frío, apoyándose primero en un pie, luego en otro, dando pequeños saltitos. Se fijó en los cercos oscuros que tenía bajo los ojos, de no haber dormido bien en no sé cuántos días. Desde que empezó todo aquello, probablemente.

Tampoco solía dormir bien antes. La recordó dando

vueltas en la cama, despertándose a las tres de la mañana, la hora en la que las defensas están más bajas y todo parece imposible. La hora maldita. Levantándose a hacerse una taza de té y a coger un libro, encendiendo el fuego de la salita de su *cottage*, envuelta en una bata de felpa.

Mientras él se congelaba vigilándola en la casa de enfrente.

Livy le miró frunciendo el ceño.

—¿No crees que el inspector está tardando mucho?

Estaban a unos metros de donde habían quedado con él, convenientemente ocultos. No quería arriesgarse a que el inspector apareciese con toda la caballería. O a que su teléfono no fuese seguro realmente y alguien hubiese escuchado la conversación.

Creía que el inspector tenía razón, nadie tenía por qué estar vigilándole, pero toda precaución era poca.

Sobre todo después de lo de Ruber. Y lo de Carlson.

—Entre entrar en Londres, aparcar el coche y llegar hasta aquí, lleva tiempo.

Cuando le habían llamado estaba camino de su casa. Habían quedado en esa zona a petición de Finn, así que Jack supuso que tendría algún tipo de plan para ellos.

No estaba seguro de que hubiese sido una buena idea llamarle. Por lo que sabía, podía presentarse con media docena de coches de policía y tenerles rodeados en menos de diez minutos. Y entonces sí que estaban jodidos.

Esperaba que Livy tuviese razón y fuese un tipo de fiar. Aunque después de haberle conocido menos de dos días, no sabía cómo podía juzgar su carácter.

También era verdad que a él le había conocido la misma cantidad de tiempo.

De todas formas, tampoco tenían mucho donde elegir. Se les habían acabado las opciones. No tenían dónde pasar la noche, y no podían fiarse de nadie.

—Aquí está —dijo Livy, aliviada.

El inspector había cambiado su eterna gabardina por

un abrigo negro. Seguramente debido al frío horrible que hacía.

Tenía que comprarse un abrigo largo. Con la cazadora de cuero que llevaba puesta se estaba congelando.

Llegó hasta ellos en dos pasos, en menos de treinta segundos.

—Inspector —dijo Livy.

—Mrs. Templeton —respondió Finn, el vaho saliendo de su boca. Había vuelto a la formalidad. La miró de arriba a abajo para comprobar que estaba bien. Apenas miró a Jack, solo para mover ligeramente la barbilla—. Vamos, mi hermana vive cerca de aquí. Podéis quedaros allí esta noche. Vamos a ponernos en marcha, está helando.

Livy y Finn echaron a andar, y después de un instante de perplejidad, Jack les siguió.

No se había dirigido a él en ningún momento, pero esperaba que no fuese a dejarle durmiendo en la calle.

LIVY ESPERÓ en el pasillo con Mike y Jack, nerviosa. La hermana del inspector abrió la puerta de su apartamento con cara de pocos amigos. No le extrañaba: a ella tampoco le haría gracia tener invitados inesperados, y a esas horas además.

No parecía llegar a los treinta años, tenía el pelo moreno, liso, con un corte a la barbilla con flequillo recto, con un par de mechas moradas en el flequillo. Un piercing en una ceja, un montón en las orejas. Delgada, joven, *moderna*. No se parecía absolutamente nada a Mike. Donde el pelo del inspector era rubio oscuro, el de ella era moreno. Los ojos de ella eran azules, los del inspector miel. Ningún parecido en absoluto.

Les abrió la puerta con un batín morado de raso que desafiaba el frío exterior —tenía que tener una buena calefacción en casa, pensó absurdamente Livy—, debajo del cual estaba casi segura de que no llevaba nada.

Miró a Mike y luego a ella con el ceño fruncido, molesta

porque hubiesen interrumpido su viernes por la noche. Su expresión se transformó al instante cuando sus ojos se posaron en Jack, que estaba unos pasos detrás de ellos, apoyado en la pared del pasillo.

—Hola, bienvenido —dijo en una voz grave y seductora, ladeando la cabeza.

—¿No tienes frío? —dijo el inspector a modo de saludo, con tono seco y cortante.

Su hermana se apartó para dejarle pasar. Livy se quedó unos instantes en la puerta, sin saber qué hacer. Le daba cosa pasar sin haber sido invitada.

—Mi casa es tu casa —dijo la mujer, haciendo un gesto grandilocuente con la mano, indicándoles que pasasen.

Cerró la puerta tras ellos.

—Gracias por dejar que nos quedemos aquí esta noche —aventuró Livy.

—Sí, lo que sea —dijo ella, sin quitar los ojos de Jack—. Por cierto, soy Silvie—. Le tendió la mano a Jack.

El piso era enano, como todos los pisos de Londres compartidos por treintañeros: la puerta de entrada daba directamente al salón/cocina, con un sofá cubierto con una manta de colores, otra manta encima para taparse, y un montón de cojines desparejados.

El piso era colorido y estaba desordenado, con un olor mezcla de incienso y algo más. También ambientador de lavanda, que Livy se imaginó que la chica acababa de echar porque el bote estaba en la mesa al lado del sofá. Había multitud de velas de colores por todas partes. Un póster de Trainspotting en la pared, una botella de vino rosado sobre la mesa con una copa a medias, un capítulo de *Love Island* pausado en la televisión plana, que estaba tan cerca del sofá que podía casi tocarse con la mano.

—¿Compañeros de piso? —preguntó Jack, después de estrechar la mano de Silvie, que estaba peligrosamente cerca de él. Ella y su batín.

—Se han ido a pasar fuera el fin de semana —respondió, sonriendo.

—Si no no os habría traído aquí, obviamente. —Mike parecía exasperado.

Livy se dirigió a él.

—¿Estás seguro de que es buena idea que nos quedemos aquí? Si nos encuentran… —Tragó saliva, intentando no pensar en Ruber aquella mañana.

Él negó con la cabeza.

—No, aquí estáis seguros. Nadie me ha seguido.

Jack se volvió hacia Silvie. En realidad no tuvo que moverse mucho, seguía a dos centímetros de él.

—Liv tiene razón: si saben que tienes una hermana, y la están vigilando… —dijo—. No es seguro para ella tampoco.

El inspector pareció pensárselo tres segundos, mientras miraba a su hermana con el ceño fruncido.

—Prepara una bolsa, Silvie. Te vienes conmigo.

—¿Qué? ¡No! —Livy juraría que estaba a punto de colgarse del brazo de Jack—. ¡Mañana tengo que trabajar!

—Es sábado, Silvie.

Después de unos cuantos tiras y aflojas, la hermana del inspector haciendo pucheros durante más tiempo del que Livy pensaba que era posible, ruegos y lamentos, acabaron saliendo por la puerta media hora después, arrastrando una maleta enorme que parecía para quince días.

Por lo menos se había quitado el batín y se había vestido.

Silvie se acercó a Jack y le dio un papel doblado.

—Llámame —dijo, sin molestarse en bajar la voz.

—Vamos —dijo el inspector, ya desde el pasillo.

Mike se acercó a ellos un momento, dejando a su hermana fuera, enfurruñada, con los brazos cruzados.

—Mañana me paso a primera hora, y ya veremos qué hacemos.

Era muy tarde para nada, habían quedado en descansar y a la mañana siguiente el inspector iba a volver y le iban a enseñar el contenido de la memoria.

Esperaba de todo corazón que fuese a ayudarles.

—Gracias, Mike —dijo Livy. Le pareció oír a Silvie soltar una risita.

Era consciente de los riesgos que el inspector estaba corriendo. No quería pensar en qué podría pasarle si sus superiores se enteraban de que conocía el paradero de dos fugitivos y no lo había reportado.

El inspector la miró desde la puerta.

—Sí, bueno. Ya veremos.

[43]

Es solo dinero, Livy. Todo el mundo lo hacía.

Se despertó sobresaltada, con los músculos doloridos, sin saber dónde estaba. Cuando el corazón le dejó de latir como si se le fuese a salir por la boca, recordó el día anterior.

Demasiados cambios de cama, de habitación, de alojamiento en los últimos días. Se preguntó si era mucho pedir despertarse tres días seguidos en la misma cama.

El dormitorio donde había pasado la noche olía ligeramente a marihuana, de la cual, si las banderas y simbología que había por todas partes no mentían, su inquilino (o inquilina) era un rabioso fan.

Había dormido vestida, encima del edredón, tapada con una manta que había a los pies de la cama, con la pistola debajo de la almohada. Al principio pensó que no iba a ser capaz de dormirse, con la adrenalina y todo lo que había pasado ese día. Se había quedado con la vista fija en una bandera colgada en la pared con los colores de Jamaica, que era visible por la luz naranja que entraba de la calle, cuando al final, contra todo pronóstico, se durmió.

No tenía ni idea de qué hora era. Se levantó, cogió la pistola y su mochila y fue al único baño de la casa, que estaba en el pasillo justo enfrente de las puertas de las dos habitaciones.

Se lavó la cara con agua fría. Tenía el mismo aspecto horrible del día anterior, pero con tres horas de sueño más. O cinco de menos, según se mirase.

Se alegró enormemente de tener su propia mochila multiusos, con su cepillo de dientes. Tuvo que usar la pasta que había en el baño de Silvie. De fresa. Se cepilló los dientes mientras pensaba en vacaciones, en lo que iba a hacer una vez saliese de aquello.

Islas griegas. Un crucero. O quizás una playa de arenas blancas.

Se peinó con los dedos y un poco de agua, salió del baño y se dirigió a la sala.

Jack seguía sentado en el sofá, exactamente en el mismo sitio y en la misma posición donde le había dejado la noche anterior. Quería estar cerca de la puerta, había dicho.

Tenía el pelo húmedo, así que supuso que acababa de salir de la ducha.

La tele estaba encendida, con el volumen casi al mínimo, y una lámpara de pie iluminaba débilmente la estancia.

—¿Qué hora es? —preguntó, con la voz ronca por la falta de sueño.

Jack apartó la vista de la televisión para mirarla.

—Poco más de las seis.

No dijo nada más y se sentó a su lado, con la tele de fondo. Era uno de esos programas donde una familia busca una casa de vacaciones al sol, les presentan tres opciones y acaban eligiendo una.

Se quedaron un rato en silencio, viendo pasar las casas soleadas por la pantalla. Tres habitaciones y un patio, pero sin piscina comunitaria. Seguir buscando.

Livy necesitaba un tiempo prudencial todas las mañanas para que su cerebro empezase a funcionar. Sin la ayuda de un café, ese tiempo se alargaba considerablemente.

—Pasta de dientes de fresa —dijo por fin Jack.

No era la primera en usarla, por lo que veía. Livy le miró y sonrió un poco.

—Sí.

Tenía el estómago hueco por dentro, y no todo era hambre. Era algo extraño, como un mal presentimiento.

—¿Has dormido algo? —preguntó Livy con su voz de las seis de la mañana.

Jack negó con la cabeza, sin dejar de mirar la televisión.

—¿Qué vamos a contarle a Mike cuando vuelva?

Esta vez Jack se volvió a mirarla y levantó una ceja. Ella no podía hacer eso, levantar solo una ceja. Le gustaría poder hacerlo. Igual Jack podía enseñarle.

—¿Mike?

—El inspector —matizó.

Teniendo en cuenta que estaban los tres, o iban a estar los tres, una vez arrastrasen al inspector, metidos en conspiraciones hasta las orejas, qué menos que empezar a llamarse por su nombre de pila.

—Lo mínimo posible —dijo Jack.

Livy suspiró.

—Estoy cansada.

Notó la mirada de Jack en su cara, pero no apartó la vista del televisor.

—Esto no es lo mío —siguió diciendo.

—¿Esto?

—Gente persiguiéndome. Cuerpos, balas. Conspiraciones. Tener que escapar constantemente. Quizás para ti todo esto sea un paseo por el parque, igual estás acostumbrado, pero yo no. —Giró la cabeza para mirar a Jack—. Yo no. Quiero recuperar mi vida.

Se inclinó sobre la mesa de centro para coger el mando a distancia y cambió de canal. Estaba harta de ver gente feliz en la pantalla, emocionados con sus nuevas casas.

—Entonces —dijo, cambiando rápidamente entre canales, sin dejar de mirar la televisión—, ¿qué vamos a contarle al inspector?

. . .

—Dios.

El inspector Michael Finn se pasó la mano por la cara.

Había aparecido a las ocho de la mañana, con cafés, *muffins* y dónuts para desayunar. Lo cual era un alivio, porque en el estado en el que estaba la cocina de aquel piso, Livy no se atrevía a aventurarse a abrir ni la nevera ni los cajones para ver si Silvie tenía algo que sirviese de desayuno.

Además, le daba cosa servirse a sí misma sin el consentimiento de la inquilina.

Así que allí estaban, los vasos de papel con el café que había traído el inspector en la mano, ella con un *muffin* a medio comer, Jack con un dónut, mientras Mike hacía clic en diferentes archivos, pegado a la pantalla del ordenador.

—Dios —repitió.

Le habían enseñado los archivos en el portátil de Jack; Silvie tenía un ordenador en una esquina, pero no querían saber la cantidad de virus o troyanos o *malware* que podía tener eso. No hizo falta explicarle mucho de qué iba el asunto. Llevaba más de media hora pinchando en documentos y lanzando juramentos más o menos coloridos.

Al final la miró por encima de la pantalla del portátil.

—¿De dónde ha salido esto? ¿Cómo llegó a manos de tu marido?

Su marido.

Con todo lo que había pasado, no dejaba de asombrarle que el desconocido del que estaban hablando había sido, efectivamente, su marido. *Hasta que la muerte nos separe*, y etc.

Livy tragó el trozo de *muffin* que estaba masticando y bebió un sorbo de café antes de responder.

—Seguro de vida, chantaje… —Se encogió de hombros —. O las dos cosas. A saber.

Fue entonces cuando le contaron el resto. Dejó el relato en manos de Jack, que parecía tener un don especial para la concisión y la brevedad. Y para dejar fuera elementos innecesarios. A veces también necesarios. Pero se imaginó que había una razón para ello.

Le contaron todo, empezando por la clase de tipo que era Albert Templeton y a lo que se dedicaba en su trabajo en la embajada.

El encargo de Jack.

El "accidente" de avioneta de Albert, que a aquellas alturas era más que obvio que había sido provocado.

La deuda de Albert con la mafia rusa.

La vigilancia a la que la habían sometido.

Cuándo había encontrado la memoria USB, dentro de la muñequita de trapo, recuerdo de Perú.

El ataque. Ruber.

Todo, acabando en el momento en el que se encontraban.

El inspector se levantó y empezó a pasearse por la habitación. A veces murmurando, a veces pasándose la mano por el pelo, dejándoselo levantado en picos y mechones.

Livy dio un sorbo a su café, todavía caliente.

Había devorado dos *muffins*, uno de arándanos y otro de manzana y canela. No recordaba haber tenido tanta hambre en su vida. Era muy difícil mantener un horario de comidas adecuado cuando una corría por su vida.

Abrió la boca para decir algo, pero Jack le hizo un gesto para que no hablara, señalando al inspector.

Supuso que necesitaba procesar toda la información que acababa de ver y de escuchar. Había bastante que procesar. Normalmente uno va a al cine para entretenerse viendo películas de conspiraciones, no se las encuentra durmiendo en casa de su hermana.

—Vale —dijo, al cabo de un rato—. Esto… esto es una bomba.

Jack levantó las cejas, en plan "no me digas".

—Sí. Por eso estamos donde estamos. Por eso alguien filtró nuestras fotos y datos a la policía y nos han hecho responsables del tiroteo de ayer —dijo Jack.

El inspector se volvió, ofendido.

—La policía no tiene nada que ver en esto.

—Eso no puedes saberlo, Finn. No conoces a todos los policías del mundo.

El inspector se sentó en uno de los sillones. Sacó un mando a distancia de consola de debajo de él y lo tiró de cualquier manera en la mesa.

Jack recordó a Carlson, el abrigo marrón, el traje arrugado, las gafas de montura dorada.

—¿Tienes alguien de confianza? ¿Hay alguien de quien puedas fiarte dentro de la policía, cien por cien?

El inspector pensó en el capitán de policía Carmichael, siempre preocupado por los procedimientos, por los recortes, por seguir las normas al pie de la letra.

Por la política.

No le dejaría ni pasar de la segunda frase. En cuanto le contase que sabía dónde estaban los fugitivos, mandaría media docena de unidades y convocaría una rueda de prensa, sin darle tiempo a respirar. Ni a explicarse, por supuesto.

Finn se pasó la mano por el pelo.

Luego estaba el inspector jefe Wallace.

Pero tampoco quería ponerle en peligro. Era casi como un padre para él, o lo había sido, cuando era un novato, y lo que menos quería era mezclarle en todo aquello. Había muerto gente. No se lo perdonaría si le pasaba algo por su culpa.

Pero tampoco tenía a nadie más a quien acudir. Al menos que tuviese algo de rango, poder para mover las cosas, llegar a los cauces adecuados, tomar decisiones. Sus compañeros no le servían.

El inspector suspiró, y finalmente asintió.

—El inspector jefe Wallace. Le conozco desde que entré en la policía, hace más de veinte años. Tenemos que llevarle eso. —Señaló con la cabeza el portátil—. Una vez que sea público, una vez que esté en manos de la policía, deberíais estar fuera de peligro. Con un poco de papeleo y unas declaraciones quedará también claro que no tenéis nada que ver con el tiroteo de ayer. No debería ser un problema.

Por la cara de Jack, Livy supuso que todo aquello que acababa de decir el inspector era más un deseo que otra cosa, pero tampoco tenían muchas más opciones.

—Tampoco tenemos muchas más opciones —dijo, mirando a Jack.

Él se volvió a mirarla, y por primera vez se fijó en lo cansado que parecía. La noche sin dormir no le había ayudado, pero las ojeras oscuras debajo de los ojos y el haberse echado diez años encima eran más que una noche sin dormir.

Ella también estaba cansada.

Cansada de huir, de escapar, de correr.

Cansada de estar asustada y de no saber qué hacer a continuación.

Era como si las tardes leyendo al lado de la chimenea que había pasado en su *cottage* hubiesen sido un sueño.

Quizás lo habían sido, y esa sería su vida a partir de entonces. Siempre escapando. Asustada. Huyendo de todo y de todos.

—Ya no tenemos dónde escondernos, Jack.

Jack la miró durante unos instantes. Suspiró, resignado.

—De acuerdo —dijo por fin.

[44]

—¿Es siempre así de paranoico?

El inspector miró hacia donde se había quedado Jack: un poco apartado, oculto entre dos coches, no muy lejos de donde estaban ellos.

Jack había decidido no participar del encuentro y quedarse a la expectativa, por si algo salía mal. No se fiaba mucho de nada, y no le gustaba estar expuesto.

Livy sabía que tenía su pistola en la cinturilla de los vaqueros, oculta por la cazadora de cuero.

Ella había dejado la suya en la mochila, en el coche del inspector. No creía que fuese muy inteligente acercarse a una comisaría con un arma ilegal.

Se encogió de hombros y no respondió. Si al inspector le hubiesen disparado tantas veces en los últimos días como a ellos, Jack no le parecería tan paranoico.

Estaban en el aparcamiento al aire libre que había en la parte de atrás de la comisaría en la que trabajaba el inspector Finn, esperando a su jefe.

El lugar de encuentro había sido idea del inspector. No era sensato entrar en la comisaría sin más, si no querían que se les echasen encima doscientos policías.

Sinceramente, a ella empezaba a darle todo un poco igual, a aquellas alturas.

Estaban pensando en un sitio para reunirse con el inspector jefe Wallace, un sitio cercano a la comisaría para que el tipo pudiese salir un momento y no despertar sospechas, y Mike recordó que había un punto muerto en el aparcamiento donde no llegaban las cámaras de seguridad.

No había llamado a su jefe hasta que llegaron allí, y solo le dijo que quería hablar con él de algo importante, sin dar más detalles.

Habían salido de Londres en el coche del inspector. Al contrario de lo que se imaginaban, las carreteras no estaban cortadas ni había controles, se lo había dicho antes Mike. Habría sido demasiado follón, implicar a demasiada gente. Alguien podía ponerse a hacer preguntas. Se habían limitado a poner sus fotos en la televisión, a avisar a la policía de Londres para que echaran un ojo en estaciones de metro y autobuses, y no habían pasado de ahí.

Además, con la llamada de la camarera de la noche anterior la policía probablemente les estaría buscando en Londres

Así que allí estaban, el inspector y ella, esperando de pie justo en la zona libre de cámaras, el viento frío agitando los extremos de su bufanda. Se caló el gorro un poco más para que le tapase bien las orejas.

Mike tenía la memoria USB en el bolsillo. Se lo estaban jugando todo a una carta: que el inspector jefe les creyese, o por lo menos les dejase explicarse, y no llamase inmediatamente a la policía para detenerlos.

Arriesgado, pero era lo único que podían hacer. Esperaba que les saliese bien.

Estaba empezando a perder sensibilidad en las extremidades, del frío, cuando vio a un hombre salir por la puerta trasera de la comisaría, la que daba al aparcamiento.

Un tipo rechoncho, más cerca de los sesenta que de los cincuenta, se les acercó como si le hubiese costado un mundo salir de detrás de su escritorio. A pesar del frío que hacía, había salido en traje y se secaba el sudor de la frente con un pañuelo de tela. Livy vio con preocupación su cara roja, con miedo de que fuese a desfallecer de un momento a otro.

—Finn, muchacho —dijo, al llegar hasta ellos, sin resuello—. ¿A qué viene tanto secretismo, y sacarme del despacho en un día como hoy? —Miró el cielo con preocupación. Todavía no llovía, pero iba a hacerlo de un momento a otro—. Espero que sea importante.

No le gustaba juzgar a nadie por las apariencias, pero si ese era el tipo que les iba a sacar del entuerto… tenía más pinta de vendedor de coches usados que de cualquier otra cosa.

Por fin pareció reparar en su presencia, y la observó con atención.

—¿Olivia Templeton? —El tal Wallace la miró con curiosidad, y luego a Mike—. ¿Por qué no la has metido por la puerta principal directamente, para que podamos ficharla?

Por qué el hombre aquel creía que estaba detenida, cuando estaba de pie, sin esposar, al lado del inspector, era algo que se le escapaba.

—No. —Por primera vez vio dudar a Mike, como si empezase a cuestionarse su decisión de acudir a aquel hombre. Frunció el ceño, como si no se esperase aquel recibimiento—. Tiene algo que quieren entregar a las autoridades. Necesitamos una persona de confianza para hacerlo.

El viento helado le levantó al hombre el pelo que le escaseaba en la coronilla.

Vio cómo miraba a su alrededor. O estaba equivocada, o estaba comprobando las cámaras.

—¿Y esa persona de confianza soy yo?

Nadie habló, y en los segundos que siguieron el silencio se estiró entre ellos.

—¿Le has dicho algo a Carmichael? —preguntó Mike.

Carmichael era el capitán de policía, o eso les había dicho Mike.

El inspector jefe Wallace chasqueó la lengua.

—No. Ya sabes cómo es para las normas y los procedimientos. No me habría dejado salir a hablar con vosotros, y a estas horas estaríais rodeados de coches de policía.

El inspector jefe les miró alternativamente, a ella y a Mike.

—Así que tenéis algo para mí…

—¡Eh! —gritó alguien en la distancia. Era un policía de uniforme unos tres o cuatro coches más allá, a punto de subirse a su coche, la puerta del conductor abierta, la mano levantada. Acababa de ver al inspector y a su jefe, y les saludó con una sonrisa en la cara.

Todo lo demás pasó muy deprisa.

El inspector jefe Wallace se dio la vuelta para ver quién había gritado. Entonces sonó un disparo, y el joven oficial se tambaleó, se agarró a la puerta abierta del coche y finalmente cayó al suelo.

Lo primero que hizo Livy fue mirar a su alrededor para ver quién le había disparado, pero entonces el inspector jefe se dio la vuelta y vio que tenía una pistola en la mano, con la que disparó a Mike, que se desplomó a su lado.

Vio a cámara lenta cómo el tipo desplazaba la pistola en su dirección, pero no le prestó atención porque estaba mirando a Mike en el suelo, horrorizada.

Sonaron otros disparos casi seguidos que apenas oyó, porque justo se arrodilló al lado de Mike, pero sintió una quemazón en el brazo, como un latigazo o la picadura de una avispa.

Por el rabillo del ojo vio al inspector jefe caer al suelo, la pistola salir disparada de su mano.

Mike tenía los ojos cerrados y una mancha roja se extendía a toda velocidad por su camisa.

Intentó taponarla con las manos, pero lo único que consiguió fue llenarse las manos de sangre.

—No no no no no, no por favor no…

No sabía dónde estaba el agujero de bala, solo veía sangre por todas partes.

Escuchó gritos, y al levantar la vista vio un grupo de policías de uniforme correr hacia ellos. Se imaginó que les habrían alertado los disparos. Notó movimiento detrás de ella y vio a Jack, de rodillas en el suelo, con los brazos detrás de la cabeza y la pistola con la que había disparado al inspector jefe Wallace en el suelo a su lado.

Livy se quitó la parka para presionar la herida y fue entonces cuando notó la suya propia, el dolor insoportable en el brazo.

Levantó la vista y cruzó la mirada brevemente con Jack, antes de que se le echaran encima y le esposaran, y antes de que hicieran lo mismo con ella.

Cerró un instante los ojos, y pensó que ojalá hubiese perdido la tarjeta que le dio Mike y no hubiese hecho esa llamada nunca.

[45]

Una de las peores cosas de los hospitales —dejando aparte enfermos, sangre y muerte— era el olor. Esa mezcla de desinfectante, enfermedad y medicamentos, que hace que uno sepa dónde está aún antes de abrir los ojos.

Michael Finn abrió los suyos en ese momento.

Livy le vio parpadear dos veces y luego girar la cabeza con dificultad en su dirección, sin levantarla de la almohada.

Era curioso, porque aparte de la venda en el pecho, los cables y tubos que salían al monitor y a la bolsa de suero, y a pesar de llevar tres días postrado en aquella cama de hospital, el inspector no parecía frágil en absoluto. Ni siquiera enfermo. Era como si simplemente hubiese decidido descansar, tomarse una siesta de tres días en una cama de hospital.

Tenía el pelo rubio oscuro brillante y peinado, un mechón cayéndole sobre la frente, y estaba perfectamente afeitado. Probablemente fuese obra de su hermana, que llevaba los tres días acampada en la habitación.

—Hola —dijo Livy.

Mike había recobrado la consciencia en el aparcamiento de la comisaría, justo antes de que se lo llevara la ambulancia. Lo justo para acusar al inspector jefe Wallace de los disparos, tanto del suyo como el del joven oficial de policía—que apenas tenía un rasguño en el hombro—, y contarle como había podido al capitán Carmichael —que sería un estirado para las normas pero era honrado, y había salido también corriendo al aparcamiento en medio de toda la conmoción, con su uniforme, gorra y todo— lo que le había dado tiempo, hasta que los paramédicos se lo habían llevado en la ambulancia decretando que no estaba para ponerse a hacer declaraciones.

Al parecer el inspector jefe Wallace, además de corrupto y metido en el ajo, había perdido su puntería después de pasarse detrás de una mesa de despacho los últimos años, porque solo había acertado a Mike en el costado derecho, sin afectar ninguno de los órganos vitales. Aunque eso no quería decir que la herida no fuera grave: habían tenido que operarle para sacarle la bala, y había perdido una cantidad de sangre terrible antes de que llegase la ambulancia.

Suficiente para que la recuperación fuese a ser larga y dolorosa.

El joven oficial no tenía más que una herida de bala en el hombro y una contusión en la cabeza de haberse dado contra el suelo al caer.

Ella, una miserable rozadura en el brazo, de la bala al pasar.

Solo por eso le habían vendado el brazo y se lo habían puesto en cabestrillo, para que no lo moviese.

—¿Estás bien? —preguntó Mike, la voz áspera de las medicinas y de no haber hablado en horas, mientras le miraba el brazo.

Livy sonrió, por primera vez en mucho tiempo.

—No es más que un rasguño —dijo, levantando un poco el brazo—. Lo tuyo también, por cierto, así que dentro de poco tendrás que dejar de empezar a fingir y salir de esa cama.

Mike intentó reírse pero empezó a toser. Livy le dio de beber de un botellín de agua que había traído Silvie en uno de sus viajes a la máquina de bebidas.

—¿Qué fue lo que pasó? —preguntó cuando se le pasó el ataque de tos.

—¿No te lo han contado? Pensaba que ya te habían tomado declaración.

Su hermana le había dicho que el capitán Carmichael había estado allí el día anterior, en cuanto salió de la anestesia y estuvo consciente, para tomarle declaración.

Volvió a apoyar la cabeza en la almohada y asintió con la cabeza.

—Sí, pero los calmantes son horribles. Mi cabeza va y viene, y ya casi no me acuerdo de lo que me contó el capitán. No de los detalles.

Livy tomó aire.

—Parece que Wallace se puso nervioso cuando apareció el oficial que os saludó. Supongo que pensaba dispararnos de todas formas, y de repente se encontró con un testigo incómodo, así que entró en pánico y le disparó. Lamentablemente para él, el oficial sí estaba dentro del rango de las cámaras de seguridad, y entre eso y el ruido de los disparos, en menos de treinta segundos teníamos a toda la comisaría de policía saliendo por la puerta.

—El chico está bien, ¿verdad?

Livy asintió con la cabeza.

—Está bien, le dio en el hombro. Casi fue peor el golpe en la cabeza al caerse —dudó si seguir hablando, pero no sabía hasta qué parte recordaba—. Luego se dio la vuelta y te disparo a ti.

—Y a ti —dijo Mike, señalando su brazo con la cabeza.

Ella se encogió de hombros.

—Apenas me rozó.

Se aclaró la garganta. La siguiente parte era la peor.

—Jack disparó a Wallace justo después.

Estuvieron un par de segundos en silencio.

—Y supongo que Jack no falló.

Livy negó con la cabeza.

—Entonces fue cuando la caballería acudió al rescate.

No habló de cuando les esposaron, ni del tiempo que estuvieron interrogándoles, ni de las explicaciones que tuvo que dar una y otra vez. Se había asegurado de que fuese el capitán Carmichael quien cogiese la memoria USB del bolsillo de Mike, inmediatamente, antes de que le montasen en la camilla incluso.

No había sido exactamente enseguida, pero al menos el capitán de policía les había escuchado.

Digamos que les habían quitado las esposas al cabo de un tiempo y unas cuantas explicaciones.

La declaración del oficial de policía había ayudado, y la de Mike antes de subirse a la ambulancia también.

Sonrió, como si pudiese leerle el pensamiento.

—¿Cuánto tiempo os hizo prestar declaración el capitán Carmichael?

Livy sonrió a su vez.

—Unas cuantas horas. Pero al menos cuando terminamos, ya habían empezado las detenciones.

Y estaban a salvo. O eso quería pensar.

Si esperaba ver un gran despliegue en las noticias, con el escándalo saliendo en todas partes, ya podía esperar sentada.

Eso era más o menos lo que le había dicho Carmichael.

Lo mismo con el tiroteo en el aparcamiento, la muerte del inspector jefe Wallace: cero menciones en ninguna parte. Todo el mundo era increíblemente discreto cuando se trataba de policías corruptos, y nada salió de allí.

De hecho, estaba segura de que aparte de las personas directamente implicadas, nadie estaba muy seguro de qué había pasado exactamente.

La información que contenía la memoria había llegado donde tenía que llegar, a los sitios apropiados, pero la mayoría de los casos iban a saldarse con jubilaciones antes de tiempo.

Vamos, que no iban a ver juicios ni circos mediáticos.

Era lo que era. Se habían jugado el tipo prácticamente para nada.

Sí que habían detenido a varias personas, pero eran sobre todo funcionarios corruptos, de a pie, como lo había sido Albert.

Lo único que había llegado a las noticias era, menos mal, la rectificación de sus caras diciendo que eran terroristas. Lo habían llamado "un error de identificación".

Su herida de bala había tenido que esperar hasta que terminaron en la comisaría. Le habían hecho una cura con el botiquín de primeros auxilios que tenían allí, una desinfección rápida y le habían puesto una venda. Pero el capitán Carmichael tenía razón en una cosa: hasta que aquello no quedase aclarado, no estaban seguros fuera de la comisaría. Y hasta ella podía ver que era una herida superficial. Ni siquiera le habían dado puntos.

Se mordió un poco el labio, sin saber cómo decir lo que quería decir a continuación.

—Mike… siento lo de Wallace.

El inspector jefe se había desplomado después del tiro de Jack. Lo único que pudo hacer el personal de emergencia fue certificar su muerte.

No podía decir que le importase mucho, la verdad, que el único muerto de aquel día hubiese sido el inspector jefe corrupto que les había disparado. Pero había sido amigo de Mike durante años, y supuso que eso contaba para algo.

Mike no la miró.

—Sé que era tu amigo —dijo ella.

—Intentó matarme. Y a ti.

Se encogió de hombros.

—Aun así.

—Estaba comprado, supongo.

Livy asintió ligeramente.

—Era imposible saber toda la gente que estaba metida, hasta dónde llegaban los tentáculos, la corrupción. Era imposible saber quién estaba corrupto y quién no.

—Imposible... —repitió el inspector, mirando a la pared.

Livy se preguntó hasta qué punto se sentía culpable por todo lo que había pasado en el aparcamiento de la comisaría.

Si era la mitad de lo que se sentía ella, ya era demasiado.

Se quedaron unos minutos en silencio y al fin Mike levantó la vista.

—¿Qué ha sido de Owen?

Era curioso, pero justo en ese momento se dio cuenta de que no sabía su verdadero nombre. No se lo había llegado a preguntar, tampoco.

De todos ellos, Jack era el que estaba en peor situación. Al fin y al cabo había disparado a un inspector jefe de policía, nada menos, con una pistola ilegal. No parecía que fuese a ser tan fácil aclarar su parte en todo aquel embrollo.

Entonces había pasado una cosa extraordinaria.

O quizás no tan extraordinaria, teniendo en cuenta lo que había visto hasta entonces.

Poco después del tiroteo habían aparecido en la comisaría un par de tipos trajeados y siniestros, dispuestos a llevárselos de allí —no quería saber adónde— bajo la ley antiterrorista.

Jack pidió hablar con ellos, a solas, unos minutos, y no sabía lo que les había dicho, pero se habían ido por donde habían venido. Desaparecieron casi al instante, pero no sin antes asegurarle al capitán que Jack era uno de sus agentes, que había actuado bajo *blablabla* leyes y *blablabla* autoridad, así que había quedado exonerado prácticamente al instante.

Eso le contó a Mike, resumido, porque quería dejarle descansar y la conversación se estaba alargando.

El inspector movió la cabeza a uno y otro lado, incrédulo.

—Esa clase de tipos siempre cae de pie.

Iba a defender a Jack —al fin y al cabo, le había salvado la vida—, pero la verdad era que el inspector tenía razón: se había cargado al ruso, luego a Wallace, probablemente con la misma pistola, y había sufrido menos consecuencias que alguien que aparca pisando la línea amarilla.

—¿Dónde está ahora?

Livy se encogió de hombros.

—No lo sé.

Un coche patrulla había estado esperándola para llevarla al hospital después de terminar en la comisaría, y que le mirasen un poco mejor la herida del brazo, por si acaso era peor de lo que parecía.

Se había montado en el asiento de atrás, agotada.

—¿Crees que esto ha terminado? —le preguntó a Jack a través de la puerta abierta.

Él la había mirado unos segundos en silencio, desde la acera, y al fin respondió:

—No lo sé, Liv. —Se inclinó ligeramente sobre la puerta abierta del coche—. Cuídate.

Y cerró la puerta, sin darle tiempo a decir nada más. El oficial de policía al volante arrancó y esa fue la última vez que vio a Jack, parado en la acera, el pelo negro despeinado por el viento, la barba de no haberse afeitado en varios días, los ojos azul marino cansados, fijos en ella.

Se le daba bien desaparecer. No creía que volviese a verle. No había ninguna razón.

[46]

Jack apartó un par de moscas con la mano. Estaba harto de cabinas. Aunque más que una cabina aquello era un agujero en la pared. No tenía más remedio que usarla aunque no quisiera, porque la recepción del móvil allí era una mierda. Que tampoco habría utilizado uno de haber podido, pero bueno.

Allí no había turistas ni palos de selfi, pero había insectos del tamaño de camiones de basura.

El sudor le corría por la espalda y le pegaba la camiseta al cuerpo. Uno pensaría que después del invierno horrible y el frío que había pasado en Bishops Corner agradecería aquel calor pegajoso. Nada más lejos de la realidad. Se arrepintió vivamente de haberse dejado barba. Le daba todavía más calor.

Pero bueno, también le ayudaba a camuflarse.

—Había más documentos, y lo sabéis —dijo al auricular, siguiendo con la conversación—. No lo entregué todo. Está en un lugar seguro, a menos que le pase algo a Olivia Templeton.

—¿Y si tiene un accidente que no tenga que ver con nosotros?

Jack chasqueó la lengua.

—Mala suerte entonces. Reza para que no lo tenga.

Hubo una pausa al otro lado.

—¿Cómo sabemos que cumplirás tu parte del trato?

—No lo sabéis. Pero creo que me conocéis lo suficiente como para saber que hacer justicia no es una de mis prioridades. Y la mujer ni siquiera sabe que los documentos existen. —Esta vez fue un mosquito lo que apartó de su brazo. Le estaban comiendo vivo—. Dejadnos en paz y nunca verán la luz.

Otra pausa, esta más larga que la anterior. Tenía sed, quería una cerveza fría que no sabía si iba a poder conseguir, y empezaba a cansarse de aquella conversación. Pero no tenía más remedio que esperar.

—De acuerdo —dijo la voz al otro lado, con reticencia. Era obvio que hacerles desaparecer, a Liv y a él, había sido la opción número uno, y les iba a costar acostumbrarse al cambio de planes.

—Perfecto. Es un trato, entonces. Hasta nunca.

Jack colgó y se limpió la mano, pegajosa de haber cogido el teléfono, en los vaqueros. Miró a su alrededor, a los puestos coloridos del mercado al otro lado de la calle, las frutas exóticas de colores brillantes, las aves de corral en sus jaulas en medio del calor.

No era tan ingenuo como para pensar que aquello había acabado allí, pero al menos por el momento les dejarían tranquilos.

Ahora solo le quedaba una cosa por hacer.

O mejor dicho, una persona a la que encontrar.

En caso de que siguiese vivo.

Cruzó la calle y se perdió entre el gentío.

EPÍLOGO

Un mes después

Livy miró las cenizas de lo que había sido su casa.

Antes de que ella lo comprara, el *cottage* había estado en pie casi doscientos años.

Lo único que quedaba ahora de él eran las paredes ennegrecidas. Un trozo de tejado.

Los de la compañía de seguros le habían dicho que era del todo irreparable, así que había concretado una fecha para derribarlo.

No lo había visto hasta ese momento, desde el día del incendio, pero ahora que lo tenía delante, lo de "irreparable" parecía un eufemismo.

Bebió un sorbo de café del termo que le había preparado Sarah.

Vio como la excavadora empezaba a derribar lo que quedaba de las paredes.

Se habían congregado varios vecinos para disfrutar del espectáculo, Mrs. Remington entre ellos, pero nadie se acercó a ella. No le extrañaba: después de todo lo que había pasado, era poco menos que una apestada.

Había esperado hasta volver de sus vacaciones para

derribar su casa. El último mes lo había pasado descansando, haciendo por fin el crucero en el que no dejó de pensar todo el tiempo que había estado huyendo.

Teniendo en cuenta que en Europa era invierno, tuvo que irse hasta el Caribe para que le diera el sol en la piel.

No había estado mal: lo único que había hecho era quedarse en horizontal la mayor parte del día, mientras le traían cócteles y se recuperaba de las heridas.

Ahora estaba de vuelta en Bishops Corner, y disfrutaba de un febrero hostil, viendo cómo derribaban su casa, bebiendo café, envuelta en su abrigo.

La policía había acordonado la casa después del incendio. Mientras estaba de vacaciones, había llamado a una empresa para que se ocupase de vaciar lo que quedaba dentro de su casa, lo que no se había quemado, lo metiera en un trastero y tirara el resto.

No había mucho, le dijeron por teléfono. Lo que no estaba directamente quemado estaba ennegrecido por el humo, inservible. Así que habían tenido que tirar todo lo que no se había reducido a cenizas.

A ella le daba igual. No había puesto un pie en el pueblo, ni le había echado la vista encima a su casa, hasta esa mañana. Lo había solucionado todo por email y por teléfono mientras se tostaba al sol.

Y ahora lo agradecía, teniendo en cuenta el espectáculo dantesco de ver cómo echaban abajo el último de sus sueños. La ilusión de un futuro tranquilo, de una vida lisa.

Se dio la vuelta y echó a andar hacia el pueblo. Se había cansado de ser el blanco de las miradas, al menos por esa tarde. Supuso que le quedaban días, meses e incluso años por delante hasta que la gente dejase de cuchichear a su espalda, si es que alguna vez lo hacían.

En los pueblos pequeños nunca pasa nada, le había dicho Sarah. *Así que cuando pasa, nadie procura olvidarlo.*

Se había alojado en la pensión encima del pub mientras decidía qué hacer a continuación.

No estaba preparada todavía para decidir si se

compraba otra casa, aunque había recuperado el valor de la suya quemada casi íntegro, gracias al seguro.

Cruzó los brazos sobre el pecho para protegerse del viento frío y se caló el gorro de lana un poco más, mientras el camino helado crujía bajo sus pies.

Vio las nubes negras que se acercaban por el horizonte y recordó que habían dicho que iba a nevar.

No, todavía no sabía si iba a comprarse otra casa o no, ni dónde, porque no tenía ni idea de cuál iba a ser su futuro. No tenía trabajo, tampoco. En el museo habían prescindido de sus servicios, por decirlo finamente. Su año sabático se había convertido en un paréntesis indefinido. En un *mejor no vuelvas*. En una vida sabática.

Se imaginaba que entre la gente salpicada por el caso de corrupción y la investigación había gente que donaba dinero al museo, o que formaba parte de los consejos de administración, o que estaba ligeramente relacionados, o a saber, y no la querían allí. No habían conseguido eliminarla, pero había entrado en infinidad de listas negras.

Así que le dieron un finiquito con seis meses de sueldo para que no armara ruido, y la verdad, no le pareció mal del todo.

Vio el pub de Sarah al doblar la esquina, y a su dueña a través de las cristaleras exteriores, detrás de la barra, poniendo unas pintas de cerveza a unos clientes.

No tenía ni idea de lo que iba a hacer con su vida. Había vuelto a Bishops Corner, y había vuelto para quedarse, pero eso era lo único que tenía claro.

Todo lo demás estaba en el aire.

Entró en el pub y se sentó en uno de los taburetes. Puso el termo vacío encima de la barra.

—Gracias. Hace un frío horroroso.

Sarah lo cogió para fregarlo, e inmediatamente después le puso una taza de café delante, que Livy atacó también de inmediato. Por lo que parecía, ahora Sarah podía leer mentes. Por lo menos la suya.

—¿Qué tal ha ido?

Se refería a la demolición de su casa. Livy se encogió de hombros.

—Ha ido.

—¿Qué vas a hacer ahora?

—No tengo ni idea.

—TENGO UNA PREGUNTA.

Acababa de contarle a Sarah todo, desde que atacaron su casa hasta que fue a visitar al inspector al hospital.

Por supuesto que tenía una pregunta. Lo raro era que tuviese solo una.

—Dispara.

—Pasaste un montón de días con Jack, durmiendo en la misma habitación… —Se inclinó sobre la barra y bajó la voz—. ¿Pasó algo entre vosotros?

La miró sin parpadear.

—Sarah, ¿has escuchado algo de todo lo que te he contado? ¿Tiros, explosiones, persecuciones?

Había dejado fuera, intencionadamente, las partes más desagradables y peligrosas. Sarah tampoco necesitaba saberlo todo. Le había hecho un resumen más o menos blanco de los días que había pasado con Jack, huyendo.

Era curioso: Jack había sido su sombra un montón de días, no se habían separado ni un instante. Cuando desapareció de repente, por una parte se sintió libre, como si se hubiera quitado un peso de encima, pero por otra tenía una sensación extraña, como la gente a la que le amputan un brazo o una pierna y lo siguen notando.

Con el paso del tiempo fue ganando la sensación de alivio, y un mes después, aquellos días casi le parecían un sueño. Una pesadilla, más bien.

Sarah hizo un gesto con la mano, como apartando todos esos detalles sin importancia.

—Pero estás bien, ¿no? Quiero decir, no te pasó nada, quitando algunos rasguños… Así que vamos a lo importante: Jack Owen.

Livy sonrió, a su pesar. La mente de Sarah iba siempre en la misma dirección.

—Estábamos escapando. En peligro. No era la situación más romántica del mundo, precisamente.

—Aun así.

Entonces Sarah miró hacia abajo, siguió haciendo lo que estaba haciendo, fregar unos vasos, y murmuró:

—De todas formas, me alegro de que estés viva.

—Gracias, yo también me alegro de estarlo.

Livy sonrió de oreja a oreja, y Sarah hizo lo mismo. Empezó a limpiar la barra con un trapo, pero paró de repente el movimiento del brazo y levantó la vista.

—No puedo creerme que no pasase nada.

Livy elevó los ojos al cielo.

—¿Por cierto, dónde está ahora Jack? ¿Crees que volveremos a verle?

—La verdad, no sé dónde puede estar. —Livy tomó un sorbo de café mientras miraba el movimiento del trapo de Sarah sobre la barra—. Pero no; no creo que volvamos a verle.

Dos meses después

JACK PARÓ el coche a un lado de la carretera, justo delante del cartel de bienvenida a Bishops Corner.

Sin apóstrofe.

Cogió de la guantera un paquete de tabaco a medias y el mechero y salió del coche.

Abrió la puerta trasera para coger el abrigo negro que tenía en el asiento de atrás.

Se lo puso y se subió los cuellos, y fue entonces cuando encendió un cigarrillo. No era cuestión de congelarse mientras fumaba.

Estaba siendo un marzo miserable, y especialmente frío, más de lo que ya solía serlo. A veces parecía que vivían en un invierno perpetuo.

Se quedó observando las nubes gris oscuro que venían por el horizonte, la campiña verde y húmeda a su alrededor, las ovejas en la lejanía.

Hogar, dulce puto hogar.

No terminó el cigarrillo. Le dio dos chupadas más, y lo tiró al suelo, apagándolo con el pie. Luego miró el paquete de tabaco durante unos instantes, suspiró y lo tiró a un lado de la carretera.

No estaba bien dejar basura, pero era por un bien mayor. Era el gesto lo que contaba, deshacerse del tabaco antes de entrar en el pueblo. Era mejor dejar el paquete allí mismo que volver a llevárselo y fiarse de su fuerza de voluntad para tirarlo "luego".

Volvió a montarse en el coche, arrancó y pasó la señal de *Bienvenido a Bishops Corner*, perdiéndose carretera adelante.

ACERCA DE LA AUTORA

L. M. Perona escribe thriller, misterio y suspense. Su último trabajo es "Traiciones Ocultas", el tercer libro en la trilogía de *Bishops Corner*.

Actualmente vive en Tunbridge Wells, Reino Unido, no muy lejos de la aldea inglesa que inspiró la trilogía.

Más información:
www.lmperona.com
lorena@lmperona.com

Made in the USA
Columbia, SC
05 June 2024